# WILD BOYS CLUB

## Der Skandal

LILY WILDE

Lily Wilde
c/o Autorenservice Georgenhof
Georgstraße 5
01689 Weinböhla
E-Mail: lily.the.wilde@gmail.com

Umschlaggestaltung: © Lily Wilde, unter Verwendung eines Bildes von Carsarsa, istockphotos.com



Kontakt zur Autorin unter Facebook.com/Lily.Wilde
oder
Lily.the.wilde@gmail.com



ISBN: 1530574331
ISBN-13: 978-1530574339

*Für den Zauber des*
*Unbekannten und Geheimnisvollen.*
*Für die Verführung.*

# PROLOG

Die Musik schallte bis zum Eingang des Gebäudes, wo der Concierge mit nimmermüdem Lächeln die Gäste begrüßte. Die Leute strömten zu Hunderten in den Saal im obersten Stockwerk. Dort war das Dach geöffnet und bot einen spektakulären Blick in den diesigen Himmel. Die meisten Gäste der New Yorker High Society erfreuten sich an der kühlen Abendluft, die durch das offene Dach nach innen in den Saal drang. Sie erleichterte das Tanzen und die lockere Unterhaltung mit den Freunden und Bekannten aus den eigenen Kreisen. Sie kühlte das Obst, das auf einem gewaltigen Büffet an der linken Wand des Raumes stand. Sie hielt den Champagner frisch, den die Kellner auf Tabletts den Gästen anboten. Und sie belebte erhitzte Wangen und trocknete den einen oder anderen unerwünschten Schweißfleck auf einem teuren Seidenhemd. Die meisten Anwesenden unterhielten sich in Gruppen über Belanglosigkeiten, die sie in ihrem Alltag erlebt hatten: wie sie Probleme mit den Bediensteten behoben und enorme Schwierigkeiten überwunden hatten, um einen vertrauenswürdigen Chauffeur zu finden. Manche Hand wurde geschüttelt, um einen Vertrag abzuschließen oder eine Freundschaft zu besiegeln.

Der Gast, der in der Nähe der Tür stand, war der größte und attraktivste Mann im Saal. Seine Schultern waren breiter und maskuliner, seine Haltung selbstbewusster und kräftiger als bei allen anderen männlichen Eingeladenen. Er wirkte jedoch nicht amüsiert und heiter wie die anderen. Er machte eher den Eindruck eines Panthers, der in die Ecke gedrängt wird. Missmutig und wie zum Sprung bereit ließ er den Blick über die Anwesenden schweifen. Er hasste es, hier zu sein. Er mochte weder die fröhliche Musik, die zum Tanzen einlud, noch das unbeschwerte Gelächter der Gäste. Einsam beobachtete er das bunte Treiben und das Händeschütteln der anderen. Niemand sprach mit ihm oder wollte mit ihm einen Vertrag abschließen. Keiner der Anwesenden schien sich daran erinnern zu wollen, dass er noch vor einem Jahr ein gefeierter Star gewesen war, dass sie sich darum gerissen hatten, mit ihm gesehen zu werden. Heute mieden sie ihn, als hätte er eine ansteckende Krankheit. Manche bedachten ihn mit einem Blick, der eine Mischung aus Verachtung und Mitleid zeigte, als wäre er ein König, der von seinem Thron gestoßen wurde.

Er sah auf die Uhr. Wie lange musste er den Mist hier noch aushalten? Ihm kam es vor, als wäre er schon viel zu lange hier. Verschwendete Zeit.

Doch da fiel sein Blick auf eine junge Frau. Sie stand am Rand einer Gruppe in der Nähe des Büfetts. Ihre Augen leuchteten, als sie die Größe des Saales und die riesige Auswahl an Köstlichkeiten auf dem Speisentisch bewunderte. Sie trug keine Abendrobe, sondern ein einfaches, grünes Kleid, das an eine Sommerwiese erinnerte. Ihr braunes, welliges Haar hatte sie zu einem Zopf geflochten, der lang über ihren Rücken hing. Sie wirkte wie eine Blume mitten auf der Fahrbahn eines Highways, wie ein Regentropfen in der Wüste. Sie passte nicht hierher.

Manche der Frauen in teuren Abendkleidern sahen abschätzig auf sie herab, andere ignorierten sie. Sie ließ sich davon nicht stören. Als befände sie sich in einer Blase aus Glück, stand sie da und lächelte ergriffen.

Ihr Lächeln war ansteckend. Als er es sah, verzogen sich seine Mundwinkel leicht nach oben. Er spürte, wie sein Körper auf sie reagierte. Sein Puls beschleunigte sich. Sie war anders, und sie war bildschön.

»Wir müssen gehen«, sagte plötzlich eine Stimme neben ihm. »Dr. Hilfiger wartet.«

Ausgerechnet jetzt, wo er einen Grund gefunden hatte, die Benefizgala doch noch ansprechend zu finden. Dieser Grund stimmte gerade ein herzliches Lachen an, weil einer aus der Gruppe einen Witz gerissen hatte. Sie sah in dem Moment hinreißend aus. Ihre Augen blitzten, ihre Wangen färbten sich rosa.

»Kommen Sie?« Der Mann, der ihn angesprochen hatte, gab sich Mühe, nicht ungeduldig zu klingen.

»Ja«, knurrte er missmutig. Er wandte sich ab und ging zum Ausgang. Bevor er den Saal verließ, warf er einen letzten Blick auf die junge Frau in dem grünen Kleid und mit dem geflochtenen Zopf. Mit großen Augen beobachtete sie die Pärchen auf der Tanzfläche. Dann schaute sie zu ihm.

Für einen winzigen Moment trafen sich ihre Blicke. Ein Lächeln spielte um ihre Lippen. Danach nahm eine Frau aus der Gruppe sie am Arm und zog sie fort. Sie verschwand in der Menge.

Er wandte sich ab und ging aus dem Saal. Sie war das Schönste und Bezauberndste, was er seit Ewigkeiten gesehen hatte. Und er wusste nicht einmal ihren Namen.

# KAPITEL 1

»Du siehst gut aus.« Kritisch betrachtete mich Angela im Spiegel. »Du musst nur noch die Haare irgendwie in den Griff kriegen, dann rockst du den Saal, Baby.« Sie grinste mich an.

»Ich will den Saal nicht rocken, ich will nur Mrs. Atkins um den Finger wickeln«, widersprach ich und bürstete meine Haare. Sie in den Griff zu bekommen, wie Angela es so schön formuliert hatte, war alles andere als einfach. Meine Locken machten, was sie wollten, und nicht, was ich für sie vorgesehen hatte. Auch jetzt gehorchten sie wieder nicht. Ich wollte sie hochstecken, doch sie kringelten sich so stark, dass einzelne Strähnen ständig herausrutschten.

»Du siehst heiß aus in dem Look«, sagte Angela mit einem anerkennenden Lächeln. »Als wärst du gerade aus dem Bett gefallen. Die Männer werden dir zu Füßen liegen.«

Ich schüttelte den Kopf. »Es ist mir egal, wer mir zu Füßen liegt. Ich habe keine Zeit für Flirts. Ich muss arbeiten. Der Job ist wichtiger als irgendwelche Abenteuer.«

Angela zuckte mit den Schultern. »Dann eben nicht. Ich würde nicht zögern, mir einen der mächtigsten Männer New Yorks zu schnappen, wenn ich die Gelegenheit hätte, am Ball der New Yorker Wirtschaft teilnehmen zu dürfen. Du bist eigenartig, dass du dir solch eine Chance entgehen lässt!«

Ich schielte auf die Einladung, die auf der Kommode neben der Tür lag. Sie war heute überraschend mit der Post gekommen.

»Meine Firma wird mir die Einladung bestimmt nicht geschickt haben, damit ich mir einen Mann angle, sondern damit ich Pressearbeit leiste.«

»Ein hohes Tier aus Politik und Wirtschaft würde sich mit Sicherheit gut auf eurer Seite machen. Danach könnt ihr euch bestimmt vor Anfragen kaum retten!«

»Es ist erstaunlich, dass sie mir die Einladung überhaupt geschickt haben, ohne etwas davon zu erwähnen. Beim letzten Mal war ich offiziell vom Chef gebeten worden, aber dieses Mal kam nicht ein Wort von ihm, nicht einmal von George.«

»Dein Arbeitgeber, das unbekannte Wesen.« Angela trat von hinten an mich heran und sah über meine Schulter in den Spiegel. Sie musterte das schwarze, kurze Kleid, das sich eng an meinen Körper schmiegte. Es war neu, ich hatte es von meinem ersten Gehalt bei »Sweet Passion« gekauft, aber noch keine Gelegenheit gehabt, es zu tragen. »Genieß trotzdem den Abend«, sagte sie, »auch wenn du arbeiten musst. Die Party wird bestimmt super. Und vielleicht springt sogar eine gute Story für dich heraus.«

Ich drehte mich zu ihr um. »So eine Geschichte wie der Skandal um Lester Paul wäre fantastisch.«

»Als ob er es nötig gehabt hätte, drei Millionen zu hinterziehen! Können die Leute den Hals nicht voll genug bekommen?«

»Vermutlich hat er seine anderen Millionen auf dieselbe Weise ergaunert, ist nur noch nie erwischt worden. Der Skandal macht mir mal wieder deutlich, warum ich diesen

Job will. Ich möchte Betrug und andere unlautere Machenschaften aufdecken und veröffentlichen.«

»Du weißt, dass du meine vollste Unterstützung hast, in dem Beruf nach oben zu kommen.«

Ich lächelte und warf ihr einen zuversichtlichen Blick zu. »Ich bin nicht mehr weit davon entfernt, dazuzugehören.«

Angela lächelte ermutigend. »Ich drücke dir die Daumen.«

»Danke.« Ich umarmte sie kurz, dann wandte ich mich noch einmal dem Spiegel zu, um meine Haare zu bändigen. Aber sie wollten einfach nicht gehorchen.

»Gib es auf«, lachte Angela. »Du siehst trotzdem fantastisch aus.«

Ich prüfte mich ein weiteres Mal im Spiegel. Ich hatte mich dezent geschminkt und besonders die Wimpern betont. Meine Augen waren das Schönste an meinem Gesicht, fand ich. Der Rest war eher durchschnittlich. Dazu trug ich nur wenig Schmuck und hatte mich für Ohrringe entschieden, die ich von meiner Grandma geerbt hatte. Sie waren aus Weißgold und mit echten Diamanten besetzt. Die Steine waren klein, aber für mich waren die Ohrringe trotzdem sehr wertvoll. Ich trug sie nur zu besonderen Anlässen.

Auf einmal spürte ich einen Klatsch auf meinem Hinterteil. »Aua! Das tat weh!«, rief ich empört Angela zu, die sich lachend zur Tür drehte.

»Viel Spaß, Cassie«, sagte sie und zwinkerte mir zu. »Und grüß Dick Wolf und Tyler Jennings, falls sie da sind. Und natürlich Jack Richardson.«

Ich winkte lächelnd ab. »Ich gebe mir Mühe. Aber im echten Leben sehen die Leute immer ganz anders aus als im Fernsehen.«

»Trotzdem, versuche es bitte, für mich!« Sie legte einen flehenden Gesichtsausdruck auf.

»Okay, ich werde das Handy einschalten und die Wikipedia-Bilder mit den Live-Gesichtern vergleichen.«

Ich ließ Angela nur ungern hängen. Wir wohnten seit zwei Jahren zusammen in einem Zwei-Zimmer-Apartment im East Village von New York und hatten uns angefreundet. Angela war Single wie ich und voller Hoffnung auf den großen Durchbruch in New York. Sie arbeitete als Drehbuchautorin und schrieb Folgen für eine Sitcom, die bei einem New Yorker Fernsehsender ausgestrahlt wurde. Die Show war nicht vom Kaliber von »How I met your mother« oder »The Big Bang Theory«, sondern eine unbekannte Sendung, die hauptsächlich von den New Yorker Lateinamerikanern gesehen wurde. Darüber hinaus wurde Angela für ihre Arbeit schlecht bezahlt und versuchte, bei größeren Produktionen Fuß zu fassen, sie war aber bisher ohne Erfolg geblieben.

»Du bist ein Schatz«, sagte sie und warf mir einen Handkuss zu. Dann ging sie aus meinem Zimmer und ließ mich allein zurück.

Ich legte dezenten, roten Lippenstift auf und drehte mich einmal um mich selbst. Das Kleid saß. Dann nahm ich die Einladung und steckte sie in meine Handtasche.

Ich nahm meinen Block, einen Kugelschreiber und mein Smartphone mit der 18-Megapixel-Kamera, das mir mein Vater dieses Jahr zu meinem fünfundzwanzigsten Geburtstag geschenkt hatte, und steckte sie zu der Einladung. Vielleicht würde es tatsächlich eine Gelegenheit geben, eine richtige Story an Land zu ziehen, die mir den Weg in die Büroetagen einer großen Zeitung ebnete.

Ich strich eine verirrte Haarsträhne aus meinem Gesicht und steckte sie zu den anderen in die Spange, doch sie löste sich wieder. Schließlich klemmte ich sie hinter mein Ohr. Dann verließ ich mein Zimmer und rief Angela ein »Wir sehen uns« zu, das sie mit einem »Viel Spaß und rock den Saal, Baby!« erwiderte. Dann warf ich meinen Mantel über und ging hinaus in den Flur.

Das Licht im Treppenhaus brannte. Mr. Graham aus dem dritten Stock stieg beschwerlich die Treppe herunter. Seine Knie waren krank und immer entzündet. Er hatte beim Laufen offensichtlich Schmerzen.

»Kann ich Ihnen helfen, Mr. Graham?«, fragte ich und stieg die drei Stufen zu ihm hoch, um ihn zu stützen. Auf der anderen Seite hielt er sich am Geländer fest.

»Danke, das ist nett von dir«, erwiderte er. Er war erstaunlich leicht. Seine knochige Hand stützte sich auf meinem Arm auf. Die Finger waren von der Gicht verbogen.

»Geht es Ihnen gut, Mr. Graham?«, fragte ich. »Sie sehen so dünn aus.«

Der alte Mann lachte heiser. »Jaja, alles bestens. Mach dir keine Sorgen um mich. Das ist im Alter so. Aber du siehst hübsch aus. Wenn ich noch einmal jung wäre, würde ich sofort um dich werben.«

»Das ist sehr schmeichelhaft, Mr. Graham«, schmunzelte ich. »Aber ich habe keine Zeit für Männer. Ich muss erst einmal meinen Job auf die Reihe bekommen. Ich bin noch nicht da, wohin ich will. Bis dahin muss die Liebe warten.«

»Lass sie nicht warten, wenn sie wirklich an deine Tür klopft, Kind«, sagte er. »Die Liebe ist die Einzige, die es dir übelnimmt, wenn du zögerst.«

»Okay«, sagte ich, noch immer schmunzelnd. »Ich werde es mir merken. Aber ich denke nicht, dass in nächster Zeit Gefahr dafür besteht.«

»Dabei ist New York so groß und voller Männer, die nur darauf warten, ein so hübsches Mädchen wie dich zu ergattern.« Er schüttelte tadelnd den Kopf. »Was für eine Verschwendung! Allerdings gibt es auch viele Schufte unter den Männern. Vor denen musst du dich in Acht nehmen!«

»Ich werde Ihnen Bescheid geben, wenn es mal soweit ist. Dann dürfen Sie den Auserwählten höchstpersönlich begutachten!«

Er nickte schmunzelnd. »Das wäre witzig, doch das mache ich gern. Pass auf dich auf! Und danke für deine Hilfe.«

Wir waren unten angekommen. »Wohin wollen Sie?«, fragte ich. »Kann ich Ihnen noch weiter helfen?«

»Nein, ich will nur die Post holen und etwas frische Luft schnappen. Geh, wohin du gehen musst. Und danke nochmals.«

»Gern geschehen, Mr. Graham. Wenn Sie Hilfe brauchen, um wieder nach oben zu gehen, klingeln Sie bei Angela. Sie unterstützt Sie bestimmt.«

»Danke, nach oben geht es immer etwas besser, wenn man mir genügend Zeit lässt.« Er lächelte mich aufmunternd an. »Viel Spaß, Cassidy. Verschwende deine Zeit nicht mit mir altem Mann. Geh raus und genieß dein Leben.«

»Danke, Mr. Graham. Wir sehen uns.«

»Ja, ja, das machen wir.«

Ich lief aus dem Haus, während Mr. Graham seinen Briefkasten öffnete.

Draußen empfing mich der Lärm der Großstadt. New York war die geilste Stadt der Welt, die Stadt, die niemals schlief. Eine bunte Mischung an Menschen hastete oder flanierte über die Bürgersteige, schob sich den U-Bahnstationen zu oder strebte die Sehenswürdigkeiten an. Auf den Straßen rollte ununterbrochen der Verkehr, hupten Busse und versuchten die Polizeiwagen, sich Durchgang zu verschaffen. Der Lärm der Stadt schien nie abzuebben, nicht einmal in der Nacht. Wie eine Glocke hing er über dem Häusermeer und saugte die Geräusche der Individuen auf wie ein Schwamm.

Ich liebte New York. Der Moloch hatte mich aufgenommen, wie er jeden Straßenköter annahm. Man war auf sich allein gestellt, wenn man ums Überleben kämpfte. Aber ich ließ mich von dieser Einsicht nicht unterkriegen, im Gegenteil. Ich würde es in New York schaffen, mir meine Träume zu erfüllen. Ich war bereits so weit gekommen, es fehlte nur noch ein kleiner Schritt.

Ich lief zur nächsten U-Bahnstation und fuhr nach Midtown zum Waldorf Astoria, wo der Ball der Wirtschaft stattfinden sollte. Ich spürte ein unruhiges Flattern in meiner Magengegend. Nervosität. Ich war noch nie allein bei einem so wichtigen Event gewesen. Und wenn man sich die Gästeliste ansah, gehörte ich zu den unwichtigsten und unbedeutendsten Gästen überhaupt. Der Bürgermeister von New York würde kommen, die Manager der bedeutendsten in New York ansässigen Unternehmen, Models und Filmstars. Angela hatte mir aufgetragen, die Chefs der größten Fernseh-Produktionsfirmen anzusprechen, wie Dick Wolf und Jack Richardson. Aber ich wusste nicht, ob ich sie erkennen würde. Immerhin wusste ich, wie Susan Atkins aussah, die Chefredakteurin der New York Times, die ich auf jeden Fall sprechen wollte.

Ich ging die Park Avenue hinunter und auf das Waldorf Astoria zu, eines der traditionsreichsten Hotels in Manhattan, vielleicht sogar der ganzen Welt. Limousinen hielten in fast regelmäßigem Abstand vor dem beeindruckenden Gebäude und spuckten elegant gekleidete Pärchen in Ballkleidern aus. Ich war offensichtlich die Einzige, die zu Fuß kam.

Am Eingang standen zwei Pagen, die wie Statuen wirkten und mich mit unbewegter Miene ansahen.

»Ich möchte zum Großen Ballsaal«, sagte ich und zeigte meine Einladung.

»Bitte die Stufen hinauf und dann zum Fahrstuhl. Der Lift-Page wird Sie begleiten, wenn Sie möchten.«

»Danke.«

Ich betrat die Lobby und hielt den Atem an. Sie war atemberaubend und strahlte kühlen Chic und eine mondäne Atmosphäre aus. Ornamente zierten den Boden, Gold schimmerte an der Decke und am Dekor. Ich versuchte, nicht zu sehr wie ein Landei auszusehen, das zum ersten Mal in der Lobby eines sündhaft teuren Hotels steht, und folgte der Beschreibung des Pagen zum Fahrstuhl. Dort wartete ein weiteres Pärchen in Abendgarderobe auf den Lift. Ich kannte die Frau. Sie war Moderatorin bei einer Reality-Show, die immer am frühen

Nachmittag ausgestrahlt wurde. Teures Make-up lag auf ihrem Gesicht. Sie trug ein Kleid, das mit Sicherheit mehr gekostet hatte, als ich in einem Monat verdiente.

Ich versuchte, sie nicht zu auffällig anzustarren, zumal mir gerade einfiel, dass in der Klatschpresse erwähnt worden war, dass sie zum vierten Mal geheiratet hatte. Der Mann an ihrer Seite war dann wohl Ehemann Nr. 4.

Als der Fahrstuhl eintraf, waren die beiden immerhin so nett, mich mit in den Lift zu lassen, wo der Page den Knopf für den dritten Stock drückte. Ich presste mich in die Ecke, da ein weiteres Pärchen noch zum Lift eilte und mitfahren wollte, bevor sich die Tür schloss. Dieses Mal kannte ich den Mann. Es handelte sich um Conrad Denver-Queens, der CEO der New Yorker Elektrizitätswerke. Er war ein hagerer Mann um die fünfzig, die Frau an seiner Seite zwanzig Jahre jünger. Er grüßte, bevor er sich zu uns stellte. Sein Blick streifte mich musternd. Er schien zu überlegen, ob ich jemand Wichtiges wäre, kam offensichtlich jedoch zu keinem befriedigenden Ergebnis. Deshalb lächelte er mich nur an.

Ich nickte mit dem Kopf zum Gruß, dann studierte ich das Schild über der Tür des Fahrstuhls. Doch ich kam kaum dazu, zu lesen, wie viele Tonnen der Lift transportieren durfte und wann man den Notfalldienst anrufen sollte, denn der Fahrstuhl hielt nur wenige Augenblicke später wieder an und entließ uns in den dritten Stock.

Ich benötigte niemanden, der mir den Weg zeigte, ich folgte einfach den beiden Pärchen aus dem Fahrstuhl zum Großen Ballsaal.

Ich hatte mir keine Vorstellung von dem gemacht, was mich erwartete. Meine Imagination wäre der Realität auch niemals gerecht geworden. Der Große Ballsaal war das prächtigste, was ich je in meinem Leben gesehen hatte, und vermutlich jemals sehen würde. Schon der silberne Korridor, der zum Saal führte, nahm mir den Atem. Durch riesige Fenster floss sanftes Licht auf den gefliesten Boden.

Palmen und kleine rote Hocker lockerten das Bild auf, und am Ende stand ein schwarzer Flügel, an dem ein Pianist saß und leichte Musik spielte.

»Ihre Einladung bitte«, sagte ein breitschultriger Mann mit braunen Augen und buschigen Brauen.

Ich reichte ihm die Karte, die er kurz musterte. Ich hatte das Gefühl, als würden seine Augen zucken, als er meinen Namen las.

»Miss Evans, herzlich willkommen«, sagte er, dann durfte ich den Ballsaal betreten. Aus dem Augenwinkel nahm ich wahr, wie er einem anderen Mann zunickte, der einen schwarzen Anzug und eine blaue Krawatte trug und vor der Bühne des Ballsaals stand.

Ich achtete nicht weiter darauf, sondern sah mich im Saal um. Der atemberaubende Raum fasste mehr als tausend Menschen, jetzt waren etwa fünfhundert anwesend. In den Logen in den oberen Etagen saßen vereinzelt Gäste und unterhielten sich. Vermutlich wurden hier Milliarden schwere Deals vereinbart und die Weltpolitik beeinflusst. In einer der Logen glaubte ich, Helen Mankiewski zu sehen, die Außenministerin von Kanada.

Ich schaute mich im Saal um, um vertraute Gesichter von der Presse zu entdecken. Ich sah Pierre Gallagher, den Redakteur der Daily News. Er war um die fünfzig und weißhaarig. Er trug eine moderne Brille und einen Pullover unter dem Jackett. Er wirkte gelangweilt, als er die Anwesenden studierte, als hätte er schon viel zu viele solcher Events mitgemacht. Ich überlegte einen Moment, ob ich ihn belästigen sollte. Dann entschied ich mich dafür, ihn wenigstens zu begrüßen. Er kannte mich zwar nicht, aber das konnte man ja ändern. Ich wollte einfach nur Hallo sagen, von Kollegin zu Kollege. Doch er beachtete mich nicht. Als ich bei ihm ankam, hatte er gerade jemanden entdeckt, der seine Aufmerksamkeit erregte. Er ging an mir vorbei, ohne mich anzusehen, und steuerte auf einen großen, wohlbeleibten Mann zu, an dessen Seite eine blonde Zwanzigjährige stand. Ich hatte keine Ahnung, wer der Dicke war, vermutlich jemand Wichtiges. Die Blonde kicherte, als Gallagher etwas zu ihr sagte. Auch sie konnte ich nicht einordnen. Ich musste offenbar noch viel lernen.

Ich seufzte kaum hörbar und sah mich weiter um. Ich wollte nach Susan Atkins Ausschau halten, um mich für die New York Times zu empfehlen. Zunächst entdeckte ich jedoch Emma Doolittle, ein berühmtes New Yorker Model, außerdem Craig Philipps, den Schauspieler, und dessen Freundin Paulette, eine bekannte Sängerin. Schließlich fand ich Susan Atkins neben der Bühne. Sie stand neben einem hageren älteren Mann und beobachtete die Tanzenden, während sie an einem Hühnerbein nagte.

Ich richtete mich auf und nahm die Schultern zurück, um selbstbewusster zu wirken. Danach legte ich ein freundliches Lächeln auf und ging auf die Chefredakteurin der Times zu.

»Mrs. Atkins, ich wünsche Ihnen einen angenehmen Abend. Ich hoffe, ich störe Sie nicht«, sagte ich und gab mir Mühe, nicht unsicher zu klingen.

»Ich esse gerade ein leicht versalzenes Hühnerbein, falls Sie das nicht stört, kann ich damit leben, dass Sie mich ansprechen.« Sie musterte mich kurz, dann sah sie wieder auf das Hühnchen, von dem bald nur noch der Knochen übrig war.

»Danke, das ist nett. Nein, mich stört es nicht.« Nun klang ich doch unsicher. Und verlegen.

»Was wollen Sie denn von mir?«, fragte sie mit vollem Mund. »Sie sind doch bestimmt nicht hier, um mir beim Essen zuzusehen?«

»Nein, ganz sicher nicht. Ich wollte mich vorstellen.« Nervös reichte ich ihr die Hand, zog sie jedoch zurück, weil mir bewusst wurde, dass sie das Hühnerbein hielt und mir deshalb nicht die Hand geben konnte. »Mein Name ist Cassidy Evans. Ich habe Journalistik studiert und möchte mich bei der New York Times für ein Praktikum bewerben. Ich möchte Sie bitten, mir ein paar Tipps zu geben, wie es klappen könnte.« Ich traute mich nicht, sie direkt zu fragen, ob sie mich unterbringen könne. So selbstbewusst war ich leider doch nicht.

Sie zog die Augenbrauen nach oben, dann legte sie den abgenagte Hühnerknochen auf den Teller und putzte sich die Hände an einer Serviette ab, die ihr der hagere Mann reichte.

»Bei wie vielen Zeitungen haben Sie schon geschrieben?«

»Ich habe die Schülerzeitung geleitet und später einmal im Monat für die Carrington Post berichtet--«

»Ich meine richtige Zeitungen«, unterbrach sie mich.

»Ich arbeite in der PR-Abteilung einer Online-Firma als Pressereferentin, so dass meine Artikel öfter in Frauenzeitschriften erscheinen. Und ich habe für die Gotham einen Artikel verfasst, der--«

»Cassidy, ich finde es sehr nett, dass Sie für die New York Times arbeiten wollen. Damit gehören Sie zu den mehreren tausend, die sich jährlich bei uns für ein Praktikum bewerben. Einige der Bewerber haben bei großen, wichtigen Zeitungen wie dem Chronicle oder US Daily ihre ersten Sporen verdient, und trotzdem werden sie abgelehnt. Uns stehen jedes Jahr drei freie Praktikumsstellen in der Redaktion zur Verfügung, und das bei über tausend Bewerbern. Sie können sich sicherlich ausrechnen, dass Ihre Qualifikationen nicht ganz ausreichend sind, um in die engere Wahl genommen zu werden. Dass jemand wie Sie ohne größere Erfahrungen bei einer so großen Zeitung landet, ist ausgeschlossen. Ich hoffe, ich trete Ihnen nicht zu nahe, wenn ich Ihnen das sage. Aber Sie wirken etwas naiv und gutgläubig. Ein wenig wie ein Kaninchen, das in die Schlangengrube hoppelt und nach einem Job als Schlangentrainer fragt. Das sind keine guten Voraussetzungen für den Job einer knallharten Journalistin. Versuchen Sie es bei anderen Zeitungen, vielleicht in Carrington oder einer anderen kleinen Stadt. Bei der New York Times hat ein Mädchen wie Sie nichts verloren.«

Ich spürte, dass ich mit jedem Wort von ihr mehr zusammensackte. Das Blut schoss in mein Gesicht. Ich lief knallrot an. »Der Markt ist sehr hart geworden, es gibt zu viele Journalisten«, murmelte ich kleinlaut, um das Gesicht zu wahren.

»Das ist tatsächlich ein Problem, weltweit. Weil das Internet den Zeitungen den Rang abläuft, wird gekürzt und werden Stellen gestrichen. Die arbeitslosen Kollegen wollen nicht auf der Straße stehen und versuchen es bei anderen Zeitungen oder als Freie. Jedes Jahr kommen neue Bewerber von den Universitäten dazu, und das bei sinkenden Stellenzahlen. Ich möchte nicht noch einmal an Ihrer Stelle sein und mit dem Job beginnen. Und erst recht nicht aus der Provinz stammen. In New York weht ein anderer Wind. Wollen Sie meinen Rat? Seien Sie froh, dass Sie sich hier nicht mit den gewaltigen Egos der New Yorker herumärgern müssen. Gehen Sie zurück nach Hause. Carrington haben Sie gesagt? Gehen Sie zurück nach Carrington und arbeiten Sie dort. Es wird Sie auf Dauer glücklicher machen.«

Ich ließ die Schultern vollends hängen. »Es ist aber mein Traum, für die New York Times zu arbeiten. Das ist die einzige Zeitung, für die ich wirklich Respekt habe.«

Sie lächelte bedauernd. Ein Stückchen Hühnchenfleisch klebte in ihrem Mundwinkel. »Es tut mir leid, ich kann Ihnen nichts anderes sagen.«

»Danke, für Ihre Zeit, Mrs. Atkins.«

»Viel Erfolg, Miss ...« Sie zögerte einen Moment, als würde sie nach meinem Namen suchen, aber ihn nicht finden.

»Evans«, half ich ihr.

»Miss Evans, schönen Abend noch.« Sie wandte sich ab und ging mit dem Hageren, der mich unverbindlich anlächelte, auf die andere Seite des Saales zum Büffet. Das war's. Näher würde ich der New York Times erstmal nicht kommen. Es sah schlecht aus, ganz schlecht. Ich hatte gehofft, dass ich Glück haben und der Erfüllung meines

Traumes heute einen Schritt näher kommen würde. Aber das war wohl ein Trugschluss gewesen. Dann würde ich eben umso eifriger meinem Job bei »Sweet Passion« nachgehen müssen. Deshalb war ich ja heute eigentlich hergekommen. Pressearbeit. Enttäuscht griff ich nach einem Glas Sekt, das ein Kellner auf einem Tablett gerade an mir vorbeitrug.

»Miss Evans, würden Sie mir bitte folgen?«, sagte auf einmal eine Männerstimme hinter mir.

Ich drehte mich um und bemerkte den Mann mit der blauen Krawatte, der mir vorhin aufgefallen war. Er sah mich auffordernd an und hatte seine rechte Hand leicht ausgestreckt, um zur Tür zu weisen.

»Wohin?«

»Jemand möchte Sie sprechen.«

»Wer?«

»Das wird er Ihnen selbst erklären.«

Ich zögerte einen Moment. Das war seltsam. Wer wollte mich sprechen? Und weshalb?

»Worum geht es?«

»Auch das wird er Ihnen selbst erzählen.«

»Können Sie mir nicht einfach einen kleinen Hinweis geben? Ich kann doch nicht einfach einem wildfremden Mann folgen, der mich zu einem noch fremderen Mann bringen will!«

»Er hat gesagt, ich soll Ihnen mitteilen, Sie würden von ihm das bekommen, was Sie sich am meisten wünschen.«

Ich stutzte. »Was soll das sein?«

Er zuckte mit den Schultern. »Das hat er mir nicht gesagt. Er meinte, Sie wüssten schon, was gemeint ist.«

Ich hatte keine Ahnung, was das sein sollte. Und woher der andere glaubte, zu wissen, was ich mir wünschte. »Das klingt sehr dubios«, sagte ich. »Ich denke, ich werde nicht zu ihm gehen. Wenn er mit mir sprechen möchte, soll er zu mir kommen.«

»Das geht nicht, Miss Evans. Er kann leider nicht zu Ihnen kommen. Bitte folgen Sie mir.«

Ich zögerte immer noch. Was sollte das?

»Ich bin hier um zu arbeiten«, widersprach ich. »Meine Firma hat mir eine Einladung geschickt, damit ich Pressearbeit für sie leiste. Ich muss jetzt arbeiten, da kann ich nicht einfach zu fremden Männern gehen.«

»Die Einladung stammt nicht von Ihrer Firma, sondern von dem Mann, der Sie sprechen möchte. Er bittet Sie, zu ihm zu kommen, deshalb sind Sie hier. Bitte folgen Sie mir.«

Für einen Moment blieb mir die Spucke weg. Dann hatte mir also meine Firma gar nicht die Einladung geschickt? Das würde erklären, wieso mein Chef und meine Kollegen nichts darüber gesagt hatten. Sie wussten gar nichts davon. Aber wer war der Mann, der sie mir wirklich geschickt hatte? Und weshalb wollte er mich so unbedingt sprechen? Ich spürte, wie die Neugier in mir die Oberhand über die Vorsicht gewann.

»Okay. Aber nur kurz.«

Ich stellte das Glas Sekt auf das Tablett eines anderen Kellners und folgte dem Mann mit der blauen Krawatte durch eine schmale Tür, die zu einem kleinen Flur führte. Der wiederum brachte uns zu einem Fahrstuhl in der Nähe der Treppen. Wir fuhren in den vierzigsten Stock, wo er mich aussteigen ließ.

»Es tut mir leid, Miss Evans, aber ich muss Ihnen die Augen verbinden«, sagte er und zog ein schwarzes Tuch aus seiner Jackentasche.

Ich lachte auf. »Was soll das denn? Das wird ja immer geheimnisvoller! Sie glauben doch nicht im Ernst, dass ich das mitmache!«

»Ich bitte um Entschuldigung, aber ich habe strikte Anweisungen. Er möchte anonym bleiben, deshalb bittet er Sie, die Augenbinde in Kauf zu nehmen.«

»Was soll das? Steckt die Mafia dahinter? Ist er der Präsident? Wieso das ganze Theater?«

»Bitte respektieren Sie seinen Wunsch auf Anonymität, Miss Evans.«

Ich zögerte noch einen Augenblick, dann gab ich auf. »In Ordnung, wenn es sein muss.«

Er legte die Augenbinde an, dann führte er mich an der Hand den Gang entlang, bis er vor einem Zimmer hielt. Ich fühlte mich unbeholfen, weil ich ohne Augenlicht über den Teppich stakste. Ich versuchte, durch den schmalen Schlitz unter der Augenbinde hindurch zu schielen, aber ich konnte nichts erkennen.

Er klopfte an einer Tür in einem bestimmten Rhythmus, das war wohl das Erkennungszeichen. Ich kam mir vor wie in einem Spionagefilm. Angela wäre begeistert und würde das Szenario gleich für ihr nächstes Drehbuch verwenden. Ich konnte der Sache allerdings wenig abgewinnen. In meinem Magen grummelte es nervös.

Die Tür öffnete sich, und ich wurde schweigend in das Zimmer geführt. Meine Absätze versanken in dem weichen Teppich. Die Klimaanlage lief und blies kühle Luft an meine Beine.

Jemand schob mich sanft auf einen Stuhl. Für einen kurzen Augenblick fürchtete ich, jetzt würde mir jemand Fesseln anlegen, aber nichts dergleichen geschah. Ich vernahm Schritte, dann klapperte die Tür erneut. Danach war es still.

»Danke, dass Sie gekommen sind, Miss Evans«, sagte eine Stimme. Sie klang männlich und dunkel. Ein Lächeln lag in der Stimme. Und Selbstbewusstsein.

Der Unbekannte klang sexy.

»Wer sind Sie?«

»Es ist besser für Sie und für mich, wenn Sie meinen Namen nicht erfahren.«

»Was wollen Sie von mir?«

Er lachte leise. Das Lachen wirkte jung, jünger als die Sprechstimme. Seiner Stimme nach würde ich ihn auf Mitte dreißig schätzen, seinem Lachen nach Ende zwanzig. Das Lachen klang ebenfalls sexy. Verführerisch. Die Nervosität in meinem Magen legte sich und wurde durch etwas anderes überlagert. Ich fühlte mich wie in Alarmbereitschaft. Jeder Sinn, mit Ausnahme des Sehsinns, war geschärft, als würde ich meine Umgebung besonders klar und deutlich wahrnehmen. Als würden meine restlichen Sinne die Arbeit der Augen übernehmen und so viel wie möglich über den Raum und den Fremden herausfinden wollen. Ich vernahm ein Knacksen, das möglicherweise von der Klimaanlage kam. Draußen grummelte ein Helikopter über der Stadt.

»Sie wirken empört, Miss Evans«, sagte er. »Das ist Ihr gutes Recht. Ich habe Sie einfach von dem Ball wegführen lassen, und Sie wissen zudem nichts von mir, über mich oder warum Sie hier sind. Ich entschuldige mich dafür, aber wenn Sie das bekommen möchten, was Sie sich wünschen, müssen Sie mein Arrangement hinnehmen.«

»Was denken Sie denn, was ich mir wünsche?« Ich klang zickiger, als ich beabsichtigt hatte, denn die Heimlichtuerei irritierte mich. Und die Stimme des Fremden machte mich unruhig. Ich hatte das Gefühl, als würde sie in mir etwas zum Klingen bringen.

»Sie möchten eine Story, die Sie in die New York Times bringt«, sagte er ruhig.

Ich hielt den Atem an. Woher wusste er das? »Wie kommen Sie darauf?«

»Ich habe Kontakte, Miss Evans. Ich kenne viele Menschen. Auch wenn New York eine Millionenmetropole ist, man trifft sich dennoch immer wieder und spricht miteinander.«

»Ich hatte keine Ahnung, dass ich so bekannt bin.«

Ich hörte das Rascheln seines Anzugs. Dann wehte ein feiner Duft in meine Nase. Er roch gut.

»Sie stammen aus Carrington in fernen Westen Pennsylvanias und leben seit zwei Jahren in New York. Sie arbeiten bei Sweet Passion, einem Internetportal zur Partnervermittlung, als Redakteurin für Public Relations. Sie sind fünfundzwanzig Jahre alt und nicht verheiratet. Und Sie möchten Journalistin werden, am liebsten für die New York Times.«

Mir klappte die Kinnlade herunter. Woher wusste er das? Wieso interessierte er sich für mich? »Wer sind Sie? Woher wissen Sie das?«

»Das genau sind die beiden Fragen, die ich Ihnen nicht beantworten kann.«

»Was noch? Was wissen Sie noch über mich?«

»Dass Sie New York genauso lieben wie ich, und dass Sie Gerechtigkeit wollen. Ebenfalls genau wie ich. Sie wollen Ihren Beruf nicht ausüben, um sich in den Mittelpunkt zu rücken, sondern um etwas zu bewirken. Das bewundere ich an Ihnen.«

»Können Sie mir wenigstens sagen, warum Sie mich ausgewählt und hierher gebeten haben? Es gibt mit Sicherheit noch mehr Journalisten, die etwas bewirken wollen und hungrig nach einer Story sind.«

»Weil ich mir bei Ihnen sicher sein kann, dass Sie nicht mit drinhängen.« Das Lächeln in seiner Stimme war plötzlich verschwunden. Er klang ernst.

Ich merkte, dass ich eine Gänsehaut bekam. Die zeigte sich immer, wenn ich spürte, dass etwas Wichtiges geschehen würde. Das hier schien wichtig zu sein.

»Wo hänge ich nicht mit drin?«

»In der Sache, die ich Ihnen erzählen möchte.«

»Ich kann mir aber keine Notizen machen, wenn Sie berichten.« Ich dachte, das wäre ein schlagendes Argument, mich von der Augenbinde zu befreien.

»Ich weiß, Miss Evans. Deshalb werde ich Ihnen nur so viel erzählen, wie Sie sich merken können.«

Offenbar nicht schlagend genug. Ich verzog den Mund. »Das ist doch mühsam. Ich habe nicht so viel Zeit, um ständig zu irgendwelchen geheimen Treffen mit Ihnen zu kommen.«

»Das ist schade. Ich habe nämlich nichts gegen geheime Treffen mit Ihnen. Oder ist Ihnen Ihr Job bei der Partnervermittlung doch wichtiger, als ich dachte, so dass Sie eine Gelegenheit für eine Story ausschlagen?«

Ich spürte, dass ich errötete. »Die Kollegen verlassen

sich auf mich. Es ist ein ordentlicher Job. Ich schreibe täglich Pressemeldungen und Artikel über die Partnersuche, die von vielen Menschen gelesen werden.«

»Ich weiß. Ich kenne jeden davon.«

»Sind Sie von der NSA? CIA? FBI?«

Er lachte. »Nein, ganz bestimmt nicht. Ich bin ein besorgter Bürger, der nicht möchte, dass Menschen in den Ruin getrieben werden. Und der Ihnen die Chance für den großen Durchbruch bieten möchte.«

»Wer wird in den Ruin getrieben?«

»Sie haben sicherlich den Artikel über Lester Paul gelesen? Der Mann, der drei Millionen hinterzogen haben soll.« Er war wieder ernst geworden.

»Ja, habe ich. So einen Betrug hätte ihm niemand zugetraut. Lester Paul galt immer als Vorzeigemanager.«

»Das ist er auch immer noch. Er ist unschuldig. Er wurde reingelegt. Glauben Sie mir das?«

Ich schwieg einen Moment. Die Beweise hatten eindeutig gegen Paul gesprochen. Er hatte die Millionen aus der Firmenkasse genommen, auf ein Off-Shore-Konto überwiesen und dann über Umwege auf sein Privatkonto fließen lassen. Es ließ sich alles nachvollziehen, die Banken hatten die Beweise schon vorgelegt.

»Er wurde anhand der entsprechenden Kontoauszüge überführt«, sagte ich.

»Ich weiß. Bemühen Sie bitte Ihre Fantasie, Miss Evans. So etwas lässt sich heutzutage sehr einfach fälschen. Ein guter Hacker kann sogar Ihr Konto so aussehen lassen, als wären Sie eine Drogenbaronin.«

Er hatte Recht. Und wenn Lester Paul wirklich reingelegt wurde, wäre das tatsächlich eine Story, die mich auf das Titelblatt der Times bringen würde. »Gesetzt den Fall, Sie haben Recht: Wer steckt dahinter?«

Er lachte leise. Es klang traurig. »Das kann ich Ihnen leider nicht so einfach sagen. Um ganz ehrlich zu sein, ist es zu gefährlich. Sie sind mir zu wertvoll, ich möchte Sie nicht gefährden. Und da wäre noch etwas, Miss Evans.« Er zögerte einen Augenblick, bevor er weitersprach. »Meine Information ist nicht umsonst. Im Gegenzug möchte ich etwas von Ihnen haben.«

Jetzt kam es. Mein Herz begann zu klopfen. Was wollte er von mir? »Was soll das sein?«

»Ein Geheimnis von Ihnen.«

Verständnislos schüttelte ich den Kopf. »Ist das ein Scherz?«

»Nein, ist es nicht. Für jede Information, die ich Ihnen gebe, möchte ich ein Geheimnis über Sie wissen.« Er hatte sich zu mir gebeugt, sein Mund war nah an meinem Ohr. »Sie verzaubern mich, Miss Evans. Verraten Sie mir ein Geheimnis über sich, damit ich Ruhe finden kann.« Seine Stimme strich wie Samt über meine Haut. Sie jagte ein Gefühl durch meinen Körper, das an Millionen feiner Nadelstiche erinnerte.

Abrupt richtete ich mich auf. »Sie sind verrückt. Ich mache das nicht mit.« Ich riss mir die Augenbinde vom Kopf, sah jedoch nichts. Es war dunkel in dem Zimmer, stockfinster. Die Vorhänge waren zugezogen, nicht einmal unter der Tür kam ein schmaler Lichtschein hindurch.

»Sie enttäuschen mich, Miss Evans«, sagte der Fremde vor mir. Seine Stimme klang weiter entfernt und tatsächlich ernüchtert. Ich konnte ihn nicht sehen, nur ganz schwach seine Umrisse wahrnehmen. Er schien groß und kräftig zu sein. Mehr konnte ich beim besten Willen nicht erkennen.

»Ich kann nicht einfach einem Unbekannten glauben und von ihm Informationen annehmen. Und ihm dann auch noch meine Geheimnisse mitteilen. Was, wenn Sie mir eine Falle stellen?«

»Das tue ich nicht. Sie müssen sich mit meinem Wort zufriedenstellen. Als Journalistin müssen Ihre Quellen schützen. Ich nehme Ihnen diese Arbeit ab, für den Fall, jemand erwischt Sie bei der Recherche und hat etwas gegen Ihren Artikel einzuwenden. Damit kommen Sie gar nicht erst in die Verlegenheit, Ihre Quelle verraten zu müssen. Je weniger Sie wissen, desto sicherer sind Sie.«

»Und Sie?«

»Ich bin auch geschützt. Aber ich möchte Sie nicht dazu zwingen. Sie können gehen, wenn Sie wollen.«

Ich stand unschlüssig in der Dunkelheit. Sollte ich mich wirklich auf diese Sache einlassen? Die Story, wenn sie denn wahr wäre, wäre eine Sensation. Aber woher wusste ich, dass er mich nicht aufs Glatteis führte? Und wieso wollte er ein Geheimnis von mir wissen? Als Absicherung? Dann stimmte es vielleicht wirklich, was er mir gesagt hatte.

Doch er machte mich nervös. Seine resignierte, ernüchterte Stimme irritierte mich am meisten. Soeben hatte er geklungen, als hätte ich ihn enttäuscht. Das wollte ich nicht. Etwas in mir sträubte sich, ihn zu verärgern.

»Okay. Ich mache mit.« Ich setzte mich wieder. Ich versuchte, mir die Augenbinde aufzusetzen, aber er nahm sie aus meiner Hand und band sie mir um. Ich konnte seine starke Präsenz neben mir spüren. Seine Hände rochen genauso gut wie er. Angenehm, männlich und würzig. Ein teures Aftershave oder Parfüm, eine exotische Mischung aus verführerischen Noten, die zu einer perfekten Harmonie vermischt worden waren. Die Männer in meiner Heimat Carrington in Pennsylvania rochen nach Stall und Schweiß. Wenn sie ausgingen und Parfüm benutzen wollten, nahmen sie eins aus dem Supermarktregal. Es roch billig und ließ nach zwei Stunden bereits nach. Die Studenten an der Uni hatten oft nach den Parfüms ihrer Väter gerochen, oder nach dem Zeug, das ihnen die Tante oder die Freundin geschenkt hatte. Es passte meistens nicht zu ihnen und war viel zu aufdringlich. Der Fremde hier roch, als wäre es sein natürlicher Duft. Sogar die Haut seiner Hände strömte zart den würzigen Geruch aus, der zu seiner samtigen Stimme passte. Als er vortrat, um sich zu meinem Kopf zu beugen und den Knoten zu knüpfen, konnte ich das Rascheln seines Anzugs hören. Er klang nach Seide. Auch teuer.

Offenbar besaß der Mann viel Geld.

»Wie soll ich Sie nennen?«, fragte ich.

»Sagen Sie einfach Adam zu mir.« Sein Atem strich heiß über meine Haut, so dass sich mein Herzschlag erneut beschleunigte.

»Adam, der erste Mann in der Bibel.« Ich gab mir Mühe, meine Stimme ganz normal und ungerührt klingen zu lassen, um ihm nicht zu zeigen, wie sehr mich seine Nähe irritierte.

»Der Mann, der aus dem Paradies verstoßen wurde«, sagte er mit einem Lächeln in der Stimme. Sein Atem wärmte meinen Nacken und bewegte die feinen Härchen an meinem Hals. Ein feines Prickeln lief über meine Haut.

Er hatte die Augenbinde an meinem Hinterkopf festgemacht. Als er seine Hand zurückzog, berührte sie ganz zart und wie zufällig meine Wange. Ein kribbelnder Stromschlag durchfuhr meinen Körper bei dem Kontakt. Ich schluckte, denn mein Mund war trocken geworden.

Die Berührung seiner Hand brannte auf meiner Wange wie ein Tropfen von heißem Kerzenwachs. Die Hand war warm, sanft und weich. Sie gehörte zu keinem Mann, der schwer arbeitete. Adam saß mit Sicherheit in einer führenden Position in einem Unternehmen.

»Also, Miss Evans, was ist Ihr Geheimnis?«, fragte er. Er wirkte immer noch nah. Sein Duft streichelte sanft meine Nase.

Ich schüttelte kräftig den Kopf, als könnte ich damit das verwirrende Gefühl seiner Nähe abschütteln. »Ich habe keine Geheimnisse.«

»Das glaube ich Ihnen nicht. Jeder Mensch hat Geheimnisse. Sie auch.«

Ich überlegte, was ich ihm sagen könnte, es fiel mir jedoch schwer, mich zu konzentrieren. Seine Berührung hatte mich gänzlich aus dem Konzept gebracht. »Ich … ich erzähle meinen Eltern nicht, dass ich bei Sweet Passion arbeite, der Webseite für Partnervermittlung«, gab ich schließlich zu. »Ich erzähle ihnen, ich schreibe für mehrere

Zeitungen in New York. Mom und Dad wären sicherlich enttäuscht, dass ich meinen Traum noch nicht erfüllt habe. Mein Vater musste das Haus mit einer Hypothek belasten, damit ich studieren konnte. Ich hoffe, ich kann es ihnen eines Tages zurückzahlen.«

»Sie haben sich ausgerechnet einen Beruf gesucht, der immer tiefer in die Krise rutscht. Blogger laufen den Journalisten den Rang ab und die Zeitungen sterben.«

»Ich weiß«, seufzte ich. »Aber ich denke, guter Journalismus wird trotzdem benötigt.«

»Unabhängige und unbeugsame Journalisten.« Ich hörte ein Lächeln in seiner Stimme. Ich hatte auf einmal das Gefühl, als wüsste er genau, wie es mir ging. Als würde er mich verstehen und meine Probleme ernstnehmen. Doch ich schob diesen Gedanken schnell beiseite. Ich interpretierte viel zu viel in seine Stimme. Sie war das Einzige, was ich hatte. Ich konnte sein Gesicht nicht lesen, das wichtigste in der Kommunikation zwischen Menschen. Mehr als die Hälfte aller Signale bei einem Gespräch zwischen Menschen wird von der Körpersprache ausgesendet, der Rest läuft über die Stimme und die gesprochenen Worte. Mir fehlte also die wichtigste Komponente, um ihn verstehen zu können. Der Rest blieb meiner Imagination überlassen.

»Sagen Sie mir bitte, was Sie über Lester Paul wissen.«

Sein Anzug raschelte. »Er ist ein ehrlicher Mann, der auf einen falschen Freund gehört hat«, sagte er, etwas weiter entfernt von mir. Sein Duft verflüchtigte sich. »Ich kann Ihnen den Namen des falschen Freundes jedoch nicht geben. Den müssen Sie selbst finden.«

Ich wartete auf mehr. Mein Herz klopfte. Aus irgendeinem Grund hoffte ich, er würde sich wieder zu mir beugen und etwas in mein Ohr flüstern. Ich sehnte mich danach, dass sein Atem wieder über meine Haut strich und dieses feine Prickeln bei mir auslöste. Aber er hielt Abstand und erklärte auch nichts weiter.

»Das ist alles? Das ist die große Story, die Sie mir sagen wollen?« Ich war enttäuscht.

»Mehr kann ich Ihnen momentan nicht verraten, Miss Evans. Es tut mir leid.«

Ernüchtert blieb ich einen Moment sitzen, dann stand ich auf. »Damit kann ich gar nichts anfangen.«

»Doch, das können Sie. Wenn Sie auf das Titelblatt der New York Times wollen, finden Sie die Verbindungen. Sie müssen sich nur ein kleines bisschen anstrengen.«

»Sie sind ein Aufschneider, Adam«, sagte ich, wobei ich mir Mühe gab, mir den wahren Grund für meine Enttäuschung nicht anmerken zu lassen. Ich versuchte, kühl zu wirken. »Für diese unbedeutende Information habe ich Ihnen mein Geheimnis verraten? Sie haben mich an der Nase herumgeführt.«

»Es tut mir leid, wenn Sie das denken, aber mehr kann ich wirklich nicht tun.« Seine Stimme klang bedauernd. »Sie müssen Ihre Quelle schützen, und ich möchte Sie beschützen.«

Hatte er auch einen Stromschlag gespürt wie ich? Vermutlich nicht.

»Dann ist unser Arrangement null und nichtig.« Ich musste die Sache hier beenden, bevor dieser Fremde mich noch mehr verwirren konnte und ich mich lächerlich machte. Ich nahm die Augenbinde ab und starrte in die Dunkelheit. Aber ich konnte ihn nicht sehen.

»Wenn Sie es sich anders überlegen, rufen Sie mich an«, sagte er einen Schritt neben mir und drückte mir eine Karte in die Hand. Wieder durchfuhr mich ein Stromschlag bei seiner Berührung. Ich ärgerte mich darüber und presste pikiert meine Lippen aufeinander. Wieso hatte ich die Reaktionen meines Körpers nicht im Griff? Dann nahm ich die Visitenkarte und steckte sie ein, obwohl ich der festen Überzeugung war, niemals Kontakt zu »Adam« aufzunehmen. Ich würde mich nicht noch einmal mit ihm treffen und von ihm veralbern lassen.

»Einen schönen Abend noch, Miss Evans«, sagte er.

»Danke, dass Sie gekommen sind und ich Sie sehen durfte. Noch viel Vergnügen beim Ball.«

Ich wandte mich ab und suchte einen Hinweis darauf, wo sich die Tür befand. Glücklicherweise hatten sich meine Augen inzwischen an die Dunkelheit gewöhnt, und ich konnte einen schmalen Streifen Licht erkennen, der unter der Tür durchkroch. Vorsichtig ging ich darauf zu.

Ich warf einen Blick zurück ins Zimmer, wo ich seine Silhouette in der Dunkelheit wahrnahm.

»Bye, Miss Evans«, sagte er. Ich glaubte, ein Lächeln in seiner Stimme zu hören.

»Bye, Adam«, erwiderte ich. Dann öffnete ich die Tür und ging hinaus.

Ich lief zum Fahrstuhl und fuhr hinunter in den dritten Stock. Dabei sah ich auf die Visitenkarte. Sie stammte von diesem Hotel, es war nicht seine persönliche. Er hatte lediglich eine Handynummer darauf geschrieben, mit fein säuberlichen Zahlen.

Ich war drauf und dran, sie zu zerknüllen und wegzuwerfen, doch etwas in mir hielt mich zurück. Ich steckte sie ein. Dann lief ich zurück in den Großen Ballsaal. Mir war die Lust an der Veranstaltung jedoch vergangen. Ich schlenderte eine Weile lustlos durch den Saal und flanierte zwischen den hochrangigen und prominenten Gästen hindurch, später aß ich etwas vom Büffet. Ich konnte jedoch die ganze Zeit das seltsame Treffen mit Adam nicht vergessen. Es hatte mich aufgewühlt und völlig durcheinander gebracht. Wer war er wirklich? Und woher kannte er mich? Wie war er auf mich gestoßen? War er vielleicht ein Kunde bei der Webseite? Und wieso warfen mich seine Stimme und seine Berührungen so aus der Bahn?

Ich nahm endlich ein Glas Champagner von einem Tablett, das einer der Kellner durch den Saal trug, und trank es aus. Dann verließ ich den Ball und fuhr nach Hause.

# KAPITEL 2

Die Musik dröhnte mir schon am Eingang entgegen. Ich hörte kaum das Schlagen der Tür hinter mir, als ich das Apartment betrat. Evanescence. Angela liebte diese Band. Doch wenn sie so laut aufdrehte, war etwas bei ihr nicht in Ordnung.

Ich klopfte an ihre Tür. Vermutlich konnte sie es bei der Lautstärke der Musik nicht hören. Deshalb klopfte ich lauter, dann öffnete ich.

Sie sah auf, als ich eintrat. Sie saß an ihrem Computer, eine offene Flasche Wein stand neben ihr auf dem Schreibtisch. Ich habe Angela immer dafür bewundert, wie sie in ihrem Zimmer in all dem Chaos leben konnte. Erstaunlicherweise musste sie wirklich niemals etwas suchen, obwohl ihr Ordnung ein Fremdwort war. Ihre Kleidung lag liederlich auf dem Bett, der Schreibtisch war so mit Büchern und Manuskripten vollgekramt, dass die Flasche auf dem einzigen leeren Fleckchen stand. Sobald sich ein Blatt bewegte, würde der Haufen zusammenfallen und die Flasche mit sich reißen. Aber wenn ich eine Zeitschrift von ihr brauchte, genügte ein Griff, und sie fand sie in dem Haufen. Als ob ihr Gedächtnis das Chaos bis in die kleinste verworrene Ecke genau abgespeichert hätte.

»Dieser Kerl macht mich wahnsinnig!«, brüllte sie mir entgegen, bevor sie auf die Idee kam, die Musik leiser zu stellen. Dann drehte sie am Knopf ihrer Musikanlage.

»Welcher Typ?«, fragte ich sie in die plötzliche Stille hinein. »Der Nachbar?«

»Ja, genau der. Hörst du es?«

Er war nicht zu überhören. Er hatte Damenbesuch und schien das Mädel gerade in allen Stellungen und Varianten befriedigen zu wollen. Das Bett schlug gegen die dünne Wand, ihre Lustschreie waren deutlich zu vernehmen, als wäre sie nicht nebenan, sondern mitten im Zimmer. Er grunzte gerade laut.

»Ich kann so nicht arbeiten«, stöhnte Angela. »Aber wenn ich die Musik aufdrehe, kann ich mich auch nicht konzentrieren.«

»Und wenn du die Kopfhörer aufsetzt?«

»Das habe ich schon versucht. Davon bekomme ich Kopfschmerzen.«

»Dann musst du warten, bis er fertig ist. Er wird ja wohl nicht die ganze Nacht durchhalten.«

»Nein, zum Glück nicht. Er ist kein Marathonläufer.« Sie kicherte. »Sie war übrigens vor einiger Zeit schon mal hier, ich kann mich an ihr hohes Quieken erinnern, kurz bevor sie kommt. Sie nennt ihn Bumdibumm. Die von voriger Woche hatte ihn Idiot genannt.« Sie kicherte wieder.

Der laute Nachbar machte Angela schon länger zu schaffen. Sie hatte jedoch noch nicht herausgefunden, wer er war. Seine Wohnung gehörte zum Nachbarhaus, dessen Bewohner es bevorzugten, ihre Namen nicht ans Klingelschild zu heften.

»Bumdibumm? Was für ein blöder Name!« Ich schüttelte lächelnd den Kopf.

»Wie war die Party?«, fragte Angela plötzlich. »Du bist früh zurück!«

Ich seufzte und ließ mich auf ihrem Sofa nieder, während Bumdibumm gerade zum Höhepunkt kam. »Es ist eine eigenartige Geschichte«, sagte ich, als das orgiastische Geschrei nebenan abflaute. »Die Einladung stammte nicht von meiner Firma, sondern von einem Fremden, der mich für eine Story begeistern wollte.«

»Was für eine Story?« Angela beugte sich neugierig nach vorn, um mir besser zuhören zu können. Sie liebte mysteriöse Geschichten.

Ich berichtete ihr, wie mich der Mann mit der blauen Krawatte angesprochen und zu dem Zimmer im vierzigsten Stock geführt hatte. Wie ich mir die Augen verbinden lassen musste und dann Adam traf. Ich ließ nichts aus, nur die Stromschläge, die ich bei Adams Berührungen empfunden hatte, erwähnte ich nicht.

Angelas Augen wurden immer größer. »Das wäre eine gigantische Story, wenn das mit Lester Paul wahr wäre. Warum bist du nicht weiter darauf eingegangen?«

»Weil er mir nichts Konkretes sagen konnte! Was soll ich denn mit solch kryptischen Bemerkungen anfangen? Nichts. Da könnte jeder kommen, irgendeine Sache behaupten und mir dann sagen, nun mach mal und such den Knochen, Cassie. Es war lächerlich. Er wusste nur, dass ein falscher Freund dahinterstecken würde. Das ist nichts!«

»Aber ein Anfang! Du könntest in Lester Pauls Umfeld nach angeblichen Freunden forschen und herausfinden, wer falsch spielt. Ich wette, das wollte der mysteriöse Fremde. Er kann dir nicht den Namen nennen, du sollst von selbst darauf kommen.«

»Aber das ist zu wenig!«

»Pulitzerpreise wurden schon mit weniger Hinweisen gewonnen.« Sie bewegte aufmunternd die Augenbrauen auf und ab. »Komm, Cassie, lass dir diese Chance nicht entgehen. Es könnte wirklich etwas Großes dahinterstecken.«

Ich winkte ab. »Ich habe mit Susan Atkins von der New York Times gesprochen. Sie will mich nicht, sie braucht mich nicht. Es gibt Tausende mit besseren Qualifikationen als mich.«

Angela musterte mich nachdenklich. »Und das wusstest du nicht vorher, bevor du nach New York gekommen bist?«

»Doch, das wusste ich.«

»Es hat dich damals nicht entmutigt. Warum entmutigt es dich heute?«

Das war eine gute Frage. »Weil ich gedacht hatte, ich wäre meinem Traum schon so nahe gekommen. Aber es hat sich alles als Irrtum erwiesen.«

»Das bedeutet nur, du musst noch weiter hart arbeiten, bis er sich erfüllt. Es ist keine schlechte Nachricht, sondern nur die Nachricht, dass es noch etwas länger dauert. Mehr nicht. Also zieh nicht so ein Gesicht, sondern tanz mit mir.« Sie drehte die Musik wieder lauter, um gegen Bumdibumm anzukommen, und stand auf. Ich wollte mich wehren, aber sie ließ mir keine Wahl. Sie zog mich mit sich, bis wir lachend durch die Gegend hüpften. Nebenan ertönten wieder Stöhnen und Schreie, aber wir übertönten es mit unserem Lachen und ein paar eigenen Rufen, bis ich den unangenehmen Abend im Waldorf Astoria fast vergessen hatte.

Ich schlief recht unruhig in dieser Nacht und wachte schon vor der Zeit auf. Ich hatte von dem Fremden geträumt, von seiner Stimme in der Dunkelheit, und von seiner Hand, die mich streichelte. Davon war ich schließlich aufgewacht, mit erhöhtem Puls und einem kribbelnden Gefühl im Unterleib.

Ich stand auf und ging unter die Dusche, bevor ich meine Tasche packte und zur Arbeit fuhr.

»Sweet Passion« hatte seine Büroräume in der 34sten Straße, mitten im Herzen Manhattans. Das Empire State

Building stand in der Nähe, außerdem lag der Madison Square Garden gleich um die Ecke. Ich drängelte mich durch die Rush Hour auf den Bürgersteigen, die von frühen Touristen verstärkt wurde. Dann huschte ich durch die gläserne Schwingtür, um in das hohe Gebäude aus Beton, Stahl und Glas zu schlüpfen. Das Logo von »Sweet Passion« begrüßte mich im fünfundzwanzigsten Stock. Hier arbeitete ich, seitdem ich in New York lebte. Die Firma für Online-Partnervermittlung hatte sich vor sechs Jahren gegründet, seit zwei Jahren war ich dabei. Ich hatte sie am Anfang gern »Wild Boys Club« genannt, weil viele Männer in der Datenbank auf flotte Dates und heiße Nächte standen, ohne den Wunsch auf eine echte Beziehung zu verspüren. Es gab allerdings auch Kandidaten, die ernsthaft eine Partnerin suchten, aber die meisten waren auf ein unverbindliches Abenteuer aus.

»Hi Cassie«, sagte Olivia am Empfang. Sie war eine exotische Schönheit mit langen Beinen und leicht schräg geschnittenen Augen. Sie modelte nebenbei, wollte es aber nicht als Hauptberuf betreiben. Stattdessen hoffte sie auf ihren Durchbruch am Broadway. Sie war Schauspielerin und Tänzerin und hatte schon in einer Soap mitgespielt, allerdings nur in einer Nebenrolle.

»Hi Liv«, begrüßte ich sie. »Wie war dein Wochenende?«

Sie zuckte mit den Schultern. »Unaufregend. Ich habe mir die Premiere von ›Sugardaddy‹ angesehen, aber sie hat mich nicht überzeugt. Und deins?«

»So lala«, erwiderte ich vage, um ihr nicht alles erzählen zu müssen, was ich erlebt hatte. So nah standen wir uns nicht. »Ich geh schon mal an meinen Schreibtisch. Ich habe viel zu tun.«

Zum Glück gehörte sie nicht zu den neugierigen Vertreterinnen unseres Geschlechtes und fragte nicht weiter nach. »Wenn du weißt, was du zu Mittag willst, sag Bescheid«, sagte sie nur freundlich. »Dann hole ich etwas für dich mit.«

»Danke. Das mache ich.« Ich lief über den harten Parkettboden in ein kleines Zimmer am Ende eines Ganges. Es gab eine Handvoll Büros, in denen lediglich ein oder zwei Schreibtische standen. Meins gehörte dazu. Ich teilte mir das Zimmer mit George, einem schwulen Presse- und Marketing-Experten, der die PR-Abteilung leitete. Ich war die einzige weitere Mitarbeiterin in diesem Bereich. Mein Chef besaß natürlich ebenfalls ein eigenes Büro, wie auch sein Kompagnon.

Lucinda, die Sekretärin, hatte ihr Reich in der Mitte zwischen beiden Chefzimmern. In der Buchhaltung und Personalabteilung befanden sich ebenfalls nur je zwei Angestellte.

Dann gab es ein größeres Büro, in dem die Programmierer saßen. Es waren fünf junge Männer und eine Frau, die für das Aussehen und die Funktionen der Webseite verantwortlich waren.

Im Großraumbüro saßen schließlich die Mitarbeiter, die wie in einem Call Center neue Profile prüften, psychologische Tests auswerteten und Kundenfragen beantworteten. Die meiste Arbeit erledigte jedoch ein Algorithmus des Computers. Er brachte die passenden Partner zusammen, die er anhand der gemeinsamen Interessen und Hintergründe herausfilterte. Ich fand es erschreckend, dass Liebe auf eine mathematische Formel reduziert werden konnte. In mir sträubte sich alles bei dem Gedanken daran, aber für viele Paare schien die Formel funktioniert zu haben. Wir hatten eine extrem hohe Vermittlungsquote, mehr als fünfzig Prozent der Registrierten fanden über den Algorithmus zusammen.

Ich setzte mich an meinen Schreibtisch und schaltete den Rechner an. Sobald er hochgefahren war, öffnete ich den Ordner mit den Profilen all unserer männlichen Mitglieder. Hier wollte ich versuchen, Adam zu finden.

Ich sortierte die Männer aus, die einen einfachen Beruf oder ein Handwerk ausübten. Adam hatte auf mich nicht den Eindruck gemacht, als wäre er ein Arbeiter. Dafür wirkte er zu gebildet und exklusiv eingekleidet. Und seine Hände waren zu geschmeidig gewesen. Außerdem hätte er mir dann kaum eine teure Einladung für den Ball senden lassen.

Danach sortierte ich alle über vierzig und unter zwanzig aus. Es blieben immer noch dreitausend Männer übrig.

Ich überlegte, was ich bei Adam noch beobachtet hatte. Er war groß gewesen, mindestens einsfünfundachtzig, vielleicht sogar mehr.

Mit dieser Angabe konnte ich wieder knapp tausend Partnersuchende aussortieren, viele Männer in der Datenbank waren erstaunlich klein. Es blieben aber immer noch zu viele übrig. Und mehr hatte ich an Adam nicht beobachten können.

Spaßeshalber ließ ich mir die Profile anzeigen, die »Adam« im Namen hatten. Es waren sieben. Mein Herz klopfte eine Spur schneller, als ich den ersten aufrief. Er war ein Professor für Geschichte an der Columbia Universität und trug einen dichten Bart. Außerdem besaß er nur eine gesunde Hand, die andere war durch einen Unfall verkrüppelt. Der war es nicht.

Der zweite Adam war auf der Suche nach einem Mann. Auch den konnte ich aussortieren. Mein Adam war mit Sicherheit nicht schwul. Der dritte käme vielleicht in Frage, wenn er nicht aus Texas stammen würde. Ich hatte bei Adam keinen Südstaatenakzent feststellen können.

Ich sah alle sieben durch, aber keiner wirkte, als könne er der Adam sein, den ich im Waldorf Astoria getroffen hatte.

Woher zum Teufel kannte mich Adam? Ich holte die Visitenkarte aus meiner Tasche und gab seine Handynummer in den Computer ein, aber wieder erzielte ich kein Ergebnis. Entweder war er nicht im System, oder er hatte seine Spuren gut verwischt.

Die Tür öffnete sich und George trat ein. Er war um die fünfzig und wog fast zweihundert Kilo. »Hi Cassie«, schnaufte er. Jeder Schritt strengte ihn an.

»Hi George. Gut geschlafen?«

»Nein, es war zu heiß. Meine Klimaanlage funktioniert immer noch nicht. Ich weiß nicht, wann sich diese elende Hausverwaltung endlich mal aufrappelt, um das Ding zu reparieren. Bevor die ihren Arsch hochkriegen, bin ich weggeschmolzen.«

Ich schenkte ihm ein mitleidiges Lächeln. »Dabei ist noch gar nicht Sommer. Du solltest ihnen so lange auf den Geist gehen, bis sie endlich kommen.«

»Oder das Ding selbst reparieren lassen«, knurrte er und setzte sich. Sein Stuhl ging gewaltig in die Knie und gab ein gequältes Quietschen von sich.

Ich arbeitete eine Weile schweigend und schrieb einen Artikel über die Lebenserwartung von Paaren, die die von allein lebenden Menschen überstieg. Dann bestellte ich bei Olivia einen Salat zum Mittag. Als George das Zimmer verließ, um mit dem Chef einen Pressetermin zu besprechen, googelte ich nach Lester Paul, nach dem Mann, der drei Millionen hinterzogen hatte. Ich wollte herausfinden, ob es vielleicht wirklich einen Anhaltspunkt für Foul Play in diesem Skandal gab.

Doch als die ersten Ergebnisse erschienen, starrte ich erschrocken auf den Bildschirm. Es gab Neuigkeiten. Schlechte Neuigkeiten. Lester Paul war tot. Seine Frau hatte ihn heute früh in seinem Arbeitszimmer gefunden. Er hatte sich erschossen.

Hatte er dem Druck nicht mehr standgehalten? Oder wusste er, dass noch mehr Enthüllungen auf ihn zukommen würden? Ein Selbstmord war so gut wie ein Geständnis. Ein Unschuldiger würde nicht aufgeben.

Als George zurückkam, wollte ich schnell den Computer zuklappen, doch ich war zu spät. Er entdeckte, wonach ich gesucht hatte.

»Der Kerl macht das einzig Richtige«, meinte George, bevor er sich ächzend auf seinem gepeinigten Stuhl niederließ. »Ich hätte auch keine Lust, wegen dieser Sache in den Knast zu wandern. So ist es ein eleganter Abgang.«

»Ein Selbstmord ist ein Schuldeingeständnis«, murmelte ich. »Sonst würde er kämpfen und seine Unschuld beweisen wollen.«

»Wer behauptet denn, dass er unschuldig ist? Der Kerl ist genauso schuldig, wie Al Capone ein Schurke war. Daran gibt es keinen Zweifel.«

George schien mit seiner Meinung nicht allein dazustehen. Neben der Nachricht über Lester Pauls Selbstmord hatte ich im Netz mehrere Artikel gefunden, die über dasselbe Thema berichteten und einheitlich zu der Erkenntnis gekommen waren, dass Lester ein Betrüger wäre. Nur einer meinte mutig, Lester Paul hätte alle Anschuldigungen geleugnet und gesagt, es würde sich um ein Missverständnis handeln. Lester Paul hatte den Fehler aber nicht aufklären können. Und selbst wenn – niemand hätte ihm geglaubt.

Es schien ein unumstößlicher Fakt zu sein: Lester Paul hatte drei Millionen Dollar hinterzogen und möglicherweise noch viel mehr, von denen nur noch nichts bekannt war.

Dann hatte Adam also gelogen. Warum? Was sollte das?

Ich wurde langsam wütend auf den Fremden. Er hatte mich an der Nase herumgeführt, meine Hoffnung auf eine heiße Story geschürt und meine Schwäche ausgenutzt. Als würde er einen perversen Spaß dabei empfinden, mich zu veralbern.

Das konnte ich doch nicht einfach auf mir sitzen lassen!

Als meine Mittagspause endlich herangekommen war, ließ ich meinen Salat stehen, ging hinaus und wählte die Handynummer, die Adam auf die Visitenkarte geschrieben hatte.

»Hallo Miss Evans«, sagte er, ohne dass ich mich melden musste.

Ich erkannte seine Stimme sofort. Sie klang selbst am Telefon sexy.

»Sie haben mich belogen«, sagte ich. »Warum? Was soll das? Macht es Sie an, mich mit verbundenen Augen an der Nase herumzuführen?«

Er schwieg einen Moment, als wüsste er nicht, wie er auf meine Anschuldigungen reagieren sollte. Dann fand er seine coole Haltung wieder. »Nein, es macht mir keinen Spaß und ich habe Sie auch nicht an der Nase herumgeführt. Wie kommen Sie darauf?«

»Er hat sich umgebracht.«

»Ich habe davon gehört. Das ist extrem bedauerlich.« Er hielt inne. Es klang, als würde er um Fassung ringen. Als hätte ihn der Tod von Lester Paul tief erschüttert. »Er war ein guter Mann, dem großes Unrecht angetan wurde. Ich wünschte, ich hätte ihm helfen können.«

»Kannten Sie ihn?«

»Ja. Er hätte es verdient, dass sein Name zu seinen Lebzeiten reingewaschen wird. Dass er sich getötet hat, ist noch lange kein Beweis, dass ich Sie belogen habe. Im Gegenteil.« Seine Stimme enthielt feine Risse. Offenbar nahm ihn der Tod des Mannes tatsächlich sehr mit.

»Wenn er unschuldig wäre, würde er kämpfen«, sagte ich.

Er lachte kurz und leise auf. Es klang bitter. »Nicht alle Menschen sind Kämpfer, Miss Evans. Manche geben zu früh auf. Oder werden gezwungen, aufzugeben.«

Ich wurde hellhörig. »Meinen Sie, er hat sich gar nicht selbst umgebracht? War es Mord?«

»Das denke ich nicht. Aber ich glaube, dass die Optionen, die ihm geblieben waren, inakzeptabel für ihn waren. Und dass jemand nachgeholfen haben könnte, die Optionen so gering wie möglich zu halten.« Seine Stimme klang immer noch traurig, fast schmerzlich sanft.

»Aber Sie verraten mir nicht, wer dieser jemand sein könnte?«

»Nein, leider nicht. Ich kann es immer noch nicht. Der Tod ändert daran nichts.«

»Okay.« Ich wollte das Gespräch beenden, doch er hielt mich auf.

»Sie sollten nicht auflegen, Miss Evans. Lester Paul wird nicht das einzige Opfer bleiben.«

»Wer noch?«

»Nicht am Telefon. Treffen Sie sich mit mir.«

»Mit Augenbinde?«

»Ja.«

»Nein, ohne mich.« Ich spürte, wie sich mein Herzschlag schon bei dem Gedanken daran erhöhte.

»Dann werden Sie nicht vorab erfahren, wer im Mittelpunkt des nächsten großen Skandals in New York stehen wird.«

Ich biss mir auf die Lippen. Sollte ich es tun? Sollte ich mich wieder in seine Nähe begeben und diesen seltsamen Gefühlen ausgeliefert sein, die von mir Besitz ergriffen, sobald ich ihn hörte und spürte? Ich hatte so viele Zweifel, dass ich das Richtige tat. Aber vielleicht wusste er dieses Mal wirklich etwas Näheres?

Ich hatte das Gefühl, dass mein Bewusstsein Gründe dafür suchte, der Versuchung nachzugeben. Es schien, als wollte es mich partout wieder in das Hotelzimmer schicken.

»Wann und wo?«, fragte ich heiser.

»Wieder im Waldorf Astoria, dasselbe Zimmer. Neunzehn Uhr.«

»Okay.«

»Und überlegen Sie sich schon mal ein Geheimnis, das Sie mir verraten werden«, sagte er. Ich konnte ein Schmunzeln in seiner Stimme hören.

»Ich werde daran denken«, erwiderte ich. Dann legte ich auf. Mein Herz raste. Worauf ließ ich mich hier nur ein?

Ich kehrte an meinen Arbeitsplatz zurück und schrieb eine Presseerklärung über ein neues Feature, das sich die IT-Jungs ausgedacht hatten, um die Kommunikation unter den registrierten Usern unserer Seite noch einfacher zu machen. George nahm sie ab, dann verschickte ich sie an die Redaktionen der Zeitungen, Zeitschriften und Online-Journale. Danach beantwortete ich die Mail von der Redakteurin einer Frauenzeitschrift, die gern einen längeren Artikel über Sweet Passion schreiben wollte. Ich lud sie zu einem Besichtigungstermin ein. Nur wenig später kam die Antwort und wir verabredeten uns für den morgigen Tag. Als George auf dem Klo war, rief ich das Waldorf Astoria an, um nachzufragen, wer gestern das Zimmer mit der Nummer 4017 gemietet hatte, aber sie sagten es mir nicht. Sie gaben mir auch keine Auskunft darüber, wer es heute gebucht hatte. Das war mir eigentlich klar gewesen, doch ich wollte nichts unversucht lassen.

Ich wollte gerade einen neuen Artikel beginnen, der von den heimlichen Fantasien von Frauen handeln sollte, als sich die Tür öffnete und Lleyton Paddington seinen Kopf hereinsteckte. Er warf einen Blick auf George, bevor er mich anlächelte. »Hi Cassie, hast du einen Moment Zeit? Ich brauche deinen Rat bei der Rechtschreibung.«

Ich nickte und stand auf, um mit ihm ins Büro der IT-Leute zu gehen. Der Raum war leer. Lleyton führte mich zu seinem Computer und zeigte mir eine Seite, die er entworfen hatte und die demnächst zur Webseite hinzugefügt werden sollte. Sie sollte als eine Art Café dienen, in dem sich die Partnersuchenden zwanglos unterhalten konnten.

»Wow, sie sieht super aus«, sagte ich, ehrlich begeistert. »Gefällt mir.«

Er sah mich an und grinste zufrieden. »Da bin ich aber froh, dass du dich mit ihr anfreunden kannst.« Lleyton war Australier, groß, schlank und sportlich. Er spielte in seiner Freizeit Tennis, nicht nur am Computer, sondern auf dem richtigen Tennisplatz. Und er war Single, wie er mir bereits dreimal unmissverständlich mitgeteilt hatte.

»Wobei soll ich dich beraten?«, erinnerte ich ihn.

Er riss sich von meinem Anblick los und deutete auf den Bildschirm. »Und zwar geht es um das Wort Café.

Wird es Café geschrieben oder Kaffee? Ich habe sogar schon Caffé gesehen. Was ist richtig?«

»Das Getränk, das du zu dir nimmst, ist der Kaffee. Aber das Lokal, in dem du sitzt und Kaffee trinkst, ist ein Café. Und Caffè ist das italienische Wort für Kaffee.«

»Aha.« Er wirkte nicht sonderlich beeindruckt von meinen Ausführungen, eher abgelenkt. »Dann schreibe ich hier also Café, wenn ich will, dass sich die Leute wie in einem Lokal unterhalten.«

»Ja, das würde ich dringend vorschlagen.«

Er nestelte an seinem T-Shirt, als würde er nach Worten ringen. »Cassie, ich wollte dich fragen, was du am Wochenende machst? Ich habe Karten für das Lincoln-Center. Steven Levine gibt dort ein Konzert. Ich dachte, der interessiert dich vielleicht, immerhin ist er ein Country-Sänger aus Pennsylvania.« Er klang verlegen.

Ich presste die Lippen aufeinander. Ein Date mit Lleyton stand nicht gerade weit oben auf meiner Wunschliste. Er sah zwar gut aus und war nett, aber ich wollte keine nähere Bekanntschaft mit einem Kollegen. Und etwas Festes schon gar nicht. »Danke, das ist nett von dir, dass du an mich gedacht hast. Doch ich fürchte, es wird nichts. Ich habe schon etwas vor, es tut mir leid.« Ich schwindelte, weil ich seine Gefühle nicht verletzen wollte. In Wahrheit hatte ich noch keine Pläne.

Enttäuscht wandte er sich ab und starrte auf den Bildschirm. »Es wäre nur freundschaftlich, als Kollegen. Mehr nicht«, murmelte er betreten. Danach zuckte er nonchalant mit den Schultern, um mir zu zeigen, dass ihm meine Abfuhr nichts weiter bedeutete. »Ich dachte, du kommst aus Pennsylvania und freust dich über einen Landsmann. Kannst es dir ja noch überlegen.«

»Okay, danke Lleyton. Falls meine anderen Pläne platzen, komme ich darauf zurück.«

Die Hoffnung kehrte in sein Gesicht zurück. »Alles klar. Danke für deinen Tipp mit dem Café.«

»Immer wieder gerne.« Ich lächelte und ging zu

meinem Arbeitsplatz zurück, wo ich mich nun endlich um den neuen Artikel kümmern konnte.

Als der Feierabend nahte, spürte ich eine eigenartige Nervosität in meinen Eingeweiden. Ich fuhr nach Hause und hoffte, Angela anzutreffen, um ihr zu sagen, wohin ich gehen wollte. Es sollte jemand wissen, wann und wo ich verabredet war, für den Fall, dass sich Adam doch noch als Wahnsinniger entpuppte. Sie sollte die Polizei alarmieren, wenn ich nicht rechtzeitig wieder auftauchte. Sie war jedoch nicht in der Wohnung, sondern saß auf der Treppe vor dem Haus.

»Was machst du denn hier?« Ich setzte mich zu ihr.

»Ich warte, dass Bumdibumm aus dem Haus kommt, damit ich ihm ins Gesicht sagen kann, was ich von seinen sexuellen Leistungen halte.«

Ich lächelte. »Und woran willst du ihn erkennen?«

»Ich weiß nicht. Vielleicht an seinem Aussehen. Ich denke, er wirkt wie ein Neandertaler.«

»Das ist schwierig. Vielleicht ist er es?« Ich deutete auf einen Mann um die sechzig, der aus dem Haus trat. »Was meinst du, sieht er aus wie ein Bumdibumm?«

Angela schüttelte den Kopf. »Ich könnte ihn mit diesem Namen ansprechen. Wenn er reagiert, ist er es. Was meinst du?«

»Das klingt vernünftig.«

»Bumdibumm!«, rief sie laut. Der Nachbar lief ungerührt an ihr vorbei und die Straße hinunter auf die Kreuzung zu.

»Er ist es nicht«, sagte ich. Angela reagierte jedoch nicht. Sie starrte auf einen Mann auf der gegenüberliegenden Straßenseite, der aus einem Taxi stieg und eine Haustür öffnete.

»Das kann nicht sein«, murmelte sie. Sie war blass geworden, nur auf ihren Wangen hatten sich kleine, knallrote Kreise gebildet. Was war denn mit ihr los?

»Was kann nicht sein?«, wollte ich wissen.

»Der Typ sieht aus mit Ryan, mein Ex. Ich dachte, er sei in San Francisco und glücklich verheiratet.«

»Vielleicht ist es sein Zwillingsbruder.«

»Er hat nur eine Schwester.« Der Mann war im Haus verschwunden. Angela wirkte immer noch geschockt. Dann stand sie auf. Den sexsüchtigen Nachbarn schien sie völlig vergessen zu haben. »Ich muss mal kurz nachschauen, ob er es wirklich war.« Sie eilte über die Straße, in Strickjacke und Hausschuhen, und studierte die Klingelschilder. Danach kehrte sie zurück zu mir. Sie war immer noch blass, und die roten Flecken auf ihren Wangen waren noch leuchtender geworden.

»Und?«, fragte ich, als sie wortlos an mir vorüber ins Haus stürmte.

»Er ist es. R. Hendricks steht an der Tür. Das ist er eindeutig. Was macht er hier? Wieso zieht er ausgerechnet in meine Straße? Das Leben ist so brutal!« Sie jammerte, während wir die Treppe nach oben liefen.

»Was ist denn passiert?«, fragte ich. »Hat er dich schlecht behandelt? Dann müssen wir uns etwas--«

»Nein, das hat er nicht. Er war … es war … es war kompliziert mit ihm. Eine lange Geschichte.«

Ich sah auf die Uhr. Für eine lange Geschichte hatte ich jetzt keine Zeit. »Kannst du sie mir später erzählen? Ich muss los. Ich treffe mich wieder mit dem Unbekannten.«

Ihr Gesicht hellte sich auf. Sie gab sich wirklich Mühe, den Schock zu verdauen, den ihr Ex bei ihr hervorgerufen hatte. Sie erwähnte ihn nicht einmal mehr. »Will der Fremde dir mehr über Lester Paul verraten? Dass es kein Selbstmord war?«

»Er weiß angeblich von einem neuen Skandal, der noch nicht in den Zeitungen steht.«

»Dann solltest du ihn unbedingt sprechen. Das könnte dein Ticket in die New York Times sein.«

»Ich weiß nicht. Auf jeden Fall sollst du wissen, wo ich hingehe. Wenn ich in zwei Stunden nicht wieder zurück bin, rufst du mich an. Und wenn ich nicht reagiere, informierst du bitte die Polizei. Machst du das für mich?«

Sie nickte. »Verlass dich auf mich.«

»Danke.«

Ich eilte in die Küche, um schnell ein paar Reste von Angelas Mittagessen zu naschen, dann zog ich mich um und ging aus dem Haus.

* * *

Ich verspürte ein aufgeregtes Ziehen im Unterleib, als ich den Gang im Hotel entlangschritt. Der Teppich dämpfte meine Schritte, doch meine Kleidung raschelte. Ich hatte extra eine Seidenbluse aus meinem Schrank gezogen. Die einzige edle Bluse, die ich besaß. Adam sollte nicht denken, dass er eine ungepflegte Provinzpflanze vor sich hatte. Und außerdem wollte ich gut aussehen für ihn. Es war verrückt, das war mir bewusst. Er war ein völlig Fremder, den ich noch nicht einmal gesehen hatte. Und er würde es in der Dunkelheit des Zimmers sowieso nicht bemerken. Aber etwas in mir drängte mich danach, schön für ihn zu sein.

Kurz bevor ich beim Zimmer ankam, löste sich eine Figur von der Wand. Der Mann mit der blauen Krawatte trat auf mich zu, nur dass er dieses Mal einen roten Schlips trug.

»Hi«, sagte ich. »Er erwartet mich.«

»Ich weiß. Hier ist die Augenbinde.«

Ich stellte mich brav hin, damit er mir die Augenbinde umlegen konnte. Dann öffnete er die Tür und führte mich hinein. Adam kam auf mich zu, ich konnte seine Schritte hören. Danach nahm er mich in Empfang. Ich spürte seine Hand an meinem Oberarm. Ich versuchte, das Gefühl der Hitze, das seine Berührung in mir auslöste, zu ignorieren.

»Hallo Miss Evans«, sagte Adam mit seiner sexy Stimme. »Wie schön, Sie zu sehen!«

»Hallo Adam. Das Kompliment kann ich leider nicht erwidern, weil ich nichts sehe.« Er führte mich zu einem Stuhl, auf dem ich mich niederließ.

»Danke, Matt«, sagte Adam, nicht an mich gewandt, sondern an den Mann mit der roten Krawatte. Dann vernahm ich, wie Matt den Raum verließ.

Danach war es still. Nervös nestelte ich an meiner Tasche herum. Warum sagte Adam nichts?

»Also, was können Sie mir über den neuen Skandal mitteilen?«, fragte ich schließlich, als ich die Stille nicht mehr aushielt.

»Zuerst will ich ein Geheimnis von Ihnen wissen«, erwiderte er. »Das ist die Bezahlung.« Er klang, als würde er mir entspannt gegenüber sitzen. Ich schluckte und versuchte mir auszumalen, wie er aussah. Wie er lässig in seinem teuren Anzug vor mir saß, der Knopf des Jacketts geöffnet, seine Beine locker übereinandergeschlagen. Oder trug er nur ein Hemd? War es am Hals aufgeknöpft? Lagen seine Hände in seinem Schoß?

»Ich habe Ihnen doch schon gesagt, dass ich keine Geheimnisse habe«, sagte ich, um mich von meinen Vorstellungen abzulenken. »Bei mir gibt es in dieser Hinsicht nicht viel zu holen.«

»Und ich habe Ihnen gesagt, dass ich Ihnen nicht glaube. Ich wette, Sie haben sehr viele Geheimnisse.«

Seine Stimme machte mich schwach. Er klang so souverän und selbstsicher, dass ich das Gefühl hatte, ihm hoffnungslos unterlegen zu sein. Hoffentlich merkte er nicht, wie es um mich stand! Ich suchte fieberhaft nach einem Geheimnis, das ich ihm in den Rachen werfen konnte, ohne dass es mich in die Bredouille brachte. »Ich habe in der Schule von Amy Spiecker abgeschrieben«, sagte ich schließlich.

Er lachte leise. »Das ist kein Geheimnis, das mich interessiert. Es ist vielleicht für Amy Spiecker wichtig, aber nicht für mich. Dieses Geheimnis zählt nicht, Miss Evans.«

Warum nannte er mich immer Miss Evans? Auch das

machte mich nervös. Alles an ihm ließ mich unruhig werden. Ich biss auf meine Unterlippe und spielte unsicher mit meinen Händen.

»Mache ich Sie nervös? Ist das Ihr Geheimnis?«, fragte er plötzlich ganz nah an meinem Ohr. Ich zuckte leicht zusammen. Seine Nähe löste einen Sturm in mir aus. Meine Haut kribbelte und prickelte. Verdammt, ja, er machte mich nervös, aber das wollte ich ihm nicht sagen.

»Mich macht es unruhig, nichts sehen zu können«, erwiderte ich in gespielter Reserviertheit. Aber er nahm mir die Kühle nicht ab.

»Und mich macht es unruhig, dass mein Freund Lester Paul gestorben ist.« Er klang wieder traurig.

»Warum prangern Sie nicht selbst die Schuldigen an?«

»Weil ich nicht kann, süße Cassidy«, flüsterte er in mein Ohr. Das nüchterne Miss Evans war verschwunden, auf einmal nannte er mich Cassidy. Ich spürte die Hitze seines Körpers. Sie ließ meinen Puls in die Höhe schnellen. Das Kribbeln breitete sich in meinem Unterleib aus und weckte ein sehnsüchtiges Ziehen, das sich bis zwischen meine Beine zog.

»Willst du zuerst ein Geheimnis über mich wissen?«, fragte er leise.

Ich nickte, in der Hoffnung, dass er es sehen oder spüren konnte. Sprechen konnte ich gerade nicht.

»Du bist bezaubernd, Cassidy«, flüsterte er. »Sehr. Seit gestern denke ich jede Minute an dich. Ich hatte Angst, du würdest mich vielleicht nicht anrufen. Und nachdem du dich doch gemeldet hast, fühlte ich mich so erleichtert wie schon seit Jahren nicht mehr.«

Ich schluckte. »Sagen Sie mir noch etwas über sich. Irgendetwas, woran ich denken kann, wenn der Name Adam durch meinen Kopf huscht.« Meine Stimme klang brüchig. Ich hatte sie nicht mehr unter Kontrolle.

Er schien einen Moment zu überlegen, denn es dauerte ein paar Sekunden, bis er wieder sprach. »Ich habe Pech gehabt in meinem Leben und bin tief gefallen. Aber ich habe es geschafft, mich wieder hochzuarbeiten. Ich habe mehr Geld, als ich jemals ausgeben kann. Ich arbeite viel, den ganzen Tag in einem großen Büro über den Dächern von New York. Und abends falle ich müde ins Bett und träume von dir.«

»Ich weiß immer noch nicht, warum Sie mich wollen.«

»Weil du anders bist. So süß und unschuldig. Du gibst mir Kraft, dass diese Welt doch nicht so korrupt ist, wie ich fürchte. Das musst du mir erst einmal so glauben. Mehr erzähle ich dir ein anderes Mal.«

»Falls wir uns wiedersehen.«

»Das werden wir sicher. Ich kann spüren, dass ich dich genauso nervös mache, wie du mich.«

Ich verzog den Mund. Er hatte es also gemerkt. Mist!

»Wehre dich nicht dagegen. Lass dich fallen«, raunte er. »Wir gehören zusammen.«

»Dafür müsste ich Ihnen vertrauen.«

»Vertrau mir, Cassidy.« Ich spürte seinen Atem an meinem Hals. Er brannte wie Feuer. Ich hatte Mühe, Luft zu holen.

»Ich kann Ihnen nicht vertrauen, wenn ich Sie nicht kenne.«

»Manchmal sind Fremde ehrlicher und aufrichtiger als engste Vertraute.«

»Was wollen Sie von mir?«, fragte ich mit mühsam aufrecht erhaltener Beherrschung.

»Jetzt? Dein Geheimnis.« Seine Hand strich über meine Wange hinunter zu meinem Hals. Wieder erlebte ich diesen Stromschlag bei seiner Berührung. Dieses Mal noch intensiver. Er ging durch meinen Körper hindurch bis in meinen großen Zeh. Er vibrierte in meinem Unterleib und schien ein Feuer in mir zu entfachen, denn ich hatte auf einmal das Gefühl zu glühen. »Hast du vielleicht dunkle Sehnsüchte?«, fragte er.

Ich schüttelte den Kopf. »Ich habe Sehnsüchte wie jeder normale Mensch, und die richten sich momentan nur auf meinen Job.« Ich merkte, dass ich heiser klang. Die

Wahrheit war, dass seine Berührung tatsächlich in mir eine Sehnsucht geweckt hatte. Ein Verlangen, das ich niemals für möglich gehalten hatte. Dabei kannte ich diesen Mann nicht einmal!

»Gibt es Dinge, die dein Freund nicht wissen darf?« Sein Finger glitt sanft über mein Schlüsselbein. Mein Hirn sagte mir, dass ich nach seiner Hand greifen sollte, um ihn daran zu hindern, mich weiter zu berühren, aber dieser Befehl kam nicht bei meiner Hand an. Sie lag in meinem Schoß und rührte sich nicht.

»Ich habe keinen Freund«, sagte ich mit krächzender Stimme. Mein Atem ging schneller und machte es mir schwer, normal zu antworten. Ich musste mich räuspern, um wieder klar sprechen zu können. Und um den Schein zu wahren, dass ich mich noch unter Kontrolle hatte.

»Warum nicht?«

»Mir bleibt keine Zeit für einen Mann. Ich will mir meinen Traum erfüllen, das ist wichtiger als alles andere.«

»Wichtiger als Erfüllung in der Liebe?« Er nahm mein Kinn zwischen Daumen und Zeigefinger und hob sanft mein Gesicht an. Sein Atem strich über meine Lippen. »Sag es mir, Cassidy«, flüsterte er.

Ich hatte das Gefühl, dass mein Herzschlag aussetzte. Mein Atem jedenfalls stand still. Einen qualvoll langen Moment wartete ich darauf, dass seine Lippen die meinen berührten. Doch sie taten es nicht. Ich schnappte nach Luft und versuchte, eine Antwort auf seine Frage zu finden.

»Ich habe keine Ahnung, wie sich erfüllte Liebe anfühlt, deshalb ist sie mir gerade nicht wichtig«, erwiderte ich schwach.

»Ist das dein Geheimnis? Du hast noch keine Erfüllung gefunden?«

Ich schluckte hart. Er hatte mich reingelegt. Er hatte mit seiner Nähe, seinen Berührungen und seinem Atem auf meiner Haut meinen Widerstand lahmgelegt, um mein Geheimnis zu erfahren. Und ich war darauf hereingefallen.

Mit dieser Erkenntnis kam endlich der Befehl aus meinem Hirn bei meiner Hand an. Ich griff nach seiner und schob sie weg.

»Ist es dein Geheimnis?«, hakte er nach. »Es konnte dich noch kein Mann richtig glücklich machen?«

Ich versuchte, meine Enttäuschung einigermaßen unter Kontrolle zu bekommen. Er spielte nur mit mir, während ich mich nach etwas sehnte, was nur in meiner Einbildung existierte. Seine Berührungen, seine Nähe – es war alles ein abgekartetes Spiel, um an mein Geheimnis zu gelangen. Wieso fiel es mir so schwer, die Anzeichen für seine Täuschung früher zu erkennen? Ich war doch sonst so vorsichtig. Mein Körper spielte verrückt, obwohl sich Adam nur einen Spaß mit mir erlaubte.

»Ja«, gab ich zähneknirschend zu. »Ich bin zwar keine Jungfrau mehr, aber das hat noch keiner geschafft. Sind Sie nun zufrieden?«

Er strich eine Haarsträhne aus meinem Gesicht. Bei der unerwarteten Berührung zuckte ich wieder leicht zusammen, wehrte mich jedoch nicht.

»Ich bin nicht zufrieden, dass du bisher unglücklich warst. Aber ich bin froh, dass du mir das gesagt hast.«

»Was ist das für ein krankes Spiel?« Ich schüttelte den Kopf. »Warum tun Sie das?« Meine Stimme klang wieder fast normal. Die Enttäuschung hatte meinen Puls gesenkt und meine Atmung normalisiert.

Ich konnte hören, wie sein Anzug leise raschelte.

»Es ist kein Spiel, Cassidy. Das war der Deal. Ein Geheimnis gegen ein anderes.« Er klang ein wenig bedauernd, als fände er es schade, zum Geschäftlichen übergehen zu müssen. »Ich weiß nun dein Geheimnis, deshalb halte ich mein Ende des Deals ein. Das nächste Opfer eines Skandals heißt Philipp Berger. Philipp ist Staatsanwalt und kandidiert nächstes Jahr als Bürgermeister.«

»Ich habe von ihm gehört. Er will die Gesetze bei Ehen für Homosexuelle lockern.«

»Er wird als Ehebrecher und Betrüger dastehen, obwohl er es nicht ist.«

»Warum?«

»Das musst du herausfinden, süße Cassidy«, flüsterte er, plötzlich wieder ganz nah an meinem Ohr.

Ich biss mir auf die Lippen, um die Reaktion meines Körpers zu unterdrücken. Unbewusst wandte ich ihm mein Gesicht zu, so dass sich unsere Wangen berührten. Seine Haut war glattrasiert. Kein Bart. »Wann soll die Affäre an die Öffentlichkeit kommen?«, fragte ich leise.

»Das weiß ich nicht genau. Mir ist nur bekannt, dass er das Opfer ist.« Er verharrte für einen Moment in der Stellung, in der sich unsere Gesichter berührten. »Wenn du an ihn herankommen willst, aber nicht weißt wie, mach dir seine Eitelkeit zunutze«, sagte er, dann richtete er sich auf. »Ich muss jetzt leider gehen, Cassidy. Ich weiß, dass du mich für einen Gauner hältst, weil ich dir dein Geheimnis entlockt habe. Aber glaube mir, ich rechne dir deine Ehrlichkeit hoch an. Ich wünschte, wir würden uns unter anderen Bedingungen sehen und sprechen.« Er hielt einen Moment inne. »Gute Nacht, süße Cassidy.«

»Gute Nacht.« Ich hörte, wie er die Tür öffnete und zuschlug.

Ich wartete noch einen Moment, ob er nicht vielleicht doch noch im Zimmer war und mich beobachtete, doch als ich nichts vernahm, zog ich die Augenbinde vom Kopf. Es war dunkel im Raum, aber nicht so pechschwarz wie beim letzten Mal. Er hatte die Vorhänge nicht ganz zugezogen, so dass das Licht der Stadt in das Hotelzimmer drang. Ich stand auf und sah hinaus. Die Scheinwerfer der Autos zogen sich wie Millionen helle Lichtpunkte durch die Straßen. In den Fenstern der Hochhäuser funkelten weitere Millionen Lichter. In all dem Licht lag unter mir der Central Park wie ein schwarzes Tuch. Irgendwo auf dem Fußweg lief Adam jetzt und stieg in ein Auto oder Taxi ein.

Ich versuchte, vierzig Stockwerke unter mir einen Mann zu entdecken, der Adam sein könnte, aber der Bürgersteig war zu weit weg und außerdem zu dunkel.

Ich ging zurück ins Hotelzimmer und schaltete das Licht ein. Geblendet sah ich mich um, um nach Hinweisen zu forschen, die mir etwas über Adam erzählten. Doch der Raum war leer. Nichts deutete darauf hin, dass Adam jemals hier gewesen war. Auch im Bad fand ich nichts.

Ich ging aus dem Zimmer und schlug die Tür hinter mir zu.

# KAPITEL 3

Als ich zu Hause ankam, hatte ich mich langsam wieder etwas beruhigt, mein Körper hatte schon fast wieder zu seiner normalen Gleichgültigkeit gefunden. Mein Puls bekam jedoch einen unschönen Kick, als ich die Wohnungstür öffnete und Angela gegenüberstand. Ihr Gesicht war gerötet, der Mascara um ihre Augen verwischt, als hätte sie geweint. Doch am erschreckendsten war der Alkoholgeruch, der mir entgegenschlug.

»Ich dachte, ich hätte ihn in San Francisco gelassen«, sagte sie und hatte Mühe, sich zu artikulieren.

Ich ahnte sofort, dass sie ihren Ex Ryan meinte, den sie heute zufällig gesehen hatte.

»Offenbar hat es ihm dort nicht gefallen«, entgegnete ich und trat ein. »Du siehst aus, als hättest du ein größeres Problem damit, dass er hier aufgetaucht ist. Was ist denn damals passiert?«

Sie schüttelte den Kopf und winkte ab. »Es ist egal. Es hätte sowieso niemals funktioniert.«

»Angela, du solltest das klären, was auch immer es war. Es ist durchaus möglich, dass ihr euch jetzt öfter begegnet. Immerhin wohnt er im Haus gegenüber.« Ich führte sie zu ihrem Zimmer, wo sie sich auf das Bett setzte. Ich ließ mich neben ihr nieder und legte meinen Arm um ihre Schulter, um sie zu trösten. »Es wird schon nicht so schlimm werden.«

»Nicht so schlimm?«, fragte sie kreischend. »Du hast ja keine Ahnung! Ich werde das Haus nicht mehr verlassen. Nie mehr!« Sie legte sich auf das Bett und seufzte verzweifelt. »Mein Leben ist vorüber, bevor es richtig begonnen hat.«

»Du machst mich wirklich neugierig, was mit ihm war.« Ich versuchte ein Lächeln. Dabei saß mir die Begegnung mit »Adam« noch in den Knochen, und ich konnte mich kaum auf Angela konzentrieren. Aber sie war immer für mich dagewesen, wenn ich Hilfe brauchte. Ich schuldete es ihr, mich um sie zu kümmern, wenn es ihr schlecht ging.

»Es war furchtbar und ich möchte nicht darüber reden. Ich möchte es vergessen, so als ob es nie passiert wäre. Als ob es ihn nie gegeben hätte. Es war mir fast gelungen, ihn aus meinen Erinnerungen zu löschen, aber nun taucht er hier auf.« Sie stöhnte gequält auf.

»Hat er dir etwas angetan? Ist er gewalttätig? Dann solltest du die Polizei rufen und eine einstweilige Verfügung anordnen lassen, dass er sich dir nicht nähern darf.«

Sie schüttelte vehement den Kopf, so dass ihre Haare über das Kissen flogen. »Nein, er war immer wunderbar, viel zu gut für mich. Es ist nicht seine Schuld, sondern ganz allein meine. Ich habe so großen Mist gebaut, dass ich ihm nie wieder unter die Augen treten kann.«

Ich sah, wie sich große Tränen in ihren Augen bildeten und dann über ihre Wangen liefen.

»Angela, was auch immer es war, du solltest es mit ihm klären. Vielleicht ist er froh darüber, dass es aus der Welt geschafft wird.«

Wieder Kopfschütteln, dieses Mal noch heftiger. »Niemals! Das wäre mein Ende! Ich kann nicht. Cassie, bitte, reich mir den Rotwein. Es geht heute nicht ohne.«

Zögerlich reichte ich ihr die Flasche. »Ich will nicht bevormundend klingen, aber du kannst nicht immer alle Probleme mit Alkohol lösen.«

»Ich weiß, Cassie, nur noch das eine Mal.« Sie trank gleich aus der Flasche, dann sank sie zurück in ihr Kissen. »Das Leben ist hart. Ein sexbesessener Nachbar auf der einen Seite, der Ex auf der anderen Seite der Wohnung. Wer weiß, wer noch hierher zieht, vielleicht ein Serienmörder.«

Ich nahm ihr die Flasche aus der Hand, bevor Rotwein auf das Bettzeug tropfte. »Immerhin hast du mich. Ich bin völlig normal und will dir nichts Böses.«

Sie betrachtete mich skeptisch. »Wer weiß, vielleicht verwandelst du dich in einen sexbesessenen Serienmörder, der mich schon seit meiner Kindheit verfolgt. Das bringt mich auf eine Idee für ein Drehbuch.« Sie sprang auf und wollte zum Computer eilen, doch ihr wurde schwindelig, so dass sie sich wieder setzen musste. »Vielleicht schreibe ich mir den Einfall lieber morgen auf.«

»Ja, morgen ist es besser.« Ich stand auf. »Du solltest schlafen. Du hast die ganze Nacht durchgearbeitet.«

»Ja, Bumdibumm war irgendwann fertig und hat geschnarcht, dass sich die Balken biegen. Das hat sehr inspirierend gewirkt.« Sie grinste, wurde aber sofort wieder ernst. »Ich habe dich noch gar nicht nach deinem Date mit dem Fremden gefragt. Wie war es?«

Ein feiner Schauer lief über meine Oberschenkel und zog in Richtung meiner Mitte, als ich an die Begegnung mit Adam und an seine Berührungen dachte. »Er hat den Verdacht, dass bald jemand einem Rufmord zum Opfer fallen wird. Er hat mir den Namen genannt.«

»Wer ist es?«

»Staatsanwalt Philipp Berger.«

»Der Mann, der bessere Gesetze für Schwule schaffen will, damit sie Kinder adoptieren können?«

»Ja, genau der.«

»Und sonst? Der Fremde hat dich nicht bedroht oder wirkte sonst irgendwie gefährlich?«

Ich schüttelte den Kopf. »Nein, nichts dergleichen.«

Angela musterte mich misstrauisch. Sie schien mir nicht zu glauben. »Irgendetwas ist anders an dir. Du verhältst dich seltsam.«

»Nein, alles bestens.« Ich ging mit dem Rotwein zur Tür. »Du solltest schlafen. Wir reden morgen in Ruhe.«

»Okay. Ich bin zu betrunken, um dich und dein Verhalten genauer zu analysieren. Aber morgen bist du fällig.« Sie zwinkerte mir zu, was in ihrem Zustand etwas eigenartig aussah. Als würde ein Waschbär ein Sandkorn aus dem Auge blinzeln.

»Du auch«, erwiderte ich schmunzelnd.

Sie stöhnte wieder und ließ sich auf das Bett fallen. »Erinnere mich nicht daran.« Sie streckte ihren Arm nach mir aus. »Reich mir die Flasche, mein Liebes!«

»Nein, du schläfst jetzt. Ich brauch auch noch einen Schluck, um mich zu beruhigen.«

»Also war es doch nicht so bestens mit dem Fremden?«

»Ich erzähle es dir morgen. Gute Nacht, Angela.«

»Gute Nacht, Mama«, scherzte sie, dann legte sie den Arm über ihre Augen. Ich schloss die Tür und ging in mein Zimmer, wo ich Block und Stift hervorholte. Ich notierte, was mir Adam gesagt hatte. Danach überlegte ich, wie ich morgen an die Story herangehen würde. Adam hatte gesagt, ich solle mir Bergers Eitelkeit zunutze machen. Ich wusste zwar erst nicht, was er damit meinte, doch dann keimte in mir eine Idee. Nachdem ich mir einen Plan zurechtgelegt hatte, zog ich mich aus und ging ins Bett.

***

Die Sekretärin von Philipp Berger klang freundlich und kaum genervt, als ich sie am Morgen anrief.

»Ich hätte gern mit Mr. Berger gesprochen«, sagte ich. »Ich bin freie Journalistin und würde gern mit ihm über die Gesetzesvorlagen zum Schutz der Homosexuellen sprechen.«

»Dann sollten Sie sich beeilen und zum Gerichtsgebäude laufen. Dort findet gerade eine Pressekonferenz mit Mr. Berger und dem Bürgermeister zu genau diesem Thema statt.«

»O, das wusste ich nicht. Wie lange wird die PK dauern?«

»Sicherlich noch eine Weile. Sie hat gerade erst begonnen.«

»Danke.«

»Viel Erfolg.«

In Windeseile packte ich meine Sachen zusammen, rief George im Büro an, um ihm zu sagen, dass ich etwas später kommen würde. Anschließend lief ich aus dem Haus, um zum Gerichtsgebäude in der Centre Street zu fahren. Ich nahm für die zwei Stationen die U-Bahn, dann rannte ich den Rest des Weges. Die Pressekonferenz fand in der Empfangshalle des Gerichtsgebäudes statt. Es war nicht nur der Bürgermeister da, sondern auch Frank Rosenberg, der Senator von New York. Der war der erste New Yorker Politiker, der offiziell in einer schwulen Beziehung lebte. Neben ihm stand Philipp Berger. Berger sprach gerade über die Vorteile einer Gesetzesänderung, eine Reporterin von CNN widersprach ihm jedoch ständig. Danach meldete sich ein freier Journalist zu Wort und wollte wissen, was der Bürgermeister tun würde, um die Gesetze in der Praxis umzusetzen. Nach dessen Antwort meldete sich wieder die Reporterin von CNN und löcherte den Senator. Als sie ihren Dampf abgelassen hatte, beruhigte sich die Pressekonferenz etwas und verebbte nach etwa fünfzehn Minuten schließlich. Die Journalisten verzogen sich.

Das war mein Moment. Ich ging auf Philipp Berger zu. Er war ein großer Mann mit schwarzen Haaren, die an den Schläfen leicht angegraut waren und die er zurückgekämmt hatte, so dass seine Geheimratsecken nicht zu übersehen waren. Er besaß etwas wulstige Lippen und angewachsene Ohrläppchen. Er sah genervt aus.

»Mr. Berger, hätten Sie einen Moment Zeit? Ich würde mich gern mit Ihnen über Ihr Engagement bei diesen neuen Gesetzen unterhalten. Es wäre kein bloßer Bericht über die Gesetze, sondern über den Mann dahinter. Eine Charakterstudie. Hätten Sie einen Moment Zeit?« Ich hoffte, ich klang überzeugend mit meinem fingierten Anliegen.

Er musterte mich überrascht. »Eine Charakterstudie? Es wäre mir lieber, wenn die Gesetze im Mittelpunkt stehen würden und nicht meine Person.« Er klang jedoch alles andere als abgeneigt.

»Das werden sie auch.« Ich lächelte ermutigend. »Dennoch würde ich gern den Mann dahinter porträtieren. Sie haben viel für die Homosexuellen von New York erreicht. Die Menschen möchten wissen, wer Sie sind.«

Ein zufriedenes Lächeln huschte über sein Gesicht. »Das ist verständlich.«

»Ich werde Ihnen den Artikel vorher zu lesen geben, wenn Sie das wünschen. Es wird also nur in der Zeitung stehen, was Sie wollen.«

Er nickte. »Okay. Ich habe eine Viertelstunde bist zu meiner nächsten Verhandlung.« Er nahm seine Aktentasche und steuerte den Ausgang an. »Gehen wir einen Kaffee trinken. Dann sage ich Ihnen, was Sie wissen wollen.«

Wir steuerten das Café auf der anderen Seite der Centre Street an und setzten uns. Ich orderte einen Cappuccino mit Karamellgeschmack. Mr. Berger bestellte einen normalen Kaffee, ohne Zucker, ohne Milch.

Ich holte meinen Block aus der Tasche. »Mr. Berger, zuerst möchte ich erfahren, was sich für ein Mensch hinter dem Namen verbirgt. Soviel ich weiß, sind Sie verheiratet. Seit wann? Sind Sie glücklich in Ihrer Ehe?«

Ich dachte, es wäre ein guter Einstieg, um das in Erfahrung zu bringen, was ich wirklich wissen wollte.

»Ich bin seit nunmehr dreiundzwanzig Jahren verheiratet. Ich sage immer, meine Frau ist wichtiger als ich. Wenn ich sie nicht hätte, würde ich keine Verhandlung gewinnen. Aber schreiben Sie das lieber nicht, das könnte jemand ausnutzen.« Er lachte und beugte sich leicht zu mir vor, als würde er sehen wollen, was ich in meinen Block schrieb.

»Hinter jedem starken Mann steckt eine starke Frau. Das wird nicht überraschend für die Leser sein«, erwiderte ich.

»Sie haben Recht. Die Idee für die Gesetze kam allerdings von meinem Bruder. Er ist homosexuell und klagt immer über die Ungerechtigkeiten, die ihm widerfahren. Sein Partner hatte beispielsweise wegen seiner sexuellen Orientierung seinen Job verloren, konnte aber nicht dagegen vorgehen. Diese Ungerechtigkeiten wollte ich ändern.«

»Stehen Sie Ihrem Bruder nahe?«

»Ja. Er ist nur zwei Jahre jünger als ich. Als Kinder und Teenager waren wir unzertrennlich. Diese enge Beziehung hält bis heute an.«

»Wie haben Sie reagiert, als er sich outete?«

»Er hat es mir zuerst erzählt, bevor er zu unseren Eltern ging. Am Anfang versuchte ich, ihm die Vorteile eines Mädchens klarzumachen. Aber irgendwann habe ich es einfach akzeptiert, dass er mit Frauen nichts anfangen kann. Er soll lieben, wen er möchte.«

»Sie lieben nur Frauen?« Langsam kam ich auf die wichtigen Themen zu sprechen. War er ein Betrüger? Hatte er tatsächliche eine Affäre, so dass der geplante Skandal auf fruchtbaren Boden fallen würde?

»Ja, nur Frauen. Oder sagen wir mal, nur eine Frau. Meine Frau.« Er lächelte.

»Sie sind Ihr treu?«

Er nickte. »Seit einem Vierteljahrhundert. Ich habe sie nicht einmal betrogen.«

Warum sollte er dann als Ehebrecher dastehen? Er klang ehrlich. Aber natürlich würde er einen möglichen Seitensprung kaum einer Reporterin mitteilen.

»Nicht einmal daran gedacht?«, wollte ich wissen.

Er lachte wieder. »Eine verzwickte Frage. Wer denkt nicht schon hin und wieder darüber nach? Aber das Wichtigste ist es, diesen Gelüsten nicht nachzugeben. Also nein, daran habe ich nicht ein einziges Mal gedacht.«

»Sie sind ein starker Mann. Haben Sie Feinde?«

Er runzelte die Stirn, als könne er nicht glauben, was ich sagte. »Meinen Sie das ernst? Ich habe Unmengen an Feinden. Ich bin Staatsanwalt. Allein heute trafen über vierhundert Hassmails mit Drohungen bei mir ein, weil ich mich für die Rechte der Homosexuellen einsetze. Viele meiner wenigen erfolgreichen Kollegen wünschen mir die Pest an den Hals, weil sie meinen Job haben wollen. Ja, ich habe jede Menge Feinde.«

Mist. Woher sollte ich dann wissen, wer ihm den Skandal andichten wollte? Es musste jemand sein, der Kontakte zur Presse hatte und so etwas geschickt lancieren konnte, ohne dass der Verdacht auf ihn fiel. Es musste also jemand aus höheren Kreisen sein. »Wissen Sie, wer von diesen Kollegen es ernst meinen könnte und Sie vernichten will?«

Verwundert zog er die Augenbrauen zusammen. »Was wollen Sie damit sagen?«

»Ich meine nur, ob Sie jemanden in Verdacht haben, der es besonders auf Sie abgesehen haben könnte. Manchmal hat man ja da ein gesundes Misstrauen gegenüber gewissen Menschen.«

Er zuckte mit den Schultern. »Damit befasse ich mich nicht. Sollen sie doch versuchen, mich zu verdrängen. Darüber stehe ich.« Er lächelte, für meinen Geschmack etwas zu arrogant.

»Haben Sie einem dieser Kollegen vielleicht persönlich Schaden zugefügt? Könnte einer dieser Männer etwas gegen Sie als Person haben und es nicht nur auf Ihren Job abgesehen haben?«

Langsam wurde er misstrauisch. »Sie stellen mir seltsame Fragen, Miss … Ich habe Ihren Namen nicht richtig verstanden.«

»Evans, Cassidy Evans.«

»Worauf wollen Sie hinaus, Miss Evans?«

»Ich möchte wissen, ob Sie Feinde haben. Das gehört zu meinem Artikel dazu.« Ich begann leicht zu schwitzen.

»Und ich habe Ihnen diese Frage beantwortet. Ich habe viele Feinde. Was wollen Sie noch wissen?«

Ich wusste nicht, was ich fragen sollte. Der Mann sollte das Opfer einer Rufmordkampagne werden, hatte aber keine Ahnung, wer dahinterstecken könnte. Was sollte ich tun?

»Hätten Sie etwas dagegen, wenn ich mal mit Ihrer Frau spreche? Was Sie von Ihnen hält?«

Er runzelte erstaunt die Stirn. »Das ist äußerst ungewöhnlich. Das muss ich mit meiner Frau klären.«

»Das wäre nett.«

»Geben Sie mir Ihre Kontaktdaten, dann sage ich Ihnen Bescheid.«

Ich schrieb ihm meine Handynummer und E-Mail-Adresse auf eine Serviette und schob sie ihm zu.

»Ich melde mich bei Ihnen«, sagte er und steckte sie ein.

»Danke, Mr. Berger.«

Er stand auf und legte zehn Dollar für unseren Kaffee auf den Tisch. »Wir sprechen uns. Viel Erfolg, Miss Evans.«

»Danke. Ihnen auch.« Ich blieb noch einen Moment sitzen und dachte darüber nach, wie ich die Sache besser angehen könnte, aber viel fiel mir nicht ein. Dann stand ich auf und ging ebenfalls. Als ich ins Freie trat, blendete mich die Sonne, die sich im Haus gegenüber spiegelte.

Ich hielt die Hand vor die Augen, dann lief ich zur U-Bahn und fuhr zur Arbeit.

George saß beim Chef, das Büro war leer, als ich bei »Sweet Passion« eintraf. Lleyton hatte mir eine CD von Steven Levine hingelegt, dem Musiker aus Pennsylvania, dessen Konzert am Wochenende stattfinden würde. Ich überflog das Booklet und legte die CD ein. Ich hatte noch nie von Levine gehört, bereute es aber, als ich seinen ersten Song vernahm. Er war gut, sehr gut sogar. Auch der Rest der CD gefiel mir. Vielleicht sollte ich ernsthaft überlegen, mit Lleyton zum Konzert zu gehen. Lleyton war zwar nicht mein Typ, überhaupt hatte ich keine Lust auf eine nähere Bekanntschaft mit ihm. Aber vielleicht sollte ich meine Meinung doch ändern. Sein Musikgeschmack schien mit meinem durchaus kompatibel zu sein.

Den Rest des Tages arbeitete ich hochkonzentriert, da mir George mehrere Aufgaben übertragen hatte, die mit dem neuen Feature bei der Webseite zu tun hatten. Außerdem kam nach dem Mittagessen die Redakteurin von der Frauenzeitschrift, die ich durch die Firma führte und deren Fragen ich beantwortete. Am Abend arbeitete ich zwei Stunden länger, da ich später im Büro erschienen war.

Angela wartete schon ungeduldig auf mich, als ich heimkehrte. »Cassie, kannst du bitte zum Drogeriemarkt gehen und Tampons kaufen? Sie sind alle. Außerdem brauchen wir Klopapier, Butter und Milch. Ach ja, und Rotwein und Orangensaft.«

Erstaunt sah ich sie an. »Wieso bist du nicht selbst gegangen? Du warst den ganzen Tag hier.«

»Ich kann das Haus nicht verlassen.« Sie sah gequält aus. »Ich will Ryan nicht begegnen.«

Ich schüttelte den Kopf. »Er war bestimmt den ganzen Tag arbeiten. Du hättest ihn sicherlich nicht getroffen.«

»Was, wenn er im Supermarkt oder in der Drogerie arbeitet? Dann laufe ich ihm direkt in die Arme. Das darf auf keinen Fall passieren.«

»Das ist sehr unwahrscheinlich. Wer weiß, wie lange er schon in unserer Straße wohnt und du hast es gar nicht gemerkt?«

Sie stöhnte laut auf. »Das ist ein Albtraum.«

»Mach dich nicht verrückt. Und sprich mit ihm.«

»Nein, das geht nicht.«

»Vielleicht lade ich ihn mal zum Essen ein«, sagte ich leichthin.

»Nein!«, schrie sie auf. »Bist du wahnsinnig? Dann bringe ich dich um!«

Ich lachte kopfschüttelnd. »O je, was ist nur vorgefallen zwischen euch? Ich gehe jetzt einkaufen. Doch wenn ich wiederkomme, erzählst du mir, was los war.«

»Okay.« Sie nickte resigniert. »Wenn du es unbedingt wissen willst?«

»Ja, will ich. Bis später.«

Ich machte auf dem Absatz kehrt und besorgte alles, was wir benötigten. Ich holte sogar eine Monsterpackung Eiscreme, für den Fall, dass wir sie nach Angelas Geständnis brauchten. Als ich an der Kasse stand, fiel mein Blick auf die Abendzeitung am Ständer. Ich dachte zuerst, ich hätte mich geirrt, aber als ich näher trat, begann meine Hand zu zittern. Das durfte doch nicht wahr sein!

Es gab tatsächlich einen Artikel über den untreuen Philipp Berger. Und die Frau, mit der er sich angeblich heimlich traf, war keine Geringere als ich! Es waren drei Fotos abgebildet. Ich mit Berger, wie wir im Café saßen und er sich zu mir beugte. Wie Berger das Geld auf den Tisch legte und wie ich allein aus dem Café trat, den Arm vor dem Gesicht, weil mich die Sonne geblendet hatte. Der Autor des Artikels bezeichnete mich einmal als Geliebte, ein anderes Mal als bezahlte Hure. Zum Glück kannte er meinen Namen nicht.

Mir wurde schlecht.

Geschockt legte ich alle Zeitungen mit meinem Bild auf der Titelseite zu meinen Waren auf das Laufband und bezahlte. Dann rannte ich nach Hause, wo ich die Zeitungen auf den Tisch knallte.

»Der Schuft hat mich reingelegt!«, donnerte ich los, kaum, dass ich Luft bekam. »Adam hat gesagt, Berger würde eine Affäre angehängt werden. Er hat nur vergessen zu erwähnen, dass ich damit gemeint bin!«

»Wovon redest du?«, fragte Angela ahnungslos. Als sie die Bilder in der Zeitung sah, holte sie hörbar Luft. »Immerhin hast du es endlich geschafft. Du wolltest immer auf die Titelseite der Zeitung. Dein Traum ist wahr geworden.«

»Aber nicht so! Das wollte ich nicht!«

»Und du denkst, Adam hat dir das eingerührt? Warum?«

»Ich habe keine Ahnung. Aber ich werde es herausfinden.« Ich nahm mein Handy zur Hand und wählte seine Nummer.

»Sie haben mich hintergangen«, sagte ich aufgebracht ins Telefon, sobald er abnahm.

»Wovon reden Sie?«, fragte er perplex. Offenbar hatte mein Ausbruch ihn überrascht.

Ich versuchte, ruhiger zu werden. »Haben Sie die Abendzeitung gesehen? Dann erübrigt sich nämlich die Frage.«

»Nein, ich bin noch im Büro. Ich wurde heute geschäftlich etwas länger in Anspruch genommen. Was steht in den Zeitungen?«

»Sehen Sie es sich an! Und rufen Sie mich an, wenn Sie mir etwas zu sagen haben!« Ich legte auf. Ich war stinkwütend. Und ich hoffte, dass sich die Sache so schnell wie möglich aufklärte. So eine Affäre konnte das Ende meiner Laufbahn bedeuten, bevor sie überhaupt begonnen hatte. Wenn ich als leichte Beute galt oder als Journalistin, die die Beziehung zu einem Mann ausnutzte, um höherzukommen, würde niemand mehr mit mir sprechen und mir Infos zu Artikeln geben wollen. Dann war ich als Reporterin verbrannt. Ich spürte, wie sich Tränen in meinen Augen sammelten. Angela trat zu mir und strich mir mitfühlend über den Rücken.

»Es wird sich sicherlich alles aufklären. Du hast keine Affäre mit dem Mann, du bist auch kein Flittchen. Und du bist auf den Bildern nicht einmal richtig zu erkennen. Sie können so etwas nicht einfach behaupten, wenn es nicht stimmt. Die Wahrheit wird ans Tageslicht kommen.«

»Aber dann ist es zu spät. Du weißt doch, keiner liest mehr die Dementi. Der Ruf ist ruiniert. Nicht nur meiner, auch der von Philipp Berger. Niemand wird ihn mehr erstnehmen, wenn es um die Ehe von Homosexuellen geht, wenn er selbst als Ehebrecher abgestempelt wird.«

»Dann gilt die Attacke ihm und nicht dir. Du bist nur das Opfer, das zufällig ins Visier geriet.«

»Ja, aber Adam hat es gewusst! Hat er die ganze Sache vielleicht sogar eingefädelt? Oder hat er--«

Ich konnte nicht weitersprechen, denn mein Handy klingelte. Adam.

»Wir müssen uns treffen«, sagte er. »Dasselbe Zimmer in--«

»Nein«, unterbrach ich ihn. »Vielleicht ist das wieder eine Falle und Sie wollen mir noch eine weitere Affäre unterjubeln?«

»Ich hatte damit nichts zu tun, das müssen Sie mir glauben!« Er klang eindringlich. »Bitte kommen Sie ins Hotel. Ich werde Ihnen sagen, was ich weiß. Alles.«

Ich zögerte. »Warum nun doch?«

»Weil ich merke, dass es zu gefährlich für Sie ist, wenn Sie im Dunkeln tappen. Ich habe ihn unterschätzt.«

»Wen?«

»Das sage ich Ihnen, wenn wir uns sehen. Also, wenn ich Sie sehe.« Er lächelte, es war deutlich zu hören.

»Sie wollen sich immer noch nicht zeigen?«

»Nein, es geht nicht.«

Ich zögerte noch einen Moment, dann sagte ich zu. »Okay. Ich komme.«

»Ich warte auf Sie.«

Ich legte auf und sah zu Angela. »Mache ich einen Fehler, wenn ich mich wieder mit ihm treffe?«

»Hast du das Gefühl, dass es ein Fehler ist?«

Ich dachte nach. »Ich weiß nicht, aber ich glaube nicht. Irgendwie macht er mich … äh … an.«

»Er macht dich an, obwohl du ihn noch nie gesehen hast? Was, wenn er ein Monster ist? Oder eine hässliche Narbe hat?«

»Ich weiß«, seufzte ich. »Es ist verrückt. Aber seine Stimme allein lässt meine Knie weich werden. Und als ich gestern wiederkam, hatte ich ein feuchtes … Du weißt schon.«

»Ja, ich weiß, was du meinst. Vermutlich läuft deine Vorstellungskraft auf Hochtouren, weil du ihn nicht sehen kannst. Das Kopfkino schaltet sich ein. Und das macht dich an.«

»Er riecht gut.«

Angela lächelte. »Du bekommst schon einen verklärten Blick, wenn du nur von ihm sprichst. Das kann kein Geruch alleine auslösen. Offenbar stimmt die Chemie zwischen euch. Ihr habt dieselbe Wellenlänge, und du spürst es.«

Ich dachte an die Berührung seiner Hand, die mich wie ein Stromschlag getroffen hatte. »Nur, dass er bestimmt nicht dasselbe spürt.«

Angela zuckte mit den Schultern. »Männer brauchen manchmal etwas länger. Das sollte dich nicht entmutigen.«

»Aber was ist, wenn er keine Lust mehr auf dieses Spiel hat und mich nicht mehr sehen will, bevor er es gemerkt hat?«

»Dann hattest du wenigstens ein paar prickelnde Stunden, die nicht vom Anblick der langweiligen Realität getrübt wurden. Du musst nicht sehen, dass er in der Nase popelt oder schlechte Zähne hat.«

»Das ist wirklich beruhigend.«

»Ich weiß, meine Hübsche. Und nun geh zu ihm. Und erzähl mir hinterher alles haarklein.«

»Aber erst, nachdem du mir von Ryan erzählt hast.«

Sie zeigte mir ihre Fingernägel als wären es Krallen. »Grrrr. Ich hatte gehofft, du hättest es vergessen. Na gut. Bis später, Süße.« Sie umarmte mich.

»Bis später.«

»Pass auf dich auf.«

»Du auch.«

Ich warf die Jacke wieder über und lief aus dem Haus.

* * *

Matt war dieses Mal nicht da. Die Augenbinde hing einsam an der Türklinke des Zimmers im Waldorf Astoria. Ich band sie um, bevor ich klopfte.

Adam öffnete und führte mich zu dem Stuhl, auf dem ich mich niederließ. Er nahm meine Hände in die seinen und strich mit den Daumen über meine Haut. Ich war jedoch viel zu aufgeregt, um die Empfindungen wahrzunehmen, die seine Berührung in meinem Körper auslöste.

»Cassidy, bitte glaub mir, ich hatte keine Ahnung, dass das passieren würde.«

Er sprach vertrauter und eindringlicher mit mir. Seine Stimme klang intensiver als sonst, das lockere Lächeln darin war verschwunden. Offenbar hatte ihn der Artikel wirklich erschüttert.

»Es fällt schwer.« Ich zögerte. Sollte ich ihn auch so vertraulich ansprechen? »Du erzählst mir, dass er bald in einen Skandal verwickelt wird und setzt mich auf die Story an. Kaum spreche ich mit ihm, stecke ich mitten im Skandal drin. Das kann doch kein Zufall sein!«

»Nein, das ist kein Zufall, das denke ich auch. Du wurdest das Opfer dieser Intrige, weil du mit ihm gesprochen hast. Es tut mir leid. Du kannst nicht ahnen, wie sehr.« Er verstärkte den Druck seiner Hände auf die meinen. Seine Stimme kam leicht von unten. Offenbar kniete er vor mir.

»Ich habe Berger gefragt, ob er Feinde hat, aber er konnte mir keine genaue Auskunft geben.«

Adam lachte leise. Es klang bitter. »Du hättest ihn nicht nach seinen Feinden fragen sollen, sondern nach seinen Freunden. Der Mann, der hinter allem steckt, ist ein Freund von Berger.«

»Er war auch der Freund von Lester Paul?«

»Ja.«

»Und woher weißt du das?«

»Weil er ebenfalls ein Freund von mir ist.«

Ich schwieg geschockt. »Warum sprichst du nicht mit Berger?«, fragte ich, als ich meine Sprache wiederfand.

»Weil er nicht auf mich hören würde.«

»Wer ist dieser falsche Freund?«

»Cassidy«, flüsterte er plötzlich. Eine seiner Hände löste sich von meinen und strich über mein Gesicht. »Ich weiß, ich habe dir versprochen, dir alles zu sagen, aber es geht nicht. Es ist zu gefährlich. Er ist zu gefährlich. Ich hätte dich niemals auf die Geschichte aufmerksam machen und dich hineinziehen dürfen. Es war dumm von mir. Dumm und selbstsüchtig.«

Der Ärger kam wieder in mir hoch. Ich konnte nicht mehr sitzenbleiben und stand auf. »Warum hast du es dann getan? Das wusstest du doch schon vorher.«

»Ich wollte dich endlich sehen und sprechen«, flüsterte er. Auch er hatte sich aufgerichtet. Seine Stimme erklang in der Nähe meines Ohres. »Ich wollte einen Grund haben, um dich bei mir zu haben.«

Mein Herz begann zu rasen. »Wovon redest du?«

»Willst du mein größtes Geheimnis wissen, Cassidy?« Ich hörte, dass er sich bewegte. Sein Anzug raschelte. Dann spürte ich seinen Atem an meinem Nacken. Er stand hinter mir.

»Ja.« Ich wagte kaum zu atmen. Ich hatte Angst, dass er das Klopfen meines Herzens hören konnte. Es schien bis zu meinem Hals zu pochen.

»Ich habe dich vor einiger Zeit gesehen und will dich seitdem besitzen. Ich möchte, dass du mir gehörst. Ich will deine zarten Lippen küssen, über deine reine Haut streicheln. Ich möchte dir Erfüllung bringen und dich vor Lust stöhnen hören. Diese Gedanken beschäftigen mich tagein, tagaus, seit dem Abend, an dem ich dir das erste Mal begegnet bin. Ich denke seitdem ständig an dich, wie du schmeckst, wie du dich anfühlst, was du unter deiner Bluse trägst. Deshalb habe ich dich gewählt und dir die Einladung geschickt.«

»Wann hast du mich gesehen?« Meine Handflächen wurden feucht. Ich hatte Mühe, meine Gedanken in klare Worte zu fassen. Er hatte mich völlig aus der Bahn geworfen. »Und warum hast du mich nicht angerufen wie jeder andere Mann auch?« Meine Stimme klang heiser.

Sein heißer Atem strich über meinen Nacken und wärmte ihn. Seine Fingerspitze wanderte langsam mein Rückgrat hinunter, bis sie an meinem Hosenbund angekommen war. Jeder Zentimeter meines Körpers, den er entlangfuhr, schien plötzlich unter Feuer zu stehen.

»Weil ich dir nicht sagen kann, wer ich bin. Wir stammen aus verschiedenen Welten, süße Cassidy.« Seine Stimme war ganz nah an meinem Ohr. »Wir würden in der Welt da draußen niemals zueinander finden, obwohl wir uns so ähnlich sind. Deshalb wollte ich dich hier. Ganz für mich allein.«

»Dieses Arrangement ist nicht fair«, murmelte ich. Seine linke Hand fuhr unter meine Bluse und strich über meinen Bauch. Nun stand auch der unter Feuer. Ich hätte die Hand aufhalten müssen, aber ich konnte nicht. Sein Geständnis brachte das Fass zum Überlaufen. Ich konnte ihm nicht mehr widerstehen. Vielleicht hatte ich von Anfang an so intensiv auf ihn reagiert, weil ich instinktiv sein Verlangen gespürt hatte.

Mein Atem beschleunigte sich rasant. Ein leiser Seufzer entschlüpfte mir.

»Fairness wird völlig überbewertet.« Er klang amüsiert. Und atemlos. Dann spürte ich seine Lippen auf meinem Hals. Bevor ich nach Luft schnappen konnte, fasste er mit der anderen Hand nach meinem Kinn. Sein Daumen fuhr über meine Unterlippe, ganz sanft und weich. Ich hob meine Hand, um nach der seinen zu greifen, und fühlte den teuren Stoff seines Anzugs, die quadratischen Manschettenknöpfe. Dann schob ich seinen Daumen in meinen Mund. Es war fast wie ein Reflex, als würde ich gar nicht darüber nachdenken, was ich tat. Ich verspürte lediglich das Verlangen nach ihm. Ich saugte an seiner Daumenspitze, ließ meine Zunge kreisen.

Er seufzte leise und nahm seine Hand von meinem Kinn, um seinen Arm um meine Taille zu legen. Seine Lippen pressten sich in die Haut meiner Schulter, direkt am Schlüsselbein. Ich hatte das Gefühl, als würde ich komplett in Flammen stehen.

Seine Finger gruben sich in meine Hüfte, um mich an seinen Körper zu pressen. Ich konnte seine Härte spüren, die sich durch seine Hose hindurch in meinen unteren Rücken presste. Seine linke Hand wanderte in meiner Bluse immer höher, bis sie kurz vor meinen Brüsten innehielt.

Meine Brustwarzen schienen wie aus einem langen Schlummer zu erwachen, eine Welle von Hitze durchflutete mich.

»Du bist so süß und unschuldig, Cassidy«, flüsterte er in mein Ohr, als sich seine Lippen für einen Augenblick von meiner Haut lösten.

Seine Finger wanderten zu meiner Seite, wo die Spitze meines Tangas aus der Hose blitzte.

Ich hätte mich gern gewehrt. Eine Stimme in mir flüsterte mir zu, ihn von mir zu stoßen, mich gegen die Berührungen aufzulehnen und der Verführung nicht nachzugeben. Aber diese Stimme war zu leise. Ein anderer, stärkerer Teil in mir sehnte sich danach, von Adam berührt und liebkost zu werden. Und der war wesentlich lauter. Er ließ mich vergessen, dass ich diesen Mann nicht kannte, dass ich nicht einmal wusste, wie Adam aussah. Er machte mir nur klar, dass ich voller Sehnsucht nach Adam war. Noch nie hatte ich so starke Begierde in mir gespürt, wie in diesem Moment. So viel Verlangen und solch einen starken Wunsch nach der Berührung eines Mannes.

Ich lehnte meinen Kopf an Adams Schulter und führte seine Hand an meinen Hosenknopf. Er schien sofort zu wissen, was ich ihm damit klarmachen wollte. Er öffnete meine Hose und zog den Reißverschluss herunter. Dann streifte er die Hose ab, bis sie in einem Häufchen zu meinen Füßen lag.

Seine Finger glitten über die Rundung meines Pos und zwischen meine Beine. Ich spürte ihren leichten Druck durch den dünnen Stoff meines Schlüpfers.

»Leg dich hin«, befahl er leise in mein Ohr. Erregung jagte prickelnd meinen Rücken hinunter und erhitzte meinen Unterleib. Jeder Nerv in meinem Körper schien plötzlich zum Leben erwacht zu sein. Ich nahm jedes Geräusch, jede Berührung extrem intensiv wahr. Seinen Atem an meinem Ohr. Die Feuchtigkeit seiner Lippen auf meiner Haut, die in der Luft kühlte, wenn sein Mund die Haut verließ. Die Wärme seiner Hände.

Ich ließ mich von ihm zum Bett führen, wo ich mich hinlegte und wartete, was als nächstes geschehen würde. Schließlich spürte ich, dass er sich neben mir niederließ. Sein Mund fand den meinen, seine Lippen pressten sich sanft auf meine. Seine Zunge drang in mich ein, seine Hände strichen verlangend zwischen meinen Schenkeln auf und ab.

»Du schmeckst nach Zimt und Apfel«, flüsterte er.

Ich lächelte, weil ich das letzte Mal zu Weihnachten Apfel mit Zimt gegessen hatte. Und Weihnachten war lange her. Ich griff nach seinem Oberkörper, um ihn zu fühlen. Er war stark, seine Muskeln fühlten sich hart an und waren durch den Stoff deutlich zu spüren. Ein Mann, der viel Sport trieb. Dann berührte ich sein Gesicht. Er hielt ganz still, während ich über seine Wangenknochen strich und seine Nase entlangfuhr. Sie war gerade mit einer winzigen Unebenheit, als wäre sie mal gebrochen gewesen. Seine Wangenknochen waren hoch, sein Kinn stark. Nichts Auffälliges war zu spüren, keine Narbe oder Unregelmäßigkeit. Seine Lippen schienen nur auf meine Berührung gewartet zu haben, denn sie öffneten sich leicht, damit meine Finger in seinen Mund eindringen konnten, wo er an meinen Fingerspitzen leckte und saugte. Ich benutzte meine Finger als Wegweiser zu seinem Mund, damit ich mit meinen Lippen folgen konnte. Dann küsste ich ihn.

Sein Gewicht presste mich auf das Bett herab. Seine Wärme umhüllte mich wie eine Decke. Seine Hand wanderte zu meiner Bluse und knöpfte sie langsam auf. Sanft strich er mit den Fingerspitzen über meine nackte Haut. Ich spürte, wie seine Berührung eine Gänsehaut hinterließ. Er hielt sich jedoch nicht lange an meinem Bauch auf, sondern seine Hände wanderten weiter südlich und strichen zwischen meine Beine. Er schob meine Oberschenkel auseinander, während er seinen Mund von meinen Lippen löste und mit dem Oberkörper zwischen meine Beine glitt.

Ich stöhnte leise auf, als sein Mund meine Scham fand und seine Finger die Spitze meines Höschens nach unten zogen. Als meine Feuchtigkeit an die Kühle des Zimmers kam, erschauerte ich. Doch nur einen Moment später spürte ich die köstliche Hitze seines Mundes zwischen meinen Beinen. Wieder entschlüpfte mir ein Stöhnen, danach noch eines, noch intensiver. Denn einer seiner Finger war in mich eingedrungen. Ein zweiter glitt hinterher.

Der Duft meiner Erregung vermischte sich mit seinem Parfüm.

Seine warme Zunge kreiste um meine Klitoris, während sich seine Finger langsam und sanft in mir bewegten, ein und aus. Jede Bewegung jagte einen heißen Stromstoß durch meinen Körper. Ich konnte nicht mehr atmen, mein Körper wurde von sinnlichen Reizen überflutet. Ich befand mich in einem Stadium von Euphorie, das immer intensiver wurde. Ich hatte das Gefühl, als würde ich auf einmal zum Leben erwachen. Als würden vergessene und nie genutzte Bereiche meines Körpers plötzlich stimuliert und in einen Rauschzustand versetzt. Meine Atmung setzte wieder ein, doch beschleunigt und unregelmäßig. Ich spürte seine Finger, die sich in das Fleisch meines Hinterns gruben und mich immer näher an seinen Mund heranzogen. Ich fühlte seine Zunge, die zu meiner Clit, dann zu meinem Eingang und danach in mich hineinglitt. Der Rauschzustand und die Euphorie meines Körpers wurden immer intensiver. Ich spürte kaum noch, wie seine Hände über die Innenseite meiner Schenkel strichen. Meine Gefühle schienen einem Abgrund zuzutanzen. Als seine Finger erneut in mich eindrangen, geriet ich in einen Sturm aus Gefühlen und Empfindungen, der um mich tobte und in dessen Mitte ich mich befand. Schließlich fiel ich über die Klippe in den Abgrund, der jedoch keiner war. Ich erklomm den ersten und bisher einzigen Höhepunkt meines Lebens.

# KAPITEL 4

Erschöpft lag ich auf dem Bett und atmete schwer, während Adam meinen Slip sanft nach oben zog. Er war immer noch komplett angezogen. Offenbar hatte er nicht die Absicht, die volle Distanz zu gehen. Ein Teil von mir bedauerte es. Ich hätte ihn gern in mir gespürt und erfahren, wie es sich anfühlte, mit ihm zur Ekstase zu kommen. Ein anderer Teil von mir war froh darüber, dass er sich neben mich legte, ohne mehr zu wollen. Ich kannte ihn nicht, ich vertraute ihm nicht einmal. Wie sollte ich es genießen, wenn er mich unter diesen Umständen komplett in Besitz nahm?

»Wie fühlte es sich an?«, fragte er mich mit einem Schmunzeln in der Stimme.

»Es war himmlisch.« Ein seliges Grinsen stahl sich in mein Gesicht. »Das hat Johnny Hinkelman definitiv nicht gekonnt.«

Adam lachte. Er klang dabei immer noch so sexy, dass ich eine zarte Gänsehaut bekam.

»Johnny Hinkelman? Ist das der Name deines Freundes?«

»Ex-Freund. Wir haben es in seinem Auto getan, danach noch zweimal im Stall, aber es ist mir nie gelungen, viel dabei zu empfinden.«

»Dann hat er dich nie wirklich geliebt. Oder er war ein Volltrottel.«

»Oder beides«, seufzte ich.

»Und danach? Hattest du keinen Mann nach ihm?«

Ich schüttelte den Kopf. »Ich habe mich auf mein Studium konzentriert, dann bin ich nach New York gezogen. Und hier habe ich einfach keinen Nerv für Männer. Es gibt einfach zu viele. Und außerdem will ich mir meinen Traum erfüllen. Eine Beziehung würde mich nur ablenken und aufhalten.«

Seine Hand strich eine Haarsträhne aus meinem Gesicht. »Meine süße Cassidy ist so ehrgeizig«, flüsterte er amüsiert.

Ich tastete vorsichtig über sein Gesicht. »Das ist mein gutes Recht. Ich möchte in meinem Leben etwas erreichen. Ich kann nicht ewig bei der Partnervermittlung arbeiten. Am Ende lasse ich mich dort auch noch registrieren!«

Er lachte wieder. Ich schmiegte mich an ihn. »Ich mag dein Lachen«, sagte ich. »Mehr kann ich zu dir nicht sagen, weil ich nichts sehen kann, aber dein Lachen ist toll. Und deine Stimme äußerst sexy.«

Er streichelte meine Wange. Ich suchte mit den Fingerspitzen seinen Mund, dann hob ich den Kopf, um ihn zu küssen. Er ließ es geschehen und erwiderte den Kuss, sanft und zärtlich.

Ich wollte mich erneut an ihn kuscheln, doch da schob er mich sacht von sich.

»Ich muss gehen«, flüsterte er.

Die Enttäuschung spülte wie eine kalte Ozeanwelle über mich hinweg. Ich versuchte jedoch, sie mir nicht anmerken zu lassen.

»Natürlich«, sagte ich und richtete mich auf. »Ich muss auch los.«

Ich hörte, wie er sich erhob. Er legte mir etwas aufs Bett.

»Ich melde mich bei dir, wenn ich dir mehr sagen kann. Gute Nacht, Cassidy.«

»Gute Nacht.« Meine Stimme war heiser vor Enttäuschung. Er wollte sich melden, wenn er mehr über Berger und den Skandal wusste. Nicht, weil er mich wiedersehen wollte. Ich schluckte. Dann hörte ich, wie er zur Tür ging und sie hinter sich zuzog.

Als ich nichts mehr wahrnahm, löste ich die Augenbinde. Irritiert blinzelte ich in das halbdunkle Zimmer. Er war nicht mehr da. Er hatte meine Hose aufs Bett gelegt und war gegangen.

Ernüchtert zog ich mich an und ging nach Hause.

Angela war in ihrem Zimmer, als ich kam. Ich ging jedoch nicht zu ihr, sondern lief sofort in mein Reich. Noch angezogen kroch ich in mein Bett und machte nicht einmal das Licht an.

Ich fühlte mich aufgewühlt und völlig durcheinander. Was hatte ich getan? Hatte ich mich auf eine Affäre mit einem Fremden eingelassen, die mir nur ein gebrochenes Herz einhandeln würde? Es sah ganz danach aus. Er hatte mir zwar gesagt, er würde mich begehren und wollte mich besitzen, aber die komplette Nacht mit mir zu verbringen, gehörte offensichtlich nicht zu seinen Wünschen. Und ein Date mit mir auch nicht. Er wollte mich nicht einmal wiedersehen, sondern sich nur melden, wenn es um den Skandal ging.

Ich schloss die Augen, aber dadurch kam das Karussell in meinem Kopf nicht zum Stillstand. Im Gegenteil. Ich konnte Adam noch schmecken und fühlen. Zwischen meinen Beinen pochte sanft das Blut, als würde es sich nur zu gut an ihn erinnern. Meine Lippen fühlten seine Küsse nach. Meine Haut roch nach ihm. Tränen liefen aus meinen Augen und tropften auf das Kopfkissen. Verdammt! Ich wollte nicht weinen!

In diesem Moment öffnete sich vorsichtig die Tür. Angela steckte ihren Kopf zu mir herein. »Cassie? Bist du da?«

Ich schloss die Augen und versuchte, ruhig und gleichmäßig zu atmen. Ich konnte jetzt nicht mit Angela sprechen. Über das Vorgefallene zu reden, würde die Schleusen nur noch mehr öffnen.

Sie schloss die Tür und ließ mich in der Dunkelheit allein zurück. Ich drehte mich zur Seite und versuchte, an etwas anderes als an Adam zu denken: an einen Sommertag in Carrington, an meine Pläne in New York, an das Kreischen der Möwen bei meinem Urlaub in Florida.

Irgendwann fiel ich in einen unruhigen Schlummer.

* * *

Die meisten meiner Kollegen saßen bereits am Konferenztisch, als ich zur Arbeit kam. Es war kurz vor neun, ich war also überpünktlich. Meistens fiel es mir schwer, mich früh aus den Federn zu schälen, aber heute war es kein Problem gewesen. Seit sechs Uhr morgens hatte ich wachgelegen und über Adam nachgedacht. Als der Wecker klingelte, hatte ich das Karussell schließlich endgültig satt gehabt und mir weitere Grübeleien verboten. Ich würde Adam aus meinem Leben streichen. Keine weiteren Treffen, keine Gedanken, keine schlaflosen Nächte wegen seines Verhaltens. Bis jetzt hatte er mir nur Ärger eingebracht. Na gut, ein Orgasmus war auch dabei gewesen. Aber war er das ganze Unbehagen wert? Hm, ehrlich gesagt, ja. Er war großartig gewesen. Aber trotzdem wollte ich Adam nie wiedersehen.

»Hi Cassie«, sagte Olivia, die Schönheit vom Empfang. Sie saß in der Nähe der Tür im Konferenzraum. Bei der Wochenkonferenz waren alle Mitarbeiter anwesend, sogar die, die sonst zu Hause arbeiteten. Der Empfang wurde in der Zeit von Roger, dem Hausmeister, bewacht. Er gehörte zum Haus, nicht zur Firma.

Der Platz neben Olivia war noch frei. Ich ließ mich darauf nieder. »Hi Liv.«

»Hast du schon Pläne für das Wochenende?«, fragte sie mich.

»Ja, habe ich«, log ich und sah zu Lleyton, der mit seinen Kollegen von der IT-Abteilung gerade den Raum betrat. Er lächelte mich scheu an und nickte als Begrüßung.

Ich lächelte zurück, dann sah ich schnell zu Melody, die gelangweilt mit einem Kugelschreiber spielte. Sie war Psychologin und kümmerte sich um die Auswertung der psychologischen Profile, um die Festlegung der Algorithmen für die passenden Partner und alles andere, was mit den seelischen Komponenten der Nutzer unserer Webseite zu tun hatte. Hin und wieder musste sie sich auch die Klagen der Mitarbeiterinnen anhören, wenn sie Probleme mit dem Ehemann hatten. Sie war blond und besaß babyblaue Augen. Sie erinnerte ein bisschen an Barbie, war aber wesentlich intelligenter.

Neben ihr saß Lucinda, die Sekretärin unserer Chefs. Sie war mit Melody eng befreundet. Und mit Gabrielle, einer hübschen Brünetten im Großraumbüro. Die wiederum saß neben George, der seinen Stuhl mitgebracht hatte, um nicht noch einen weiteren mit seinem Gewicht bis aufs Stahlgestell zu quälen.

»Guten Morgen«, sagte mein Chef, der gerade den Raum betrat und zu seinem Platz am Kopf des Tisches schritt. Ihm folgte mein anderer Chef, er ließ sich jedoch auf einem Platz an der Seite nieder. Beide Männer waren auf ihre Weise attraktiv und sehr interessante Charaktere.

»Wir wollen heute über das neue Feature sprechen«, begann mein Boss seine Ausführungen. »Wie ihr wisst, wollen wir die Kommunikation unter den Usern vereinfachen. Wer schnell Kontakt aufnimmt, verliebt sich schneller. Wer sich schneller verliebt, verkündet diesen Erfolg früher bei seinen Freunden. Je mehr Freunde davon wissen, desto mehr melden sich bei uns an und zahlen ihren Mitgliedsbeitrag. Es ist eine einfache Rechnung …« Ich hörte ein paar Minuten aufmerksam zu, dann drifteten meine Gedanken ab. Doch sobald sie bei Adam landen wollten, kniff ich mich in den Arm.

Meine Taktik funktionierte. Ich hatte am Ende zwar einen blauen Arm, aber ich überstand die Konferenz, ohne in weitere Grübeleien zu verfallen. Es wurde eine Menge über das neue Feature debattiert, außerdem weitere Ideen gesammelt, wie man die Webseite noch attraktiver gestalten könnte. Olivia hatte viele Einfälle vorgetragen, aber auch Lleyton konnte etwas Wichtiges dazu beisteuern. Als sich die Gruppe auflöste, wollte ich in mein Büro gehen, doch mein Chef hielt mich zurück.

»Cassidy, wir müssen uns kurz unterhalten.«

»Okay, worum geht es?«

»Ich habe gestern eine Anfrage von Newsweek erhalten. Sie wollen einen Artikel über mich drucken. Ich hoffe, du kannst mit mir die wichtigsten Punkte besprechen, die in dem Beitrag erscheinen müssen. Ich würde generell gerne den ganzen Prozess über dich abwickeln lassen.«

»Kein Problem«, nickte ich. »Newsweek? Das ist super!«

»Ja, finde ich auch.« Er lächelte, so dass sich das Grübchen in seiner Wange zeigte. Ich mochte es an ihm. Es ließ ihn sehr sympathisch und jungenhaft wirken, obwohl er ein knallharter Geschäftsmann war.

Er führte mich in sein Büro, wo wir uns an den Computer setzten. Er zeigte mir Artikel von Männern, die er bewunderte, um mir zu zeigen, wie er sich den Beitrag über sich vorstellte. Bei den meisten Porträtierten handelte es sich um Politiker, aber auch zwei Sportler waren darunter.

»Ich dachte, wir drehen vielleicht auch ein kurzes Video, das wir mit unserer Seite verlinken. Was hältst du davon?«

»Sehr viel. Es ist immer gut, multimedial vorzugehen, um so viele Menschen wie möglich zu erreichen. Außerdem wirkt es professionell.«

»Das sehe ich auch so. Und zwar stelle ich mir das Video wie das von Ernest Goulding vor. Das habe ich vor einigen Wochen gesehen, doch vorhin fiel es mir wieder ein. Das heißt, es hat sich in meinem Unterbewusstsein festgesetzt. Es ist also gelungene Werbung.« Er klickte auf einen Button am Computer, danach öffnete sich ein Kurzfilm über Ernest Goulding, den Footballer. Der Sportler erzählte charmant von seiner Karriere und den wichtigsten Menschen in seinem Leben. Als er seinen Physiotherapeuten zu Wort kommen ließ, hielt ich die Luft an. Ich kannte die Stimme des Physios. Sie klang etwas dunkler und rauer, aber das lag vermutlich am Video und dem Computer. Ansonsten war sie genauso männlich, wie ich sie in Erinnerung hatte. Auch die Art, wie er die Worte aussprach und den Tonfall der Sätze bildete, erinnerte mich an die vergangene Nacht. An Adam.

Der Mann, der Ernest Goulding sportlich betreute, konnte Adam sein.

Ich hatte das Gefühl, dass mein Herz stehenbleiben wollte. Es stolperte unregelmäßig, während ich mich vorbeugte, um den Interviewten näher zu betrachten. Er war um die fünfzig und ein sehr attraktiver Mann. Er hatte grüne Augen und ein schmales Gesicht mit einem starken Kinn. Ob seine Nase gebrochen war, konnte ich auf dem Monitor nicht erkennen.

Er hieß Marc Connors.

Ich hatte Adam viel jünger geschätzt. War er das? Oder war er es nicht?

»Cassidy?«, drang auf einmal die Stimme meines Chefs an mein Ohr. »Ist alles klar?«

Erschrocken sah ich auf. »Ja, es ist alles in Ordnung. Was war das eben? Ich glaube, ich habe etwas nicht richtig verstanden?«

»Ich habe gesagt, du sollst dich mit einer Produktionsfirma in Verbindung setzen, ob sie so ein Video für uns drehen kann und wie hoch die Kosten sind.«

»Okay, Boss«, erwiderte ich. »Kein Problem.«

»Gut. Dann gebe ich dir die Kontaktdaten von Mrs. Eckstone von Newsweek, und du klärst alles mit ihr. Wenn du Fragen hast, weißt du, wo du mich findest.«

»Natürlich.« Ich versuchte, mich zu sammeln. »Ich erledige alles.«

»Danke.« Er ließ mich gehen, und ich lief in die Richtung meines Büros. Als ich mich kurz vor der Tür befand, rief jemand meinen Namen.

»Cassie!«, rief Lleyton. Er stand im Türrahmen des IT-Büros. »Was machen deine Pläne? Hast du dir vielleicht überlegt, ob du zum Konzert mitkommen willst?«

Das Konzert! Das hatte ich völlig vergessen! Und heute war schon Freitag!

»Dieser Musiker macht wirklich gute Musik«, sagte ich. »Aber ich denke nicht, dass ich mitkommen kann. Ich habe zu viele andere Dinge um die Ohren.« Die Wahrheit war, ich konnte Zerstreuung eigentlich sehr gut gebrauchen, aber ich wollte mich nicht mit einem anderen Mann ablenken. Damit würde ich nur neue Probleme auf mich laden. Ich wollte keine komplizierten Beziehungen, momentan eigentlich nicht einmal nicht-komplizierte.

Lleyton sah mich enttäuscht an. »Das ist schade. Du wirst wirklich etwas verpassen.«

»Ich weiß. Es tut mir leid. Vielleicht ein anderes Mal.«

Das schien ihm etwas Hoffnung zu geben. »Ich werde darauf zurückkommen.«

Ich wandte mich ab und ging endlich in mein Büro, um die Arbeit für meinen Chef zu erledigen. Die Sache mit

Adam und Marc Connors versuchte ich zu verdrängen und auf später zu verschieben. Sobald er in meinen Gedanken auftauchen wollte, kniff ich mich.

Als endlich Feierabend war, fuhr ich nach Hause. Der alte Mr. Graham stand im Hausflur und versuchte, die Treppe hochzulaufen. Doch offensichtlich fiel es ihm schwer. Er trug einen Beutel mit Einkäufen in der einen Hand, in der anderen hielt er die Post und seinen Stock. Sobald er den Stock belastete, fiel die Post auf den Boden.

»Mr. Graham, warten Sie, ich helfe Ihnen«, sagte ich und nahm ihm den Einkaufsbeutel ab. Die Post legte ich hinein.

»Danke, das ist lieb von dir.« Er keuchte und stützte sich auf seinen Stock auf. Mit der anderen Hand zog er sich am Geländer nach oben.

»Sind Ihre Knie schlimmer geworden?«, fragte ich, während ich neben ihm herging.

»Das kommt und geht mit dem Wetter. Und wie ich geschlafen habe. Morgen ist es vielleicht wieder besser.« In der ersten Etage angekommen hielt er inne, um Luft zu holen. Ich wartete darauf, dass er wieder genügend bei Puste war. Dabei fiel mein Blick auf seine Schuhe. Schwarze Lederschuhe. Sie waren frisch geputzt und glänzten wie neu. Er bemerkte meinen Blick und lächelte. »Ich war Schuster, wusstest du das?«

Ich schüttelte den Kopf. »Nein, ich hatte keine Ahnung.«

»Ich weiß nicht, wie viele Schuhe ich in meinem Leben gefertigt oder repariert habe. Es müssen Tausende gewesen sein. Eines habe ich jedoch gelernt: An den Schuhen erkennt man den Menschen, ob er achtsam und verantwortungsvoll ist oder nachlässig und faul. Daher achte ich immer gewissenhaft auf mein Schuhwerk. Niemand soll von mir sagen, ich sei faul und verantwortungslos.«

»Das würde ich niemals über Sie denken, Mr. Graham. Auch ohne Ihre Schuhe anzusehen.«

Er schmunzelte und setzte sich wieder in Bewegung. »Wenn du einen Mann kennenlernst, dann achte auf seine Schuhe«, riet er mir.

Ich lachte kurz auf. »Aber wenn ich sie nicht sehen kann? Wie soll ich dann darauf achten? Ich weiß nicht einmal, ob er seine Zähne pflegt.«

Er hielt wieder inne und sah mich erstaunt an. »Trefft ihr euch nur im Dunkeln?«, fragte er überrascht.

Ich nickte verlegen. »Es ist kompliziert.«

Der alte Mann schüttelte den Kopf und lief weiter. »Komplizierte Dinge taugen nichts. Die Liebe ist, wie die besten Dinge im Leben, im Prinzip ganz einfach. Wenn es einer von beiden kompliziert macht, hat er Hintergedanken.«

Ich schluckte. »Es kann sein, dass Sie Recht haben«, murmelte ich.

»Ja, habe ich«, keuchte er. Dann waren wir in seinem Stockwerk angekommen. »Danke für deine Hilfe.«

»Gute Besserung, Mr. Graham«, sagte ich und versuchte, das unangenehme Gefühl in meiner Brust loszuwerden. Adam hatte Hintergedanken, das war nicht zu leugnen. Oder versteckte er sich, weil er so alt war, dass er mein Vater sein könnte?

Ich ging in meine Etage und öffnete die Tür. Angela saß am Küchentisch und las die Zeitung. »Sie haben heute nichts über dich gedruckt, jedenfalls keinen Namen genannt«, sagte sie, als ich eintrat. »Stattdessen nehmen sie diesen Berger auseinander. Er hat einen schwulen Bruder, wusstest du das?«

Ich nickte. »Ja, das wusste ich.« Ich rümpfte die Nase, als ich nähertrat. »Hast du heute nicht gelüftet? Es riecht, als wäre seit Wochen kein Fenster geöffnet worden.«

Angela sah mich betreten an. »Das kann sein. Ich war nicht draußen und bin nicht zum Fenster gegangen. Ich wollte nicht, dass er mich sieht.«

Ich schüttelte den Kopf. »Du bist verrückt. Er wird dich nicht sehen. Und selbst wenn, wird es kein Beinbruch sein. Dann sprecht ihr euch aus und die Sache ist gegessen.«

»Das ist sie nicht.« Sie setzte sich bockig hin und verschränkte die Arme vor der Brust. »So einfach isst sich unsere Sache nicht.«

»Komm, lass uns eine Runde um den Block drehen. Du musst an die frische Luft, du bist schon ganz blass.«

»Niemals! Was, wenn er auf dieselbe Idee kommt?«

Ich stöhnte leise. »Okay, dann gehen wir aufs Dach. Auf diese Idee kommt er bestimmt nicht.«

Sie zögerte, doch dann stimmte sie zu. »Gehen wir.«

Wir nahmen eine Flasche Rotwein, die riesige Packung Eiscreme und zwei Löffel und gingen damit aufs Dach unseres Hauses. Es war kein Wolkenkratzer, sondern ein vierstöckiges Backsteinhaus im East Village, die Aussicht war also begrenzt. Aber wir konnten die Brooklyn-Bridge mit ihren Lichtern sehen, das One World Trade Center und das UNO-Gebäude.

Wir setzten uns auf ein paar Steine in der Mitte, die seit Jahren dort lagen, weil sie mal irgendjemand dorthin gelegt hatte. Angela öffnete die Flasche, ich kümmerte mich um das Eis.

Als wir die ersten Bissen und Schlucke zu uns nahmen, merkte ich, wie ich mich langsam entspannte. »Nun erzähl, was mit deinem Ex los war«, forderte ich sie auf.

Ich spürte, wie sich Angela versteifte. Sie stand auf und lief zur Dachkante, um vorsichtig nach unten zu schauen. Für einen Moment fürchtete ich, sie wolle sich runterstürzen, doch sie kehrte zu mir zurück. »Er ist nicht zu sehen. Er kann uns nicht hören.«

»Natürlich kann er uns nicht hören. Er wohnt im Haus auf der anderen Seite der Straße. Also, was ist passiert?«

Sie seufzte und holte tief Luft. »Ryan war meine große Liebe in der Highschool in Portland. Er war zwei Jahre älter als ich und umwerfend. Wir waren seit der achten Klasse ein Paar und zunächst nur locker zusammen. Er war der Freund des Freundes meiner ältesten Schwester, wir kannten uns also schon länger. Zuerst gingen wir zu viert aus, dann allein. Und irgendwann wurde es ernst. Ich war total verknallt in ihn, hoffnungslos verschossen. Und erstaunlicherweise dachte er ähnlich über mich. Für mich ließ er sogar Sybil Hannigan, die Cheerleaderin, die ihn vergötterte, links liegen. Er war jedoch wesentlich klüger als ich. Weil er die Schule mit einem überdurchschnittlichen Ergebnis abgeschlossen hatte, wollten seine Eltern, dass er in San Francisco und nicht in Portland studierte. In San Francisco hätte er bessere Möglichkeiten gehabt, da er dort bei einem Freund der Familie Unterstützung bekommen hätte.

Doch Ryan wollte nicht weggehen, er wollte mit mir zusammenbleiben und in Portland studieren. Er wollte sogar um meine Hand anhalten. Ich habe den Ring gesehen, den er besorgt hat. Er hätte mich so glücklich gemacht! Und so unglücklich zur selben Zeit. Denn ich wollte nicht, dass er für mich seine Zukunft aufgab. Ich wollte nur das Beste für ihn. Wie auch seine Eltern. Eines Tages kamen sie zu mir und baten mich, auf ihn einzureden. Er sollte auf jeden Fall nach San Francisco gehen, damit er Architekt werden konnte.

Ich stimmte zu, denn ich dachte, wir würden das schon irgendwie hinkriegen, selbst wenn er in der Ferne studierte. Ich habe auf ihn eingeredet, aber es nützte nichts. Da bekam ich eine irre Idee. Ich verabredete mich mit Alistair Combstock, einem Jungen, der seit Jahren in mich verliebt war, aber keine Chance bei mir hatte. Und ich ließ mich von Ryan mit Alistair erwischen, damit Ryan einsah, dass wir etwas Distanz benötigten. Alistair und ich, wir haben nichts getan, nur rumgealbert und vielleicht ein bisschen geknutscht, mehr war nicht passiert. Aber es brach Ryan das Herz. Ich hatte gedacht, wir würden darüber sprechen und uns darauf einigen, dass er nach San Francisco gehen würde, um den Kopf von mir freizubekommen, aber dass wir trotzdem zusammenbleiben würden. Er brach den Kontakt zu mir jedoch komplett ab. Und ich konnte nicht einmal was dagegen tun, weil ich diese Schuld mit Alistair auf mich geladen hatte. Und weil ich wollte, dass Ryan sein Glück fand. Kurz darauf fuhr er mir Sybil Hannigan nach San Francisco. Ich habe gehört, sie hätten dort geheiratet.« Sie wischte ein paar Tränen weg, die über ihre Wange gelaufen waren.

»Das war wirklich eine irre Idee«, sagte ich und reichte ihr die Rotweinflasche. »Es hätte dir doch klar sein müssen, dass es ihm das Herz bricht, wenn du mit einem anderen herummachst.«

Sie nickte, nachdem sie einen großen Schluck Wein genommen hatte. »Ich war damals so naiv. Ich hatte keine Ahnung, wie tief seine Gefühle für mich gingen. Manchmal dachte ich sogar, ich wäre nur ein kleiner Flirt für ihn. Er war so cool und zwei Jahre älter, was denkst du, wie unsicher ich manchmal war, wenn es um ihn ging!? Selbst als ich den Ring sah, glaubte ich nicht, dass er es ernst meinte. Ich dachte, er würde es nur tun, um seine Eltern zu ärgern.«

»Ach, Angie«, sagte ich seufzend und zog sie an mich. »Was für eine traurige Geschichte!«

»Ja, furchtbar traurig.« Sie schniefte.

»Aber du hast jetzt die Gelegenheit, sie richtigzustellen. Du erhältst vom Schicksal eine zweite Chance. Die solltest du dir nicht entgehen lassen.«

Sie legte den Kopf in ihre Hände. »Das kann ich nicht. Ich habe den Mut nicht, mit ihm zu sprechen.«

»Doch, den hast du. Du gehst einfach rüber und klingelst. Und wenn er rauskommt und sich freut, dich zu sehen, könnt ihr reden.«

»Und wenn er sich nicht freut? Was viel eher wahrscheinlich ist. Was mache ich dann?«

»Dann sagst du nur Hallo und gehst wieder. Du hast nichts zu verlieren. Nur ein paar alte Erinnerungen.«

»O nein.« Sie stöhnte auf. »Das ist zu viel für mich. Ich kann das nicht.«

»Versuch es wenigstens. Du kannst dich nicht für immer im Haus einschließen und wegsperren. Irgendwann musst du nach draußen gehen.«

»Vielleicht werde ich ja wie die superfette Frau, die nur noch mit dem Kran aus der Wohnung gehoben werden kann.«

»Das wirst du nicht. Vorher streiche ich dir die Eiscreme.« Ich nahm ihr die Packung aus der Hand und aß alleine weiter.

»He, das ist nicht fair! Na gut, ich werde nicht fett. Aber zu ihm gehe ich trotzdem nicht.« Sie nahm mir die Eiscreme wieder ab und steckte einen Löffel voll in den Mund.

Ich lachte. »Du bist unverbesserlich.«

»Ich weiß. Und nun bist du dran.«

»Ich? Womit?« Ich wusste genau, was sie meinte. Aber ich wollte Zeit schinden. Mein Herz begann schneller zu schlagen.

»Mit deinem Fremden. Was ist gestern passiert?«

Ich überlegte einen Moment, was ich sagen sollte. Und ich versuchte dabei, meinen Herzschlag unter Kontrolle zu bekommen. »Er hat gesagt, er würde mich begehren«, erwiderte ich schließlich.

Angela ließ den Löffel sinken. »Wow, das ist direkt. Er redet wohl nicht gerne um den heißen Brei herum?«

»Nein, in der Beziehung nicht.«

»Und dann? Was ist dann passiert?«

»Er hat mich geküsst und noch ein bisschen mehr.«

»Was?« Angelas Augen begannen zu leuchten.

»Naja, er hat mir die Hose ausgezogen und so etwas«, druckste ich herum. »Das muss ich dir doch jetzt nicht erklären, oder?«

»Ihr habt es getan?« Sie riss die Augen auf. »Herzlichen Glückwunsch! Wie war es?«

»Wir haben es nicht ganz getan. Er hat nicht … ich meine, er ist nicht … es war nur für mich, um ehrlich zu sein.« Ich merkte, dass ich rot anlief. »Und es war toll.«

Angela grinste mich an. »Er sagt, er begehrt dich, aber

er nimmt dich nicht sofort, sondern hält sich zurück, um dich zu befriedigen? Dann mag er dich.«

»Das denke ich nicht. Er ist hinterher sofort gegangen.«

»Vielleicht hatte er Termine. Auf jeden Fall ist er nicht auf schnellen Sex aus, so viel ist sicher.«

Ich dachte an den älteren Mann in dem Video. »Vielleicht kann er ja auch nicht«, murmelte ich. Doch dann erinnerte ich mich an das Gefühl seiner Erektion in meinem Rücken. Er hätte gekonnt.

»Das denke ich nicht. Ich glaube, er mag dich.« Sie hob die Flasche und trank einen Schluck. »Auf dich und den Fremden.« Danach reichte sie mir die Flasche. Ich trank ebenfalls.

»Und auf dich und Ryan.«

Angela verzog gequält den Mund, nickte jedoch. »Es kann nicht schaden.«

In diesem Moment erklang im Nachbarhaus Musik. »Das ist Bumdibumm«, sagte Angela. »Ich kenne die Platte. Die legt er immer auf, wenn er eine Neue bei sich hat. Zum Glück bin ich nicht in meinem Zimmer.«

»Siehst du, das ist noch ein Grund, mit Ryan zu reden, damit du wieder ausgehen kannst, wenn Bumdibumm Besuch kriegt. Komm!« Ich stand auf und reichte ihr die Hand. »Tanz mit mir.«

Der Wein hatte mich lockerer gemacht. Das Gedankenkarussell war verschwunden. Stattdessen herrschte in meinem Kopf angenehme Leichtigkeit.

Angela erhob sich ebenfalls und tanzte mit mir auf dem Dach.

»Weißt du, dass ich Ryan in jedes Drehbuch einbaue, das ich schreibe?«, sagte sie. »Mal ist er der sexy Arzt, das nächste Mal der coole Lehrer oder der verführerische Rennfahrer. Eine Rolle ist immer für ihn reserviert.«

»Nur dass er sie niemals spielt.«

»Nein, nur in meinem Kopf.« Sie lächelte und schüttelte den Kopf. »Ich bin verrückt. Ich liebe ihn noch, deshalb bin ich verrückt.«

»Ich bin auch verrückt. Ich habe heute ernsthaft darüber nachgedacht, ob ich einen Artikel über Adam schreibe, weil ich dachte, ich wüsste, wer er ist.«

Angela hielt inne. »Wer ist er?«

»Ich bin mir nicht sicher. Ich habe nur eine Stimme gehört, die seiner sehr ähnlich ist. Der Mann mit der Stimme wirkt älter, als ich dachte. Aber irgendwie habe ich Zweifel, dass er es wirklich ist.«

»Warum?«

»Das sagt mir mein Gespür. Irgendetwas passt nicht.«

Angela lächelte. »Du hast Gefühle für ihn. Das ist gefährlich, aber romantisch.«

»Es sind keine Gefühle in dem Sinne«, murmelte ich, aber ich wusste, dass es nicht die Wahrheit war. Ich hatte tatsächlich Gefühle für Adam. Es war zum Verrücktwerden!

»Und?«, fragte Angela, die wieder begonnen hatte zu tanzen.

»Und was?«

»Schreibst du den Artikel?«

Ich überlegte einen Moment. Dann schüttelte ich den Kopf. »Nein. Er hat einen Grund, warum er anonym bleiben will. Das werde ich respektieren. Ich will nicht zu den Journalisten gehören, die ihre Story um jeden Preis durchziehen und dabei Menschen verletzen. So möchte ich niemals sein.«

Angela tanzte mich an, dann umarmte sie mich. »Ich bin stolz auf dich.«

Ich seufzte leise. »Vermutlich wird es niemals etwas mit meinem Titelblatt bei der New York Times.«

»Warte nur ab, deine Chance wird kommen. Wir sind jung, das Leben liegt vor uns!« Sie schrie ein lautes »Juhu« in den New Yorker Abend. Es war über dem Lärm der Stadt und der Musik von Bumdibumm kaum zu hören, aber ich vernahm es. Und ich schickte ein »Juhuhu« hinterher.

»Das Leben ist großartig!«, rief ich. »New York ist großartig! Wir sind großartig!«

Angela nahm meine Hand und hielt sie in der ihren in die Höhe. »Wir sind unschlagbar und werden diese Stadt rocken!«, brüllte sie.

»Ja, wir werden sie rocken! Wir werden unseren Weg gehen!«

»Wer es hier schafft, schafft es überall!«

»Und wer es hier schafft, ist sowieso die Größte!«, fügte ich hinzu.

Angela begann zu lachen, ich stimmte mit ein. Der Wein, unser Übermut und die Stimmung auf dem Dach sorgten dafür, dass wir einen regelrechten Lachkrampf bekamen. Wir lachten, bis wir nicht mehr stehen konnten und uns setzen mussten.

Es war spät, als wir vom Dach in die Wohnung zurückkehrten. Wir hatten zwei komplette Flaschen Rotwein und die Monster-Eispackung geleert. Mir war schlecht, und wenn ich nur an Eiscreme dachte, hätte ich mich übergeben können.

Daher wünschte ich Angela, der es ähnlich ging, eine gute Nacht und legte mich ins Bett. Kaum hatte ich das Licht gelöscht, vernahm ich das Piepsen meines Handys.

Müde nahm ich es in die Hand und hielt die Luft an. Eine SMS von Adam.

»*Hallo Cassidy, ich hoffe, du hattest einen angenehmen Tag?*«, schrieb er mir.

Mein Herz begann sofort, wieder schneller zu klopfen, als ich eine Antwort tippte. »*Hi Adam. Ja, sehr angenehm, nur sollte man Megapackungen Eiscreme dringend vom Markt nehmen.*«

»*Ich werde es an die Verantwortlichen weitergeben*«, erwiderte er nur wenige Sekunden später.

»*Und wie war dein Tag?*«, fragte ich.

»*Anstrengend. Allerdings hatte ich auch angenehme Momente. Nämlich wenn meine Gedanken zu dir wanderten.*«

Mein Herz raste. Meinte er das ehrlich? »*Wie oft war das?*«, fragte ich.

*»So oft, dass meine Sekretärin heute Überstunden machen musste, um die liegengebliebene Arbeit nachzuholen.*«

Ich zögerte einen Moment. Sollte ich ihn danach fragen, ob er Marc Connors war?

*»Wie alt bist du?«*, fragte ich nur.

*»Du hast aber lange gebraucht, um dich dazu durchzuringen, mich nach meinem Alter zu fragen.*«.

»*Und?*«

»*Achtundzwanzig. Im April werde ich neunundzwanzig.*«

Dann war er nicht der Mann im Video. Ich verspürte auf einmal Sehnsucht nach ihm, nach seinen Berührungen und nach seiner Stimme. *»Bist du allein*?«, wollte ich wissen.

*»Ja. Zum Glück. Denn wenn ich an dich denke, merke ich wieder, wie sehr ich dich begehre.«*

*»Jetzt auch?«*

*»Jetzt besonders. Ich denke daran, wie du gestern geschmeckt hast. Und wie du unter meinen Küssen gebebt hast.«*

*»Es war sehr schön.«*

*»Deinen Seufzern und dem Stöhnen nach zu urteilen, war es mehr als nur schön.«*

Ich lachte leise. *»Es war himmlisch*«, schrieb ich. Ich wollte ihm jedoch nicht nur schreiben, sondern ihn hören, mit ihm sprechen. *»Können wir telefonieren? Ich möchte deine Stimme hören.«*

*»Gute Nacht, Cassidy«, antwortete er.*

Verwundert über dieses abrupte Ende unserer Konversation setzte ich mich auf. Was sollte das? Wollte er nicht mit mir sprechen? Aber warum nicht?

Ich überlegte, was ich antworten sollte. Aber es fiel mir nichts ein, was ihn vielleicht dazu veranlassen könnte, seine Meinung zu ändern. *»Gute Nacht«*, schrieb ich deshalb und legte das Handy weg. Ich wartete noch eine Weile und hoffte, dass es erneut piepsen würde. Doch es blieb stumm.

# KAPITEL 5

Als ich aufwachte, dauerte es eine Weile, bis ich mich an die Ereignisse der vergangenen Nacht erinnern konnte. An Adams SMS und an sein Geständnis, dass er sehnsüchtig an mich dachte. Ich schielte zu meinem Handy und bekam den ersten Herzstolperer des Tages. Das Lämpchen blinkte. Ich hatte einen weiteren Text bekommen.

Er stammte tatsächlich von Adam. *»Ich möchte dich heute Abend sehen. Zwanzig Uhr im Waldorf Astoria.«*

Ich ärgerte mich darüber, aber ich konnte mir ein Lächeln nicht verkneifen. Er wollte mich sehen. Der Tag wirkte auf einmal viel freundlicher und heller, und die Aussicht, dass das Wochenende vor mir lag, ließ meine Stimmung noch weiter steigen. Ich ging unter die Dusche und machte für mich und Angela Frühstück.

Als ich die Toastscheiben aus dem Toaster holte, klingelte mein Handy. Ich sprang sofort hin, weil ich glaubte, es wäre Adam, doch eine fremde Frau war am Apparat.

»Sind Sie Cassidy Evans?«

»Ja. Und Sie?«

»Ich muss Sie sprechen«, sagte sie, ohne ihren Namen zu nennen. »Treffen Sie mich Punkt zwölf Uhr am Gondelteich im Central Park.« Dann legte sie auf. Verwundert starrte ich mein Handy an. Wer war das? Ich konnte noch nicht einmal zurückrufen, weil die Nummer nicht angezeigt worden war. Sie wollte offensichtlich anonym bleiben. Hatte sie etwas mit Adam zu tun?

Ich sah auf die Uhr. Sollte ich wirklich in zwei Stunden in den Central Park gehen? Es war gefährlich, wenn ich nicht wusste, was mich erwartete. Aber vielleicht hatte die Frau Informationen für mich, die sich auf Adams Skandal bezogen. Oder auf ihn persönlich. Ich sollte die Chance nutzen.

Ich frühstückte mit Angela, wobei ich ihr von den neuesten Ereignissen berichtete, dann packte ich meine Tasche. Ich wollte meinen Notizblock einstecken, doch ich konnte ihn nicht finden. Wo zum Teufel hatte ich ihn hingelegt? Ich sah sogar unter dem Bett und neben dem Fernseher nach, aber er war nicht aufzutreiben. Ich nahm schließlich einen neuen und fuhr in den Central Park.

Manhattans grüne Lunge wimmelte von Menschen. Das Wetter war mild und angenehm für einen Märztag. Die Sonne wärmte bereits kräftig, so dass die Jogger im Park ohne Jacke und in kurzen Hosen auf den Wegen liefen.

Ich war etwas spät dran und eilte hektisch zum Gondelteich. Auch dort befanden sich viele Menschen, alle Boote waren besetzt.

Suchend lief ich am Teich entlang, weil ich hoffte, dass sich die Unbekannte zu erkennen geben würde. Ich entdeckte fast nur Pärchen und Touristen. Doch dann sah ich sie. Sie stand etwas abseits, trug eine Sonnenbrille und ein Kopftuch. Als ich auf sie zuging, kam sie mir langsam entgegen.

»Miss Evans«, sagte sie ruhig, als würde sie mich genau kennen.

»Das bin ich. Und wer sind Sie?«

»Ella Berger.« Sie nahm ihre Sonnenbrille ab. Sie war Ende vierzig, aber immer noch sehr hübsch und voller Ausstrahlung. Ihre braunen Augen funkelten mich an. Ich war mir jedoch nicht sicher, ob es Wut oder Verzweiflung war, die darin schimmerte.

»Ich habe keine Affäre mit Ihrem Mann«, sagte ich schnell. »Ich habe ihn nur getroffen, weil ich ihn wegen eines Artikels befragen wollte.«

»Ich weiß«, sagte sie leise. »Er hat mir alles erzählt, und ich glaube ihm.«

»Warum wollen Sie sich dann jetzt mit mir treffen?«

»Weil mein Mann gesagt hat, Sie wollen etwas Positives über ihn schreiben. Wollen Sie das immer noch?«

Ich nickte. Ich konnte ihr schlecht sagen, dass die Sache nur ein Vorwand gewesen war, um mehr über ihn und den Skandal sowie dessen Quelle herauszufinden. Außerdem hatte Berger einen positiven Bericht jetzt nötiger denn je. »Ja, das würde ich gern tun.«

Sie musterte mich skeptisch, als würde sie mir doch nicht glauben, dass ich mit ihrem Mann keine Affäre hatte. Oder als würde sie abwägen, ob ich nicht vielleicht doch eine Hure sei.

»Was wollen Sie wissen?«, fragte sie.

Ich atmete auf und holte meinen Block aus der Tasche. Wir setzten uns auf eine Bank.

»Erzählt Ihnen Ihr Mann von seiner Arbeit?«, fragte ich sie. »Oder macht er alles mit sich selbst aus?«

»Er erzählt wenig. Meistens unterhalten wir uns über die Kinder und die Familie.«

»Sie haben Kinder?«

»Ja, zwei Söhne im Teenageralter.«

»Haben Sie gemeinsame Freunde?« Adam hatte mir gesagt, ich solle nicht nach Feinden fragen, sondern nach Freunden. Es sei ein gemeinsamer Freund gewesen, der ihn in einem Skandal vernichten wollte.

»Ja, haben wir. Viele von Philipps Freunden sind auch zu meinen geworden.«

»Können Sie welche nennen? Kann jemand Ihre Freundschaft und den positiven Charakter Ihres Mannes bestätigen?«

»Wir sind mit Clark Gibbs und dessen Familie befreundet. Seine Kinder gehen sogar mit unseren in die Schule und verstehen sich gut. Philipp hat Clark und seiner Frau zur Seite gestanden, als sie in ihrer Ehe durch schwere Zeiten gingen und Therapie benötigten. Dann verabreden wir uns regelmäßig mit Steve Arnold zum Essen. Wir kennen auch Marc Connors und Elias Winter. Sie gehören zu unserem engeren Freundeskreis.«

Bei der Nennung von Marc Connors war ich zusammengezuckt, ging aber erst einmal nicht näher auf ihn ein. »Kennen Sie Menschen, die Ihrem Mann Schaden zufügen möchten?«

»Sie meinen, einen Artikel in der Zeitung drucken lassen, der nicht wahr ist?«

»So etwas in der Art.«

Sie schüttelte den Kopf. »Ich weiß, dass sich mein Mann viele Feinde gemacht hat, indem er die Gesetze für Homosexuelle anpassen will. Aber dass jemand tatsächlich solche Gemeinheiten in die Welt setzen würde, das hätte ich nie gedacht. Und nein, ich kenne niemanden persönlich, der zu so etwas in der Lage wäre.«

»Hat Ihr Mann vielleicht doch Affären?«

Sie zögerte für den Bruchteil einer Sekunde, dann schüttelte sie den Kopf. »Nein, auf keinen Fall. Ich weiß nicht, warum sich die Zeitungen die Sache mit Ihnen ausgedacht haben. Vielleicht ist gerade Saure-Gurken-Zeit.«

»Und dass es doch etwas mit den Gesetzen zu tun hat? Wenn Ihr Mann ein schlechtes Image hat, bekommt er die neuen Regelungen vor Gericht nicht durch?«

»Auch das ist unmöglich, weil sie schon beschlossene

Sache sind. Egal, was sie ihm anhängen, selbst wenn er des Mordes verdächtig wäre, würden die Gesetze Wirklichkeit werden.«

»Das ist …« In diesem Moment wurde mir bewusst, was es bedeuten könnte, dass sie mit Marc Connors befreundet war. Er war der Mann, der in dem Werbespot erschienen war. Der Physiotherapeut, dessen Stimme wie die von Adam geklungen hatte. Vielleicht gab es doch einen Zusammenhang zwischen Adam und Marc Connors? Wusste Mrs. Berger dann vielleicht, wer Adam war?

Mein Herz begann schneller zu schlagen. »Kennen Sie auch Adam?«

»Adam Wer?«

Ich kam mir albern vor. »Ich kenne nur seinen Vornamen. Adam.«

Sie überlegte kurz, dann schüttelte sie den Kopf. »Nein, tut mir leid, ich kenne keinen Adam.«

»Macht nichts«, murmelte ich. Meine Frage war Schwachsinn gewesen. Es war klar, dass sich Adam diesen Namen nur ausgedacht hatte.

»Was wollen Sie noch für Ihren Artikel wissen?«

Ich stellte ihr noch ein paar belanglose Fragen zu ihrem Alltag und ihrem Beruf. Sie war Anwältin. Dann wusste ich nicht mehr weiter.

»Ich kann Ihnen nicht garantieren, dass ich eine Zeitung finde, die den Artikel drucken möchte«, sagte ich vorsichtig. »Ich bin ein Neuling in dem Geschäft.«

»Ich habe genügend Kontakte zur Presse. Sobald der Artikel steht, schicken Sie ihn mir und ich verteile ihn.«

»Okay.«

»Zum Glück wusste die Zeitung Ihren Namen nicht«, sagte sie trocken. »So bleibt wenigstens Ihr Ruf als Journalistin unbeschmutzt.«

»Ja, darüber bin ich auch froh. Es wäre schrecklich, wenn mich niemand mehr ernstnehmen würde wegen dieser verlogenen Sache.«

Sie stand auf. »Ich rufe Sie in ein paar Tagen an. Bitte melden Sie sich nicht bei uns, das könnte missverstanden werden.«

»Okay. Ich warte auf Ihren Anruf und schreibe in der Zwischenzeit den Artikel.«

»Danke, Miss Evans.« Sie reichte mir ihre Hand. Ich schüttelte sie.

Dann setzte sie die Sonnenbrille wieder auf und ging den Weg am Teich vorbei Richtung Straße.

Ich schlenderte noch ein wenig durch den Central Park und genoss die Sonne auf der Haut und den Lärm der spielenden Kinder auf den Wiesen. Ich beobachtete ein Volleyball-Turnier auf dem Rasen und Schachspieler am Weg. Musiker saßen auf Decken mitten im Gras und unter blühenden Bäumen und spielten auf ihren Instrumenten. In New York herrschte so viel Leben, dass man gar nicht wusste, wohin man zuerst gehen oder sehen sollte.

Schließlich beschloss ich, ein paar Läden aufzusuchen und mir neue Kleider zu besorgen. Ich ging zu Macy's, das größte Kaufhaus in New York, wo ich ein paar traumhafte Kleider in der Hand hielt. Eines war verführerisch kurz und ließ mich verdammt sexy aussehen, sogar ein bisschen verrucht. Das dürfte ich eigentlich nicht in der Öffentlichkeit anziehen. Es war viel zu freizügig. Ich überlegte einen Moment, einen langen Moment, um ehrlich zu sein. Dann beschloss ich, es wirklich zu kaufen. Außerdem noch ein anderes, das etwas konservativer war.

Mit meinen beiden Schätzen in der Tasche setzte ich mich in die U-Bahn und fuhr nach Hause.

Angela arbeitete an ihrem Drehbuch, als ich eintraf. Ich wollte sie nicht stören, deshalb setzte ich mich an meinen Computer und befragte den besten Freund der Journalistin: Google. Zuerst suchte ich alles raus, was die Zeitungen über Philipp Berger und mich gedruckt hatten. Es war nicht viel, nur dass Berger ein Date mit einer Unbekannten gehabt hätte, etwas wilde Spekulation darüber, wer ich sei und ob mich Berger für meine Dienste bezahlt hätte. Der größte Artikel stand in der Abendzeitung. Das war der, den ich zuerst im Supermarkt entdeckt hatte. Die anderen waren alle kleiner und standen nur auf Seite drei, vier oder sieben der jeweiligen Zeitung. Offenbar empfanden sie Bergers Privatleben doch nicht so spannend. Eine Zeitung glaubte, etwas über mich herausgefunden zu haben, wusste aber auch nicht meinen wahren Namen. Alles halb so wild. Dafür entdeckte ich, dass Berger vor einem Jahr schon einmal in den Schlagzeilen gestanden hatte. Er war überfallen und ausgeraubt worden. Seine Kreditkarte war gestohlen worden.

Ansonsten schien er sauber zu sein. Der Skandal hatte ihm bisher noch nicht wirklich geschadet. Die Gesetze waren nicht gefährdet, auch der Fall, den er gerade bearbeitete, litt nicht darunter. Warum hatte man sich dann die Mühe gemacht, eine Geschichte zu erfinden? Was und wer steckte dahinter?

Als ich nichts Interessantes mehr über Philipp Berger entdecken konnte, gab ich einen anderen Namen ein: Marc Connors. Es tauchten sofort mehrere Artikel auf, aber nicht über Marc Connors, sondern über Flynn Connors. Flynn Connors war der Sohn von Marc und eine zwanzig Jahre jüngere Version des Mannes. Er sah umwerfend aus, mit einem strahlenden Lächeln und verschmitzt blitzenden Augen. Er war bis vor drei Jahren Footballer bei den New York Giants gewesen, bis eine Verletzung seine Laufbahn beendete. Jetzt gehörten ihm mehrere Firmen und einige Sportläden. Er war achtundzwanzig Jahre alt.

War er möglicherweise Adam? Es sprachen ein paar Punkte für diese Theorie. Einer war etwas vage, da er sich nur auf mein subjektives Empfinden mit der Stimme des Vaters bezog. Der andere war, dass Connors definitiv die Bergers kannte. Und Adam hatte auch zugegeben, dass er mit Berger befreundet war. Das Alter stimmte auch. Es wäre also durchaus möglich, dass es sich bei Flynn Connors um meinen Adam handelte.

Ich sah auf die Uhr. Ich hatte nur noch wenige Minuten, bis ich mich fertig machen musste, um pünktlich im Waldorf Astoria zu sein. Hastig suchte ich im Netz nach einer Tonaufzeichnung von Flynn Connors, vielleicht ein Interview oder ein Video. Aber ich konnte auf die Schnelle nichts finden. Dafür entdeckte ich, dass es noch einen weiteren Connors gab, Nathan. Er war zwanzig Jahre alt und begann gerade erst seine Football-Karriere.

Schließlich gab ich meine Suche auf, ging unter die Dusche und zog mich an.

Die Augenbinde hing über der Türklinke. Ich legte sie um, dann klopfte ich und wartete, dass er mich hereinließ. Sobald sich die Tür öffnete, nahm ich seinen Duft wahr. Und seine verführerische Stimme grüßte mich. »Cassidy.« Nur mein Name. Aber das reichte schon, um einen feinen Schauer zu verspüren, der sich durch meinen Körper zog.

»Ich hoffe, du musstest nicht so lange auf mich warten.« Ich hatte, als ich bereits angezogen war, auf Angelas Anraten hin, mich noch einmal umgezogen. Ich trug nun das Kleid, das ich eigentlich nicht in der Öffentlichkeit anziehen wollte. Es war viel zu kurz und reichte nur knapp über meinen Po. Aber Angela meinte, ich würde Adam damit auf jeden Fall den Kopf verdrehen. Wollte ich das wirklich? Ich hatte einen Moment darüber nachgedacht und war danach zu der Erkenntnis gekommen, dass ich es wollte. Dass ich ihn wollte. Wenn es sich bei ihm um Flynn Connors handelte, wäre er nicht nur einer der attraktivsten Männer New Yorks, sondern auch einer der interessantesten. Er hatte es geschafft, sich vom Footballer zum knallharten Geschäftsmann zu entwickeln und mit seinen Unternehmen Millionen zu verdienen. Schon der Gedanke daran, dass dieser Mann mich begehrte, ließ meine Knie weich werden. Ja, ich wollte Adam den Kopf verdrehen. Und ich wollte, dass er mir den Kopf verdrehte.

Durch diese spontane Kleideränderung war ich jedoch zu spät aus dem Haus gekommen und hatte zu allem Überfluss auch noch die U-Bahn verpasst.

»Auf dich warte ich gerne«, erwiderte er und führte mich ins Zimmer. Dann ließ er mich setzen. Ich tastete vorsichtig nach der Sitzfläche. Es war kein Stuhl, es war das Bett.

Ein aufgeregtes Kribbeln durchströmte mich. Ich hörte, wie er die Vorhänge des Zimmers zuzog. Danach spürte ich, wie sich das Bett bewegte. Er hatte sich gesetzt. Die Hitze seines Körpers wärmte mich.

»Du siehst umwerfend aus«, sagte er leise. Seine Hand strich verlangend über meinen Oberschenkel. »Atemberaubend sexy.«

»Wie war dein Tag?«, fragte ich so beiläufig wie möglich, um ihm nicht zu zeigen, wie sehr mich seine Bemerkung und die Berührung aus dem Gleichgewicht brachten. Ich berührte seine Hand und fuhr mit den Fingerspitzen über seinen Handrücken, dann über das Gelenk bis zu seinem Hemd.

Er antwortete nicht, sondern küsste mich. Hungrig und leidenschaftlich. Verlangen durchströmte mich, als ich ihn zurückküsste und unsere Zungen sich berührten. Und trotzdem fühlte ich mich gehemmt.

»Ich habe dich vermisst«, murmelte er, als er für einen Augenblick meinen Mund verließ und seine Lippen meinen Nacken suchten.

»Ich dich auch«, erwiderte ich. Ich dachte an die Bilder von Flynn Connors. Sollte ich ihm sagen, dass ich ihm möglicherweise auf der Spur war? Wie würde er es auffassen? Würde er mich vielleicht rauswerfen und diese Treffen beenden? Das wollte ich auf keinen Fall. Ich wollte ihn spüren und unter seinen Küssen zerfließen.

Er küsste meine Schulter, streifte den Träger meines Kleides nach unten. Seine Hand glitt verlangend über meinen Arm, dann wanderte sie zu meinem Haar. Er nahm eine Handvoll meiner Locken und zog meinen Kopf sanft nach hinten. Dann küsste er mein Kinn, meinen Hals, das kleine Dreieck dort, wo mein Brustkorb begann.

Die Stoppeln seines Bartschattens kratzten sanft auf meiner Haut, wenn er mich küsste. Sie jagten ein verlangendes Brennen über meine Arme und ließen meine Knie weich werden. Mein Körper lechzte nach mehr. Meine Atmung ging nur noch stoßweise. Wenn seine Finger meinen unteren Rücken berührten, kribbelte es in meinem Leib, jeder Zentimeter schien davon betroffen zu sein. Mir war, als würde ich innerlich verbrennen. Meine Oberschenkel öffneten sich, ohne dass ich es merkte. Ich spürte nur auf einmal das sanfte Pochen meiner geschwollenen Klitoris. Kaum wurde ich mir dieser Reaktion bewusste, presste ich die Oberschenkel zusammen.

Adam ließ mein Haar los und stieg über mich, um mein Kleid auszuziehen. Er öffnete den Reißverschluss, dann zog er es über meinen Kopf.

Ich streckte meine Hände aus, um ihn zu berühren. Ich wollte wissen, wie er sich anfühlte, um herauszufinden, was er für ein Mensch war. Als ob meine Finger das Sehen übernehmen und etwas über ihn erfahren könnten.

Ich knöpfte sein Hemd auf und streifte es von seinem Oberkörper. Dann fühlte ich nach seinen Bauchmuskeln. Sie waren hart und wohlgeformt. Das perfekte Waschbrett. Unter ihnen fand ich seinen Hosenbund. Ich öffnete den Gürtel und knöpfte seine Hose auf. Als ich seine steinharte Erektion berührte, stöhnte er leise auf.

Ich schob ihn sanft auf die Matratze und küsste seine Lippen, seine Brust und das Waschbrett. Dann wanderten meine Lippen tiefer. Als sie an seinem Schwanz angekommen waren, spürte ich, wie er zusammenzuckte.

»Cassidy«, hauchte er und griff in mein Haar, um meinen Kopf nach oben zu führen. »Leg dich hin.«

Ich gehorchte und legte mich auf meinen Rücken. Das Bett bewegte sich, als Adam sich über mich beugte. Seine Lippen berührten meine Brüste, während er den BH öffnete. Er nahm einen Nippel in seinen Mund. Als seine

Zunge damit spielte, hatte ich das Gefühl, als würden Tausende Schmetterlinge um mich herum flattern und meine Haut mit ihren zarten Flügeln berühren.

Er ergriff meine Hände und legte sie über meinem Kopf auf das Kissen. Dort hielt er sie fest, während sein Mund meine Brustwarze verließ und über meinen Bauch wanderte. Als er an meinem Höschen ankam, hielt er inne und zog es mit einer Hand herunter. Er umfasste meine Pobacke, seine Finger gruben sich in mein Fleisch.

»Cassidy, süße Cassidy«, flüsterte er.

»Adam«, erwiderte ich atemlos.

Er lachte leise, als fände er diesen Namen lächerlich. Sein Lachen ließ mein Verlangen noch größer werden. Dieser Laut war für mich erotischer als die Küsse jedes anderen Mannes, die ich im Laufe meines Lebens erhalten hatte. Okay, es waren nicht sonderlich viele gewesen, um ehrlich zu sein, aber trotzdem. Ich berührte sein Gesicht, um seine Lippen zu tasten, dann seine Wangen. »Ich wünschte, ich könnte dich sehen.«

Er küsste mich. »Wofür?«, flüsterte er.

Um zu wissen, wer du bist, dachte ich, aber ich sagte es nicht. In diesem Moment war es mir sogar wirklich egal. »Um dir mehr vertrauen zu können.«

»Du vertraust mir nicht? Warum nicht?«

Ich überlegte, was ich sagen sollte. Dann entschied ich mich für die Wahrheit. »Dieses Zimmer, dieses Situation jagt mir Angst ein. Ich bin lange nicht mehr mit einem Mann zusammen gewesen. Und dann gleich in solch einer Konstellation mit einem Wildfremden mit Augenbinde, das ist für mich eine ganze Menge, mit der ich klarkommen muss. Da bleibt nicht viel Raum für blindes Vertrauen, um aus gegebenen Anlass diese Wortspielerei anzuwenden.«

Unter meinen Fingerspitzen spürte ich, dass er lächelte. »Ich verstehe«, flüsterte er und küsste mich sanft. Dann griff er kurzerhand an meinen Kopf und löste die Augenbinde.

Ich hielt die Luft an. Anschließend öffnete ich die Augen. Es war dunkel im Raum. Er hatte die Vorhänge komplett zugezogen, nur etwas Licht von der Straßenlaterne leuchtete durch einen Schlitz im dichten Stoff. Ich konnte Adam zwar erkennen, seine Konturen ausmachen. Doch sein Gesicht blieb im Dunkeln verborgen.

»Besser?«, fragte er.

»Ja. Immerhin kann ich erahnen, wo du bist und was du vorhast.« Es half mir wirklich. Vor allem das Bewusstsein, dass er gewillt war, für mich seine Anonymität wenigstens ein bisschen aufzugeben und seine Regeln zu lockern, machte mich glücklich.

»Was ich vorhabe, kann ich dir zeigen.« Er küsste mich hart und verlangend. Seine Hand wanderte zwischen meine Beine und drückte sie auseinander. Dieses Mal ließ ich es geschehen. Seine Finger glitten durch meine Feuchtigkeit in mich hinein. Ich stöhnte. Nach drei kurzen Bewegungen stoppten seine Finger ihr Tun und hinterließen eine sehnsüchtige Leere in mir. Dann hörte ich das Rascheln eines Kondoms.

Er zog die Hose aus und legte sich auf mich. Ich spreizte die Beine weit, sehnsüchtig darauf wartend, dass er mich ausfüllte. Nur einen Moment später glitt der Kopf seiner Erektion durch meine Nässe, auf und ab, bis ich mir auf die Lippen biss, um nicht vor hoffnungsvoller Erwartung und Frustration aufzustöhnen.

Dann plötzlich, als ich es am wenigsten erwartete, drang er in mich ein. Seine Hände umfassten meinen Po, kneteten ihn leicht, während er mich zu sich heranzog, mit seinem Schwanz Zentimeter für Zentimeter tiefer in mich eindringend. Das Gefühl war neu und überwältigend für mich. Ich biss mir auf die Lippen, weil ich Angst hatte, mich mit meinem liebeshungrigen Stöhnen lächerlich zu machen. Ich konnte jeden Zentimeter fühlen, den er tiefer in mir versank. Unwillkürlich spannten sich meine Muskeln an, meine Beine umfassten ihn, während sich mein Becken hob, um ihn besser aufnehmen zu können.

Die Bewegungen seines Körpers wurden heftiger. Bei jedem Stoß schlugen meine Schenkel gegen seine Seite. Sein Mund fand erneut den meinen und liebkoste ihn vorsichtig, bevor er ihn hart und verlangend vereinnahmte. Dabei presste er uns mit jedem Stoß seiner Hüften tiefer in die Matratze hinein.

Ich befand mich wieder mitten im Auge des Sturms. Sein Druck und der Rhythmus bauten sich zu einem Orkan in mir auf, tosten durch meinen Körper und drohten, mich fortzureißen. Ich liebte jeden Moment davon. Ich hätte das stürmische Tosen gern aufgehalten, um dieses Gefühl noch länger zu spüren, doch der Orkan wurde zu mächtig.

Adam nahm meine Arme und hielt sie wieder über meinem Kopf fest, während seine Hüften in perfekten Bewegungen auf meine stießen.

In diesem Moment riss mich der Hurrikan mit sich fort. Er schleuderte mich auf den höchsten Punkt, den ich jemals erklommen hatte.

Wie durch einen dichten Nebel hörte ich Adams Stöhnen, als er in mir kam und sich unsere Orgasmen miteinander vermischten. Ich spürte, wie er in mir pulsierte und sich entlud.

Danach lichtete sich langsam der Nebel.

Ich hatte keine Ahnung, dass Sex so fantastisch sein konnte.

Und ich hätte nie gedacht, dass der beste Sex, den ich jemals haben würde, mit einem Mann wäre, dessen Gesicht ich noch nicht einmal gesehen hatte.

Ich zitterte leicht, als er sich neben mich legte. Ich musste nach diesem Gipfel erst zurück auf die Erde finden. Aber auch er atmete schwer. Er streifte das Kondom ab und warf es auf den Boden.

Dann legte er seine Hand auf meinen Bauch und schmiegte sein Gesicht an meine Schulter.

Wir sprachen beide nicht. Als ich meinen Atem endlich wieder unter Kontrolle hatte, legte ich mich auf die Seite und betrachtete sein Gesicht. Ich konnte nur eine Seite sehen, die vom Licht von der Straße beschienen war. Sie war ebenmäßig und perfekt. Ich legte meine Hand auf seine Wange.

»Weißt du, dass ich mich bei jedem Mann, den ich in der Stadt sehe, frage, ob du das vielleicht bist? Sogar bei jedem Mann, den ich im Fernsehen oder in einem Video sehe.« Ich dachte an Marc Connors. Hatte ich mir die Ähnlichkeit nur eingebildet? Ich konnte in der Dunkelheit nicht erkennen, ob Adam wie Flynn Connors aussah.

Er lächelte. Die Haut an seinen Augenwinkeln kräuselte sich leicht. »Das solltest du nicht tun, Cassidy. Ich bin nichts Besonderes.« Er strich über meine Schulter, streichelte meine Wange. Dann stand er plötzlich auf.

»Willst du schon gehen?«, fragte ich ungläubig, als er sich seine Hose anzog.

»Ich muss, süße Cassidy.« Er beugte sich zu mir, um mich zu küssen, während er sein Hemd zuknöpfte. Eine furchtbare Ahnung beschlich mich.

»Bist du verheiratet?«

Er hielt einen Moment inne. Das Licht durch den Vorhang beschien seine Hand. Er trug keinen Ring. Aber das bedeutete gar nichts.

»Nein, ich bin nicht verheiratet«, erwiderte er und richtete sich auf. »Gute Nacht, Cassidy.«

»Ich fände es schön, wenn du noch einen Moment bleiben würdest«, sagte ich leise. Aber ich wusste, dass es keinen Sinn hatte.

Er beugte sich zu mir und küsste mich erneut. Der Kuss war süß und sehnsüchtig und ganz zart.

»Vielleicht, irgendwann«, flüsterte er.

Dann löste er sich von mir und ging zur Tür. Ich sah, wie der Lichtschein seine linke Gesichtshälfte beleuchtete und sein dunkles Haar beschien. Sein Profil war makellos.

Dann schloss er die Tür und ließ mich allein zurück.

Ich blieb mit einem eigenartigen Gefühl liegen.

Ich hatte soeben den schönsten Sex meines Lebens erfahren. Und trotzdem fühlte ich mich leer und voller Sehnsucht nach einem Mann, dessen wahren Namen ich nicht kannte.

Immerhin hatte er gesagt, dass er vielleicht eines Tages länger bleiben würde. Mit dieser Hoffnung im Herzen stand ich auf und zog mich an.

# KAPITEL 6

Angela weckte mich am Morgen gegen zehn.

»Das wurde gerade für dich abgegeben«, sagte sie, alles andere als leise, und stürmte in mein Zimmer. Aufgeregt wedelte sie mit einem Brief.

»Was ist das?«, fragte ich schlaftrunken und richtete mich auf. In meiner Schläfe pochte es.

»Ich weiß es nicht. Es wirkt aber so, als wäre es wichtig.« Sie hielt mir den Umschlag vor die Nase. »So wie du aussiehst, war dein Abend mit Mr. X ein voller Erfolg«, fügte sie grinsend hinzu.

Ich knurrte nur, dann nahm ich den Umschlag an und öffnete ihn. Es handelte sich um eine Einladung zu einem Empfang im Rahmen der Eröffnung einer Sportarena in Brooklyn. Mit einem Schlag war ich hellwach. Das Pochen in der Schläfe verschwunden.

»Weißt du, wer den Brief abgegeben hat?«, fragte ich.

Sie schüttelte den Kopf. »Es war ein stinknormaler Bote, ein Kurierdienst aus Manhattan. Ich habe gefragt, von wem der Brief stammt, aber er wusste es nicht.«

Hatte Adam mir die Einladung geschickt? Wollte er mich in Brooklyn heimlich treffen?

»Was ist?«, fragte Angela. »Gehst du?«

»Natürlich!«, sagte ich im Brustton der Überzeugung. Ich würde mir keine Gelegenheit entgehen lassen, um Adam zu begegnen. Zumal er mir gestern einen halben Schritt entgegengekommen war und mir die Augenbinde abgenommen hatte.

»Meinst du, der Unbekannte hat dir die Einladung geschickt?«

»Ich hoffe es.«

»Aber warum hat er dir das dann nicht gestern gesagt? Oder wart ihr mit anderen Dingen beschäftigt?«

Ich spürte, wie ich errötete. »Ja, naja, ja, wir waren mit anderen Dingen beschäftigt. Ich durfte ihn sehen.«

»Was? Das sagst du mir jetzt erst? Wie sieht er aus? Ist er der Hammer oder eher unansehnlich?«

»Ich konnte ihn leider nicht richtig erkennen, weil es dunkel im Zimmer war, aber ich glaube, er ist ganz ansehnlich.«

Angela stöhnte gequält. »Also hast du ihn nicht gesehen. Er ist dir noch genauso ein Rätsel wie vorher.«

»Naja, wenn du es so formulierst, ja. Es hat sich wenig geändert.«

Sie winkte ab. »Er wird dich noch länger auf die Folter spannen. So langsam kommt mir die Sache sehr seltsam vor.«

»Mir auch«, seufzte ich. »Aber was soll ich tun? Er macht mich ganz verrückt. Ich erkenne mich selbst nicht mehr.«

Angela lächelte mitfühlend und setzte sich zu mir auf den Bettrand. »Du musst nur aufpassen, dass du rechtzeitig die Kurve kriegst. Solche Männer sind ganz angenehm als Zeitvertreib, aber verlieben darf man sich auf keinen Fall in sie. Sie sind genauso schnell wieder fort, wie sie ›Ich will dich‹ sagen.«

»Ich fürchte, du hast Recht.«

Melancholisch starrte ich auf meine Hände. Der Gedanke, Adam nie wiederzusehen, verursachte ein schreckliches Ziehen in meiner Brust. Aus irgendeinem Grund fühlte ich mich wie magisch zu ihm hingezogen. Ich mochte ihn, nicht nur sein Lachen, sondern auch die Art, wie er mich liebte, wie er sich mit mir beschäftigte. Es war kein schnelles Rein-Raus wie bei Johnny Hinkelman, sondern er gab sich Mühe, mich glücklich zu machen. Und wenn er mich küsste und diese feinen Nadelstiche über meine Haut jagten, hatte ich das Gefühl, als würde es ihm viel bedeuten, mit mir zu sein. Als wären diese Küsse die Erlösung für ihn.

»Du wirst schon wissen, was du tust«, sagte Angela und stand auf. »Wenn er dir guttut, genieße es, solange es dauert. Aber mach dich darauf gefasst, dass es eines Tages vorbei sein könnte.«

»Danke, Angela«, sagte ich lächelnd. »Ich werde deinen Rat beherzigen.«

Sie wollte zur Tür gehen, blieb jedoch vor dem Stuhl stehen, auf dem meine Sachen lagen. »Hat er was zu dem neuen Kleid gesagt?«

»Es meinte, ich würde umwerfend aussehen.«

Angela grinste. »Damit hatte er Recht. Ich bin allerdings immer noch sauer, weil du mich nicht zum Shoppen mitgenommen hast. Das nächste Mal muss ich dich dafür bestrafen. Jetzt mach ich uns aber erstmal Frühstück.« Dann verließ sie mein Zimmer.

Ich stand auf und ging unter die Dusche.

Nach dem Frühstück nahm ich meine Recherchen bezüglich Philipp Bergers wieder auf. Was mich an den Dingen störte, die ich herausfand, war die Tatsache, dass Berger nach dem Überfall und dem Verlust seiner Kreditkarte einen wichtigen Fall verloren hatte, obwohl er eindeutig die besseren Argumente als der Anwalt der Gegenseite hatte. Es ging damals um eine junge Frau, die von ihrem Boss wegen sexueller Belästigung verklagt worden war. Das allein war schon eigenartig. Offenbar hatte die Frau ihren Chef angemacht und mit sexistischen Sprüchen traktiert. Er hatte geklagt, aber der Staatsanwalt hatte die Klage verloren, die junge Frau gewonnen. Und das direkt nach dem Überfall.

Es war weithergeholt, dass beides miteinander zusammenhing, aber der fingierte Skandal hatte mich inzwischen misstrauisch gemacht.

Ich rief beim Polizeirevier an und ließ mir die offizielle Akte mailen. Dann sah ich mir das Überfall-Protokoll an. Es sah ganz normal aus. Berger hatte erklärt, zwei Männer hätten ihn bedroht, der eine hätte das Messer gezogen, und von Berger die Brieftasche gefordert. Er hatte der Aufforderung Folge geleistet und alles abgegeben. Noch in derselben Nacht seien zwanzigtausend Dollar von seinem Konto abgebucht worden. Danach hätte er die Kreditkarte sperren lassen.

Das Merkwürdige an der Sache war, dass die Spurensicherung keine Fingerabdrücke an Berger sicherstellen konnte. Die Überwachungskameras hatten auch keine zwei verdächtigen Gestalten entdecken können. Beides war nicht wirklich relevant bei einer Anzeige. Die Spuren hätten verwischt sein können, immerhin hatte es an dem Tag geregnet. Und die Räuber hätten die Kameras bewusst vermeiden können.

Hätten, könnten. Dass so viel vage blieb, gefiel mir nicht. Das Leben war meist wesentlich einfacher. Oder wie es Mr. Graham formuliert hatte: Wenn es zu kompliziert ist, taugt es nichts. Wer es kompliziert macht, hat Hintergedanken.

Ich beschloss, mir die junge Frau etwas genauer anzusehen, um die Mr. Bergers Fall ging. Sie hieß Tatjana Norden und lebte in Queens. Mr. und Mrs. Google teilten mir mit, dass Tatjana Norden mittlerweile den achten Job innerhalb von vier Jahren hatte. Das bedeutete, dass sie alle sechs Monate den Arbeitgeber wechselte. Das war seltsam.

Ich sah auf die Uhr. Ich hatte noch acht Stunden, die ich totschlagen musste, bis die Veranstaltung im Sportcenter von Brooklyn begann. Also fuhr ich nach Queens.

Tatjana Norden trug einen ausgeleierten Pullover und Jeans, als sie mir die Tür öffnete. Sie war sehr hübsch, hatte kurze blonde Haare und ein fein geschnittenes Gesicht. Ihre Augen waren für meinen Geschmack etwas zu klein, sie wirkten fast verschlagen.

»Was ist?«, fragte sie missmutig, als sie mich erblickte. »Ich kaufe nichts.«

»Ich will Ihnen auch nichts verkaufen. Ich möchte nur mit Ihnen reden.«

»Worum geht es?«

»Um Philipp Berger.«

»Wer ist das?« Ihre Miene rührte sich nicht. Entweder war sie eine abgebrühte Lügnerin, oder sie kannte seinen Namen wirklich nicht.

»Der Staatsanwalt, der den Fall gegen Ihren Boss fallenließ.«

Plötzlich huschte die Erkenntnis über ihr Gesicht. »Philipp Berger, ja, ich erinnere mich.« Sie lächelte. »Was ist mit ihm?«

»Ich weiß nicht, ob Sie die Zeitung gelesen haben. Er ist Opfer einer Falschmeldung geworden. Er soll eine Affäre haben, die jedoch glatt erfunden ist. Ich möchte nur in Erfahrung bringen, was Sie über ihn wissen. Warum hat er Ihren Fall verloren?«

Sie lächelte immer noch. »Ich habe keine Ahnung, was das Liebesleben von Philipp Berger anbelangt. Und warum er den Fall verloren hat, das müssen Sie ihn fragen.«

»Wie gut kannten Sie ihn?«

Sie verzog amüsiert den Mund. »So gut, wie man einen Staatsanwalt eben kennt. Was ist das denn für eine Frage?« Sie lachte.

Ihr Gesichtsausdruck gefiel mir nicht. Sie wirkte, als

würde sie mit mir spielen, als würden meine Fragen sie herzlich amüsieren. Ich wurde langsam wütend. Wenn ich etwas auf den Tod nicht ausstehen konnte, war das ein Mensch, der sich über mich lustig machte. »Was ist daran so witzig? Ich stelle Ihnen ein paar Fragen zu Ihrem Verhältnis zum Staatsanwalt, darüber gibt es nichts zu lachen.«

»Das ist vielleicht für Sie nicht lustig, für mich schon. Lassen Sie mich in Ruhe. Ich habe mit ihm nichts mehr zu schaffen. Und ich will es auch nicht. So ein Hengst war er nun wirklich nicht.«

Ich schnappte nach Luft. Hieß das, sie hatte etwas mit ihm? »Waren Sie etwa … Hatten Sie … Was soll das?«

»Ich hatte nicht, war nicht und will nicht. Dieses Gespräch ist vorüber.«

Sie schlug die Tür vor meiner Nase zu. Verdattert blieb ich auf der Schwelle stehen. Auf einmal ergab alles Sinn! Wie Puzzleteile setzten sich in meinem Kopf die einzelnen Fakten zu einem großen Bild zusammen. Tatjana Norden hatte offenbar eine Karriere daraus gemacht, ihre Chefs sexuell herauszufordern und dann zu erpressen, sonst hätte sie nicht so oft den Job gewechselt. Als einer ihrer Chefs nicht darauf ansprang und sie verklagte, musste sie vor Gericht. Sie hatte Berger um den Finger gewickelt, er hatte mit ihr geschlafen und eine heimliche Affäre mit ihr gehabt. Daraufhin forderte sie Geld von ihm und dass er den Fall aufgab. Er ließ seine Kreditkarte stehlen oder hat sie selbst vernichtet, damit das Geld, das abgebucht wurde, nicht von ihm zu Tatjana zurückverfolgt werden konnte, sondern den angeblichen Dieben zugeschrieben wurde. Er war also doch ein Ehebrecher und Lügner und nicht so sauber, wie er alle glauben lassen wollte.

Erschüttert ging ich zur U-Bahn. Ich nahm die nächste Bahn, die mich in die Upper East Side brachte.

Ich fuhr zu Mrs. Berger.

Sie war geschockt, als ich ihr von meinen Vermutungen berichtete. Blass hörte sie mir zu. »Wollen Sie den Bericht immer noch?«, fragte ich sie, als ich fertig war. »Ich könnte diesen Betrug einfach weglassen und nur seine positiven Seiten betonen, aber wohl wäre mir dabei nicht.«

»Mir auch nicht«, murmelte sie. »Nein, lassen Sie den Artikel sein. Ich muss das erst verdauen.«

»Mrs. Berger, es kann sein, dass ich falsch liege. Es ist möglich, dass seine Karte wirklich gestohlen wurde und das Eine nichts mit dem Anderen zu tun hat. Wir sollten davon ausgehen, dass er unschuldig ist. Das wissen Sie ja sicherlich selbst am besten.«

»Ja, ich weiß.« Sie war immer noch bleich. »Ich werde mit Philipp sprechen. Danke für alles, Miss Evans.«

»Ich wünschte, ich könne Ihnen sagen, dass ich es gern getan habe. Es tut mir leid, dass das dabei herausgekommen ist.«

»Sie hätten das Zeug zu einer richtig guten Journalistin. Sie haben herausgefunden, was niemand sonst entdeckt hat. Doch Sie opfern diese Story und kommen stattdessen zu mir, um mich nach meiner Erlaubnis zu fragen.«

»Immerhin haben Sie mich beauftragt. Ich möchte die Story nicht auf Ihre Kosten veröffentlichen.«

»Ihre Ehrlichkeit ist wohltuend. Die meisten Journalisten hätten es ausgeschlachtet, ohne nach Konsequenzen zu fragen. Doch Sie wollen mich vor den Schlagzeilen schützen.«

»Wenn Sie es sich überlegt haben, können Sie mich ja noch einmal kontaktieren.«

»Danke und auf Wiedersehen, Miss Evans.«

Sie brachte mich zur Tür. Dann fuhr ich zurück nach Hause.

Es war zwar noch etwas Zeit, aber ich machte mich langsam für den Empfang in Brooklyn fertig. Dieses Mal zog ich ein Cocktailkleid an, das seit Jahren in meinem Schrank hing, aber das ich mangels Gelegenheit noch nie getragen hatte. Es war dunkelbau und mit schillernden

Pailletten bestickt. Es ging mir bis knapp übers Knie, der Rücken war frei.

»Wow, das Kleid ist der Hammer«, sagte Angela ehrfürchtig. »Das wird ihn umhauen.«

»Das hoffe ich. Aber vielleicht stammt die Einladung gar nicht von Adam, sondern von meinem Chef? Dann wird es mich umhauen.«

Angela schüttelte lachend den Kopf. »Das denke ich nicht. Wer weiß, was er vorhat? Adam wird sich schon etwas dabei gedacht haben.«

»Ich bin mir nicht sicher.«

»Ich bin aber sicher, dass du andere Schuhe brauchst.«

Ich sah an mir herunter. Meine schwarzen Pumps passten überhaupt nicht zu dem heißen Kleid. Sie waren zu flach und zu einfach, außerdem nicht in der richtigen Farbe. Angela verließ mein Zimmer und kam wenige Minuten später mit ihren besten Stiefeln zurück. Sie waren verdammt hoch und verdammt sexy. Ich probierte sie an. Sie waren mir ein bisschen zu klein, aber nicht so, dass es hinderlich wäre.

»Die darf ich anziehen?«, fragte ich vorsichtshalber. Sie passten viel besser zu dem Kleid.

»Ja, darfst du. Mögen sie dir maximale Erfolge bringen. Aber verliebe dich nicht!«

Ich lächelte. »Ich gebe mir Mühe.«

Sie umarmte mich. »Viel Spaß.«

»Danke. Vielleicht nutzt du die Zeit und gehst zu Ryan rü--«

»Nein«, unterbrach sie mich. »Das geht nicht.«

Ich zuckte mit den Schultern. »Schade. Ich hätte dich gern glücklich erlebt.«

Sie seufzte. »Das wird wohl nicht eintreten. Aber nun verschwinde endlich!«

Ich gehorchte und verließ die Wohnung.

Die Sportarena lag in der Nähe von Brighton Beach mitten in einem Gebiet mit Wohnhäusern. Die U-Bahn der Linie Q brachte mich bis fast bis vor die Haustür. Massen an Autos standen auf dem Parkplatz. Und immer noch kamen mehr an und suchten eine freie Stelle zum Parken. Aber die meisten Menschen kamen zu Fuß geströmt. Die Eröffnung war wohl das Ereignis des Jahrhunderts in dieser Gegend. Auch viele Kinder waren unter den Besuchern.

Ich ging zur Tür und zeigte meine Einladung. Der Platzanweiser wies mir den Weg in einen hinteren Saal, fernab von den normalen Gästen. Im Salon entdeckte ich einige bekannte Gesichter, darunter der Nachrichtensprecher vom Sender WWUXZ, neben ihm stand die Wetterfee. Einen CNN-Korrespondent entdeckte ich, wie auch Susan Atkins. Sie stand wieder neben dem Hageren, den ich bereits auf dem Ball der Wirtschaft gesehen hatte. Vielleicht war er ihr Mann, Mr. Atkins, oder ihr Freund. Ich wollte mich abwenden, doch sie hatte mich erblickt und kam auf mich zu.

»Miss Evans, richtig?«, sagte sie mit falscher, freundlicher Stimme. Sie wirkte, als würde sie mir gleich den Kopf abreißen.

»Mrs. Atkins, guten Abend«, erwiderte ich höflich.

»Sie haben eine gute Story sausen lassen«, sagte sie und lächelte dabei. »Die Berger-Sache.«

Ich runzelte die Stirn. »Woher wissen Sie davon?«

»Sie sind dumm, Miss Evans, sehr dumm. Und ich bin froh, dass ich Ihre Bewerbung für ein Praktikum bei uns abgeschmettert habe. So eine Story lässt man sich als gute Journalistin nicht entgehen. Dann würde sie nämlich die Konkurrenz drucken. Aber zum Glück kam Mrs. Berger zu mir.«

»Was? Ich verstehe nicht.«

»Mrs. Berger hat über das nachgedacht, was Sie herausgefunden haben. Und sie hat beschlossen, ihren Mann ans Messer zu liefern. Sie will nicht als unwissendes

Opfer dastehen, deshalb reicht sie heute die Scheidung ein und erzählt ihre Geschichte morgen exklusiv in der New York Times. Das hätte Ihre Story sein können, aber nun freut sich jemand anderes darüber.«

Ich schluckte und spürte, dass ich rot anlief. »Das ist … ekelhaft«, murmelte ich. Mehr fiel mir dazu nicht ein. Mrs. Atkins zuckte mit den Schultern.

»So funktioniert es aber. Rücksicht können Sie sich nicht erlauben. In dem Job geht es darum, wer am schnellsten und kreativsten ist, um die nächste Schlagzeile zu ergattern. Daran sollten sie sich gewöhnen, wenn Sie hier Fuß fassen wollen. Aber offenbar haben Sie dabei kläglich versagt.«

»Ah, wie ich sehe, kümmert sich Mrs. Atkins um den Nachwuchs. Wie nett von Ihnen!«, sagte auf einmal eine Stimme, die mir eine Gänsehaut über den Rücken jagte. Der Mann, der zu uns trat, war Ende zwanzig und sah überwältigend aus. Er hatte dunkle, widerspenstige Haare und breite Schultern. Sein maßgeschneiderter Smoking hatte vermutlich mehr gekostet, als ich in einem Jahr verdiente. Seine leuchtenden, hellbraunen Augen schimmerten wie Gold, die vollen Lippen lächelten mich an. Aber am faszinierendsten war seine Stimme. Es war die von Adam.

Er schüttelte Mrs. Atkins die Hand.

»Flynn Connors, es ist schön, Sie zu sehen!«, flötete sie. »Miss Evans ist ein vielversprechendes, junges Talent, das ich gerne weiter fördere. Sie hat es verdient.« Sie log ihm unverfroren ins Gesicht.

»Sehen Sie das auch so, Miss Evans?«, fragte Connors und wandte sich an mich. Ich rang um meine Fassung. Wie gelähmt stand ich vor Flynn Connors, den ehemaligen Footballspieler, der wegen einer Verletzung seine Karriere aufgeben musste. Der seine Millionen geschickt genutzt und sich davon ein Milliarden schweres Imperium aufgebaut hatte. Er besaß eine Immobilienfirma, mehrere Sportläden und eine Agentur, die sich um die Vermittlung von Sportlern kümmerte. Er war steinreich. Und er war vermutlich Adam.

»Ich … äh … ich denke, ich könnte mir die Betreuung noch etwas besser vorstellen«, stotterte ich.

Er lächelte. »Was wollen Sie denn dann? Einen Job bei der New York Times? Ich denke, Mrs. Atkins wird Ihnen Ihren Wunsch sicher gern erfüllen.«

Mrs. Atkins sah allerdings gar nicht erfreut aus über diese Aussicht. Sie warf ihm einen entsetzten Blick zu, lächelte jedoch schnell, als er sie herausfordernd anblickte. Sie hatte offensichtlich großen Respekt vor ihm. Es wirkte, als wäre sie zähneknirschend bereit, Flynn Connors den Wunsch zu erfüllen und mir ein Praktikum bei der New York Times einzuräumen. Aber das wollte ich nicht. Sie würde mir das Leben zur Hölle machen. Außerdem wollte ich meine Erfolge selbst erarbeiten und nicht geschenkt bekommen.

»Danke, aber ich brauche keine Fee, die mir meine Wünsche erfüllt«, sagte ich. »Ich komme zurecht.«

Mrs. Atkins atmete erleichtert auf. »Sie werden es noch weit bringen, Miss Evans«, flötete sie voller Falschheit und wandte sich von mir ab. Sie sah aus, als wolle sie schnell fliehen. Sie reichte Flynn Connors die Hand. »Ich habe mich sehr gefreut, Sie wiederzusehen, Mr. Connors. Wenn das nächste Projekt steht, sagen Sie mir bitte wieder Bescheid.«

»Ich werde es an meine PR-Abteilung weitergeben«, erwiderte er und schüttelte die dargebotene Hand. Dann wandte er sich von ihr ab und mir zu. »Miss Evans, ich hoffe, Sie leisten mir noch etwas Gesellschaft. Der Rest der Anwesenden ist nicht halb so interessant wie Sie.«

Ich schloss die Augen, um seine Stimme ohne Ablenkung zu hören. War er es oder war er es nicht? Ich war mir plötzlich nicht mehr sicher.

»Geht es Ihnen nicht gut?«, fragte er besorgt, so dass ich die Augen wieder öffnete.

Ich blickte direkt in seine goldbraunen Augen. Ich konnte mein Spiegelbild darin erkennen.

»Mir geht es gut«, erwiderte ich. »Ich habe mich nur gewundert, woher Sie meinen Namen kennen.«

Er schmunzelte, in seinen Augen funkelte es amüsiert. »Ich kenne viele Menschen, Miss Evans. Das gehört zu meinem Job dazu. Ich muss viele Hände schütteln und Verbindungen knüpfen. Das sollten Sie auch tun, wenn Sie weiterkommen wollen in Ihrem Job.«

Ich seufzte. »Ich habe gerade heute gemerkt, dass ich nicht das Zeug zur gerissenen Journalistin habe.«

Er wurde plötzlich ernst. »Lassen Sie sich das nicht einreden. Sie haben mehr als das. Sie besitzen ein weiches Herz, das sich bei vielen in Ihrem Beruf bereits in einen Stein verwandelt hat.«

»Diese Kollegen haben aber wenigstens Erfolg.«

»Erfolg ist nicht alles. Ein falscher Schritt, und man fällt tief. Davor sind auch die Größten nicht gefeit.«

»Wie bei Ihnen?«

Er stutzte kurz, dann lächelte er wieder. »Wie ich sehe, wissen Sie, wer ich bin und was ich erlebt habe. Trotzdem stelle ich mich Ihnen jetzt ganz offiziell vor. Mein Name ist Flynn Connors. Es freut mich sehr, Ihre Bekanntschaft zu machen.« Er reichte mir seine Hand, die ich schüttelte. Die Hand eines Mannes, der am Schreibtisch sitzt und keine schwere Arbeit verrichtet. Wie die von Adam.

Sie lag länger als nötig in der meinen. Die Berührung beschleunigte meinen Herzschlag und ließ die Haut an meinem Arm kribbeln.

»Kennen wir uns?«, fragte ich vorsichtig, ohne seine Hand loszulassen.

Sein Lächeln vertiefte sich, und er zog mich leicht an sich heran, um etwas in mein Ohr zu sagen. »Ich wüsste nicht, wo wir uns schon einmal gesehen haben könnten«, raunte er.

Er war es. Wenn er so leise sprach, erkannte ich seine Stimme sofort.

Ein Stromschlag jagte durch meinen Körper.

»Ihre Hand zittert«, sagte er plötzlich und zog mich noch ein wenig näher an sich heran. »Mache ich Sie nervös?«

»Nein, ich habe nur zu wenig geschlafen«, erwiderte ich und versuchte, etwas Abstand zu gewinnen, um meine Fassung wiederzuerlangen.

»Ich frage mich, warum? Lässt Ihr Freund Ihnen keine Ruhe?«

»Er geht seinen eigenen Geschäften nach, ich weiß kaum, was er so tut. Wir haben eine sehr lockere Beziehung«, erwiderte ich leichthin. Was er konnte, konnte ich auch.

»Offenbar hat er Zweifel, ob die Sache funktionieren kann. Er hat vielleicht schlechte Erfahrungen gemacht.«

Ich zuckte mit den Schultern und zog meine Hand aus der seinen. »Ich wüsste nicht, was zwischen uns stehen sollte. Vielleicht hat er noch andere Eisen im Feuer?«

»Das kann ich mir nicht vorstellen. Und Sie, haben Sie noch andere Eisen im Feuer?«

»Warum sollte ich Ihnen das verraten?« Ich sah ihm selbstbewusst in die Augen.

Er lächelte und beugte sich wieder zu mir. »Weil Sie mir nicht widerstehen können, Miss Evans.« Er hob seine Hand zu meinem Hals, um sanft über meine Haut zu streichen. Ich hatte das Gefühl, als würde er diesen Bereich entzünden, als würde mein ganzer Körper plötzlich unter Feuer stehen.

»Ich kann Ihnen sehr wohl widerstehen, Mr. Connors«, entgegnete ich. »Ich gehe jetzt zum Büfett und hole mir einen Teller mit Obst.« Ich hatte zwar keinen Hunger, aber ich brauchte Abstand, um wieder Luft holen zu können. Er hatte Recht gehabt, in seiner Nähe fiel es mir verdammt schwer, ihm zu widerstehen.

Ich wollte mich abwenden, doch er hielt mich fest. »Lass mich nicht allein«, sagte er leise.

Er klang auf einmal so ehrlich und herzergreifend aufrichtig, dass mein Herz einen Schlag aussetzte.

»Ich glaube, es gibt genügend Menschen hier im Saal, die sich darüber freuen würden, mit Ihnen sprechen zu dürfen.«

»Aber ich möchte nicht mit denen sprechen.«

»Nur mit mir?«

Er verzog den Mund zu einem schiefen Lächeln. »Wirke ich wie ein verliebter Narr, wenn ich es zugebe?«

Ich hielt die Luft an. Hatte er gerade zugegeben, dass er in mich verliebt war? »Nein, ganz sicher nicht«, erwiderte ich atemlos. »Niemand wirkt wie ein verliebter Narr, wenn es nicht so ist. Oder ist es so?«

Er antwortete nicht, sondern lächelte mich nur an. Dann deutete er mit dem Kopf zum Büfett. »Was ist mit Ihrem Obst, Miss Evans? Oder haben Sie keinen Hunger mehr?«

»Doch.« Ausgerechnet jetzt musste er mich daran erinnern?! Ich hätte viel lieber erfahren, was er für mich empfand. Aber er schien mir keine Antwort geben zu wollen, denn er musterte mich schweigend, das Lächeln lag immer noch auf seinen Lippen.

Ich wandte mich endlich ab und ging zum Büfett. Ich hatte das Gefühl, seine Blicke in meinem Rücken zu spüren. Mein Herz raste. Was war hier los? Er war Adam, eindeutig. Flynn Connors war der Mann, mit dem ich mich mehrmals mit verbundenen Augen in einem dunklen Hotelzimmer getroffen hatte. Der mich glücklich gemacht und meinen Körper zur Ekstase gebracht hatte. Und heute hatte er sich mir zu erkennen gegeben und angedeutet, dass er in mich verliebt war.

Gedankenversunken griff ich nach einer Birne, nach Orangenscheiben und einer Kiwi. Als ich mich wieder zu ihm umdrehte, stand er nicht mehr allein da. Drei Männer hatten sich zu ihm gesellt. Zwei davon kannte ich von meinen Recherchen. Der eine war Marc Connors, Flynns Vater, der andere sein jüngerer Bruder Nathan.

Den Dritten kannte ich nicht.

Ich wollte die Gruppe nicht stören, deshalb blieb ich an der Seite stehen und beobachtete sie nur. Offenbar verstanden sie sich nicht allzu gut. Es dauerte nicht lange, da entbrannte eine hitzige Diskussion zwischen Marc, Nathan und Flynn.

Der Unbekannte verzog sich schnell ein paar Schritte zur Seite, um nicht ins Kreuzfeuer zu geraten. Dann sah ich, wie Flynn Nathan am Schlafittchen packte und schüttelte. Der Jüngere war seinem Bruder körperlich jedoch ebenbürtig. Er wehrte sich und stieß Flynn zurück.

Flynn zischte ihm daraufhin etwas ins Gesicht, was Nathan mit einer Handbewegung aus der Luft zu wischen schien. Dann schleuderte er dem Älteren ein Schimpfwort zu, das ich bis zu meinem Standort verstehen konnte. Es war nicht schön.

Anschließend verließ Nathan mit seinem Vater den Saal.

Marc drehte sich zu Flynn um, doch der ignorierte ihn und richtete seinen Anzug.

Flynns Gesicht hatte sich vor Wut und Ärger gerötet. Er presste die Lippen aufeinander und versuchte, seine Haltung zurückzugewinnen, während viele Gäste ihn kritisch musterten. Einer murmelte eine abschätzige Bemerkung, die auf seinen Lippen deutlich zu lesen war.

Ich stellte meinen Teller mit dem Obst auf einen der Stehtische und ging zurück zu Flynn. »Geht es dir gut?«, fragte ich ihn.

»Nein«, knurrte er. »Aber das spielt keine Rolle. Ich bring dich nach Hause.«

Überrascht schüttelte ich den Kopf. »Aber ich möchte noch nicht gehen! Ich bin doch gerade erst gekommen!«

»Weil ich dir eine Einladung geschickt habe! Deshalb sage ich jetzt, wir gehen. Ich ziehe die Einladung zurück.« Er klang kühl. »Ich habe keine Lust mehr auf diese Veranstaltung.«

Ich schluckte. »Ich hätte gern ein bisschen mit dir getanzt«, sagte ich kleinlaut.

»Heute ganz sicher nicht. Kommst du freiwillig mit oder muss ich mir etwas überlegen, wie ich dich hier weg bekomme?« Für einen Moment dachte ich, es wäre eine sexuelle Andeutung, aber sein finsteres Gesicht lehrte mich eines Besseren. Er war immer noch stinkwütend.

»Ich komme mit«, gab ich nach. Er nahm meine Hand und führte mich mit zornigen Schritten aus dem Saal. Ich hatte Mühe, mit ihm mitzuhalten, seine langen Beine waren zu schnell für mich und meine ungewohnt hohen Absätze.

»Mr. Connors, Sie müssen noch eine Rede halten! Immerhin haben Sie das Sportzentrum ermöglicht«, rief ihm jemand hinterher, aber Flynn winkte nur ab, ohne zu antworten.

»Ist das dein Gebäude?«, fragte ich ihn. »Hast du es bauen lassen?«

»Ja, aber das scheint bei einigen Menschen keine Rolle zu spielen«, knurrte er.

»Bei mir spielt es eine Rolle. Ich finde es gut, dass du so etwas tust.«

Wir waren auf dem Parkplatz angekommen und blieben vor einer schwarzen Limousine stehen. Ein Chauffeur sprang vom Fahrersitz.

»Mr. Connors, ich hatte keine Ahnung, dass Sie schon wieder fahren wollen«, sagte er mit vollem Mund und wischte mit einer Serviette Ketchup von seiner Wange.

Flynn antwortete nicht, sondern drückte mich ans Auto. »Es ist egal, was ich tue«, murmelte er in mein Gesicht. Sein Zeigefinger strich über mein Kinn. Die Geste wirkte irgendwie zärtlich und bedrohlich zugleich. »Die Menschen sehen immer nur das, was sie sehen wollen, und das ist das Schlechte, egal, ob es wahr ist oder erlogen.«

»Wovon redest du? Welches Schlechte?«

Er öffnete die Tür zu den hinteren Sitzen und schob mich ins Auto. Danach stieg er ein und drückte mich mit seinem Oberkörper in den Rücksitz.

»Welches Schlechte? Das fragst du ernsthaft? Du hast keine Ahnung, Mädchen. Du kommst aus irgendeinem Dorf, in dem die Zeit stehengeblieben ist.« Es tat weh, aus seinem Mund zu hören, dass ich nur eine einfache Provinzblume war. Die Armlehne drückte außerdem schmerzhaft in meinen Rücken, weil Flynns Gewicht mich darauf presste. Ich wollte zur Seite rücken, doch er ließ mich nicht.

»Flynn, bitte«, keuchte ich, weil er mir darüber hinaus auch die Luft nahm.

Er wich einen Zentimeter zur Seite, so dass ich mich besser legen konnte. Dabei fuhr seine Hand unter meinen Rock.

»Vielleicht habe ich mich geirrt und du bist auch nicht besser als die anderen verlogenen Menschen in dieser Stadt. Du triffst dich mit einem Wildfremden und schläfst mit ihm wie eine billige Hure«, raunte er in mein Ohr. Er klang verbittert.

»Ich habe es für dich getan! Das warst du!«, verteidigte ich mich und versuchte, seine Hand wegzuschlagen, aber er ließ nicht von mir ab. Er drückte mich in den Rücksitz, seine Hand zog grob mein Höschen herunter. Der Chauffeur hatte das Fenster zwischen Vorder- und Rücksitz geschlossen und startete den Wagen. Von ihm war keine Hilfe zu erwarten.

»Du wusstest nicht, wer ich war«, knurrte Flynn. »Du hast es einfach getan.«

»Flynn, bitte, lass das! Du tust mir weh!« Er drückte meine Beine auseinander, mein Knie schlug gegen die Armlehne. Tränen sammelten sich in meinen Augen. »Bitte, Flynn, hör auf damit.« Meine Stimme klang tränenerstickt. Da endlich schien er zu merken, was er tat. Er ließ von mir ab und setzte sich hin. Seine Hand fuhr irritiert durch sein dunkles Haar.

Ich zog mein Höschen hoch, doch es war zerrissen. Ich steckte es in meine Tasche und wischte meine Tränen an einem Papiertaschentuch ab, das ich aus dem Seitenfach zog.

»Es tut mir leid«, murmelte er. »Ich wollte dir nicht wehtun. Die Sache mit meinem Bruder hat mich aufgeregt. Ich …«

Er brach ab. Ich wartete, dass er weitersprach. »Ich bin nicht gut für dich, Cassidy. Vor ein paar Jahren noch war ich der perfekte Mann, ein Star, um den sich jeder gerissen hat. Aber heute bin ich nichts mehr wert. Ein Wrack, das keiner haben will. Ein Idiot, der das einzig Positive in seinem Leben verletzt.« Er klang verbittert und traurig.

»Das ist nicht wahr.« Ich legte meine Hand auf die seine. »Ich mag dich, sogar ohne zu wissen, wer du bist. Deshalb habe ich mich mit dir getroffen. Ich mag dich, weil du eine aufregende Stimme und ein liebevolles und interessantes Wesen hast. Und weil ich das Gefühl hatte, dass zwischen uns eine Verbindung besteht.«

Er lehnte sich zurück und zog mich an sich. »Ich hätte nie gedacht, was eine Verletzung alles anrichten kann. Das Schlimmste war nicht, dass ich nie wieder Football spielen konnte, das Schrecklichste war, dass ich plötzlich keinen Wert mehr hatte. Die Menschen wandten sich von mir ab. Für die, die gerade noch eine Menge Geld dafür bezahlt hatten, mit mir irgendwo gesehen oder abgelichtet zu werden, war ich nur noch Luft. Neuigkeiten von gestern. Es war, als hätte ich nie Freunde besessen. Einer nach dem anderen verzog sich.«

Ich drückte seine Hand. »Dann waren es keine wahren Freunde. Sie haben dich nur benutzt.«

Er lächelte mich traurig an. »Das weiß man aber leider erst hinterher. Für mich waren es Freunde gewesen, und plötzlich stand ich ohne da. Sogar …« Er hielt erneut inne.

»Sogar was?«

Ich streichelte über seine Wange und schloss dabei die Augen. Sein Gesicht war meinen Fingern schon so vertraut, ich fühlte sogar die leichte Erhebung auf seiner Nase.

»Ich war verlobt, bevor ich mich verletzt habe«, sagte er leise. Seine Hand hielt meine fest, als würde sie sich an einen Rettungsring klammern. »Sie hieß Sophie, ein Model. Sie hat noch im Krankenhaus mit mir Schluss gemacht. Als die Diagnose kam, dass meine Karriere vorbei sei, hat sie mich abserviert.«

»Das tut mir sehr leid«, flüsterte ich.

»Ich wollte sie wirklich heiraten, ich hatte sie geliebt. Doch für sie war ich nur Mittel zum Zweck gewesen. Sie wollte im Rampenlicht stehen und im Ruhm ihres Mannes baden. Sie ist jetzt mit Danny Wellinger verheiratet, dem Quarterback der Texas Rangers.«

Ich nahm seine Hand und führte sie an meinen Mund, um sie zu küssen. »Sie hat dich nicht verdient«, flüsterte ich und nahm seinen Daumen in meinen Mund. Ich hörte, wie er die Luft einzog. Seine freie Hand strich durch mein Haar.

Ich saugte und leckte an seinem Daumen und vermisste plötzlich mein Höschen, denn ich spürte, wie mich meine Küsse erregten. Ich öffnete seinen Gürtel und zog den Reißverschluss seiner Hose herunter. Dann öffnete ich die seidenen Boxershorts. Es war faszinierend zu sehen, wie stark er auf meine Zärtlichkeiten reagierte. Seine Erektion war stahlhart.

Ich beugte mich zu ihm herab und schloss meine Lippen um seinen Schwanz. Während meine Zunge langsam um die Spitze kreiste, ließ ich die ersten fünf Zentimeter in meinen Mund gleiten, danach nach und nach die nächsten. Bei jedem Zentimeter, den ich ihn in meinem Mund aufnahm, seufzte Flynn. Seine Hand presste meinen Kopf sanft in seinen Schoß. Er bewegte leicht die Hüften, während er meinen Namen hauchte. Seine Stimme klang heiser und sehnsüchtig. Ich umfasste die Wurzel und saugte an der Spitze. Er schmeckte süß und salzig zugleich. Seine Hand strich über meinen

Rücken, während sich seine Seufzer in ein leises Stöhnen verwandelten. Ich merkte an seiner noch weiter anschwellenden Härte und daran, dass er seine Hüften schneller bewegte, dass er kurz vor der Explosion stand. Ich nahm ihn so tief wie möglich, dann spürte ich, wie er sich mit einem lauten Seufzer in mir entlud. Warm floss sein Samen meine Kehle hinunter.

Er zog mich sanft nach oben und presste seinen Mund hart auf meine Lippen. Seine Zunge spielte mit der meinen, während seine Hände in meinen Haaren wühlten. Dann lehnte er seine Stirn an meine. »Cassidy, süße Cassidy, was habe ich nur angerichtet?«

Ich lächelte und strich über seine Wange. »Dieses Mal war ich es, die dich glücklich gemacht hat.«

»Du hast mich vom ersten Moment an glücklich gemacht.«

»Ein Gespräch im Hotelzimmer mit verbundenen Augen? Das hat schon gereicht?«

»Das war nicht das erste Mal. Unsere erste Begegnung ist zwei Jahre her, du wirst dich kaum daran erinnern können. Es war bei einer Benefizgala. Du warst mit einer Gruppe deiner Kollegen da. Du trugst ein grünes Kleid und hattest deine Haare zu einem Zopf geflochten.«

Ich erinnerte mich plötzlich wieder an die Veranstaltung. Ich war damals neu in New York gewesen, wohnte gerade mal einen Monat in der Stadt. Und erst seit einer Woche hatte ich den Job bei »Sweet Passion« gehabt. Wir waren zu der Benefizgala gegangen, weil mein Chef vor der versammelten Presse viel Geld spenden wollte. Er hatte sich viel Publicity davon erhofft. Ich durfte mitkommen, um wichtige Leute und vor allem die Abläufe solcher PR-Stunts, wie er sie nannte, kennenzulernen. Ich hatte damals noch keine Ahnung gehabt, wie so etwas ablief, ich kannte nur die Carrington News. Die New Yorker High Society war mir ein Rätsel gewesen. Ich dachte auf einmal daran, wie unerfahren ich damals gewesen war. Und wie ich über die Opulenz des Saales, des

Büfetts und die schicken Kleider der Reichen gestaunt hatte.

Und ich erinnerte mich plötzlich auch an ihn. Er war mir aufgefallen, weil er wie ein gefallener Gott gewirkt hatte. Verletzt und verbittert und trotzdem unbeschreiblich attraktiv und sexy.

»Du hast an der Tür gestanden«, sagte ich. »Du gingst an Krücken.«

»Die Gala hat kurz nach meinem Unfall stattgefunden. Ich hatte zuerst gedacht, es wäre ein Fehler, zu kommen und mich dem Mitleid und der Verachtung der Leute preiszugeben, aber dann sah ich dich. Du sahst so unschuldig und natürlich aus, du stachst aus der Masse der Menschen heraus wie eine Blume im Heu. Und du warst so wunderschön. An dem Tag, bei deinem Anblick, hatte ich das Gefühl, dass es vielleicht doch noch Hoffnung für mich gibt. Ich habe fast ein Jahr gebraucht, um deinen Namen herauszufinden. Und noch eines, bis ich den Mut fand, dir die Einladung zu schicken.«

Mir klappte die Kinnlade herunter. »Du hast mich gestalkt?«

»Ja, könnte man so nennen. Ich hoffe, du verzeihst mir.«

Ich war sprachlos. »Das ist … ja, ich denke schon. Ich verzeihe dir. Damit hätte ich nur niemals gerechnet.«

Er lächelte und drückte einen Kuss auf meine Stirn. »Jetzt weißt du wieder ein Geheimnis von mir. Darf ich eines von dir wissen?«

Ich lächelte und sah zum Fenster hinaus. Wir fuhren über die Brooklyn Bridge. Das Lichtermeer von Manhattan lag vor mir. Die Stadt funkelte und glitzerte überirdisch schön.

»Ich liebe New York«, sagte ich leise. »Und es würde mir das Herz brechen, hier nicht Fuß fassen zu können. Aber erst, seitdem ich mich mit dir treffe, fühle ich mich in der Stadt wie zu Hause. Als würde eine unsichtbare Macht mein Herz an die City binden, und die Vorstellung, sie verlassen zu müssen, macht mich kreuzunglücklich. Das ist mein Geheimnis.«

Er lächelte und küsste mich. »Ich bring dich nach Hause«, flüsterte er. Dann klopfte er an die Scheibe und gab dem Chauffeur meine Adresse durch. Natürlich war sie Flynn bekannt.

Ich schmiegte mich an ihn, bis wir im East Village angekommen waren.

# KAPITEL 7

Angela lief in der Küche auf und ab, als ich kam. Irritiert blickte sie mich eintraf. Sie wirkte, als hätte ich sie durch mein Erscheinen aus einer anderen Welt zurück auf die Erde geholt.

»Was ist denn mit dir los?«, fragte ich. »Kommst du mit deinem Drehbuch nicht voran?«

Sie stöhnte laut auf. »Ich kann keine Zeile schreiben, weil mir immer nur eine Frage durch den Kopf geht.«

»Welche Frage?«

»Die, die ich mir stelle, seitdem du vorhin das Haus verlassen hast. Geh ich zu Ryan oder nicht?«

»Du solltest gehen«, sagte ich und zog die Stiefel aus. Es war angenehm, barfuß laufen und meine Zehen stecken zu können. »Das habe ich dir schon gesagt.«

»Ich weiß, und ich komme langsam zu dem Ergebnis, dass du Recht haben könntest.«

»Gut. Du gehst rüber, und hinterher erzähle ich dir, wer Adam ist. Ich weiß es nämlich jetzt wirklich.« Ich strahlte sie an.

»Was? Du weißt es? Sag es mir!« Sie klammerte sich an meine Arme, als könnte ich sie vor einer Schlucht mit einem grässlichen Abgrund retten.

»Erst wenn du drüben warst und mit Ryan gesprochen hast.« Ich tat so, als würde ich hart bleiben. In Wahrheit wäre ich sofort eingebrochen, hätte sie nur ein wenig Widerstand gezeigt. Aber sie gab sofort nach. Offenbar wollte sie mit Ryan dringender sprechen, als ihr bewusst war.

»Okay«, sagte sie und holte tief Luft. »Dann gehe ich jetzt.« Sie sah auf die Uhr. »Es ist gerade neun Uhr. Da kann man noch Nachbarn und den Ex besuchen gehen, ohne dass es seltsam wirkt.«

»Auf jeden Fall«, ermutigte ich sie.

Sie holte erneut tief Luft, dann gab sie sich sanfte Ohrfeigen, um die Durchblutung in ihren Wangen in Gang zu bringen. »Wie sehe ich aus?«

Ich musterte sie. Sie trug eine coole Jeans, ein gut geschnittenes Shirt darüber und ein paar klimpernde Ketten um den Hals. Ihre Haare lagen wild wie immer, ihre Augen schimmerten aufgeregt.

»Super«, lächelte ich. »Du wirst ihm gefallen. Wenn du willst, begleite ich dich bis zur Haustür.«

»Danke, aber das ist nicht nötig. Ich schaffe das.«

Sie atmete tief ein und aus, dann lief sie zur Tür. »Ich gehe jetzt.«

»Okay.«

»Ich mache es wirklich.«

»Gut.«

»Ganz sicher.«

»Ja.«

Sie war aber noch immer nicht zur Wohnung hinaus. Ich lief zu ihr und nahm sie an die Hand. Dann öffnete ich die Tür und ging mit ihr die Treppe hinunter. Unten angekommen ließ sie meine Hand los.

»Ich geh jetzt allein.« Sie ging auch tatsächlich über die Straße und auf den Hauseingang zu. Ich beobachtete, dass sie die Stufen zur Klingel hochschritt. Dann huschte ich zurück ins Haus. Ich konnte sie jetzt guten Gewissens allein lassen. Zudem war ich barfuß, es war mir zu kalt draußen. Doch kaum ging ich die ersten Stufen hoch, hörte ich die Tür hinter mir zuknallen. Erstaunt drehte ich mich um.

»Ich war völlig wahnsinnig«, schimpfte Angela. »Was habe ich mir nur dabei gedacht?«

»Was meinst du? Was ist denn los?«

»Das ist los!« Sie zog mich zur Haustür zurück und auf die Straße. Dort deutete sie auf eine Frau, die Richtung U-Bahn lief. »Sie kam aus seinem Haus. Das ist mit Sicherheit seine Geliebte.«

»Sie könnte auch jemand anderen in dem Haus besucht haben«, erwiderte ich und sah sie an. Sie trug einen kurzen Rock, einen Tweedmantel und sexy Stiefel. Sie sah nicht aus wie eine Krankenschwester oder eine Versicherungsvertreterin.

»Sie war mit Sicherheit bei ihm. Was habe ich mir nur gedacht?« Angela schüttelte den Kopf über sich und ging mit mir zurück ins Haus. »Erzählst du mir trotzdem, wenn Adam ist?«, fragte sie, als wir wieder in der Küche standen.

Angela brauchte offenbar noch etwas Zeit, bis sie sich dazu durchringen konnte, Ryan anzusprechen. Also drückte ich uns beiden je ein Glas in die Hand und schenkte uns Rotwein ein. Dann war ich an der Reihe, tief Luft zu holen.

»Sein Name ist Flynn Connors und er ist total atem--«

»Flynn Connors?«, unterbrach mich Angela aufgeregt. »DER Flynn Connors?«

»Ja, der ehemalige Footballer. Er hat--«

»Das ist dein heimlicher Geliebter? Das ist ja der Wahnsinn!«

Ich lächelte verlegen. »Er hat heute zugegeben, er hätte mich vor zwei Jahren bei einer Benefizgala gesehen und danach versucht, meinen Namen herauszufinden.«

»Das klingt, als hätte es ihn schwer erwischt.«

»Ich weiß nicht. Vielleicht.« Diese Hoffnung saß tatsächlich in meinem Herzen und pochte wie wild. Mochte er mich tatsächlich so, dass er mehr wollte als nur eine Affäre mit mir im Hotelzimmer?

»Flynn Connors, ich fasse es nicht. Du hast ein Glück!« Sie trank ihr Glas mit einem Zug leer. »Und ich kann nicht mal mit meinem Ex sprechen, einem stinknormalen Typen aus Portland.«

»Du wirst es zu gegebener Zeit noch einmal bei Ryan versuchen.«

»Nein, wenn er eine Frau oder Freundin hat, überlebe ich das nicht.«

»Hattest du nicht gesagt, er hätte jemanden geheiratet, als er nach San Francisco ging?«

»Sie sind geschieden. Ich habe heute, ganz unauffällig, zu Hause angerufen und nachgehakt.«

»Dann ist er jetzt bestimmt auch solo«, sagte ich aufmunternd.

Sie seufzte tief, dann schenkte sie sich neuen Rotwein ein. Sie nahm das Glas in die Hand und stand auf. »Nimmst du es mir übel, wenn ich alleine darüber nachdenke?«

»Nein, mach das.«

»Flynn Connors«, grinste sie. »Das ist echt cool.«

Ich wiegte schmunzelnd den Kopf. »Ich bin mir nicht sicher, ob das wirklich so cool ist, da ich mich nicht für Football interessiere. Aber ja, er ist sehr interessant, egal, wie er heißt oder was er gemacht hat. Ich mag ihn.«

»Verständlich.« Das Grinsen verschwand aus ihrem Gesicht. Sie wurde wieder trübsinnig. »Ich geh dann mal. Falls ich nicht wieder auftauche, schlafe ich entweder oder bin vor Kummer verstorben.«

»Ich schau später nach dir.«

Sie drehte sich um und ging in ihr Zimmer. Ich saß einen Moment am Küchentisch und trank mein Glas leer. Dann stand ich auf und ging zur Spüle. Ich überlegte, was ich tun sollte. Ich war viel zu aufgekratzt, um ins Bett zu gehen. Auf das Fernsehen hatte ich keine Lust. Ich verspürte das Bedürfnis, ein paar Schritte zu laufen und dabei meine Gedanken zu ordnen. Rasch zog ich mich um und ging wieder aus dem Haus.

Es war noch viel los in den Straßen von New York. An einem Frühlingssonntagabend trieb es die meisten hinaus in die Clubs und Bars der Stadt, zu Konzerten oder Partys. Die Stadt vibrierte voller Leben. Und ich war mittendrin. Ich lächelte, als ich die Straße hinunterlief und mich von der Atmosphäre der Stadt einnehmen ließ. Amseln zwitscherten in den Bäumen und kamen nur mit Mühe gegen den Straßenlärm an, aber das störte mich nicht. Ich hatte in Carrington vielen Amseln gelauscht, jetzt wollte ich etwas anderes hören.

Es fühlte sich wunderbar an, Teil dieser pulsierenden Metropole zu sein, mitten im Leben einer solch gigantischen Stadt zu stecken. Was ich vorhin zu Flynn gesagt hatte, war die Wahrheit gewesen. Ich liebte New York und fühlte mich wohl hier. Aber erst seit ich Flynn kannte, verspürte ich das Gefühl, hier wirklich hinzugehören. Als würde ich meine Gefühle für ihn auf die Stadt übertragen. Oder als wüsste mein Herz, wohin es wirklich gehörte. Die Straßen schienen noch freundlicher, die Menschen noch unterhaltsamer und sympathischer zu sein als vorher. Die Parks wirkten grüner, die Wolkenkratzer weniger einschüchternd.

Flynn hatte zugegeben, dass er mich ein Jahr lang gesucht hatte. Dieses Geständnis ließ mein Herz noch schneller schlagen. Hatte ich bei unserer ersten, zufälligen Begegnung tatsächlich solch einen tiefen Eindruck bei ihm hinterlassen? Das wäre fast zu schön, um wahr zu sein. Aber er hatte es gestanden. Und er hatte durch die Blume zugegeben, in mich verliebt zu sein. Naja, nicht wirklich, aber mit sehr viel gutem Willen konnte man seine Worte als solch eine Beichte deuten. Das wäre wirklich viel zu schön …

Ich hielt in meinen Gedanken inne, denn ich befand mich gerade vor dem Haus, das dem unseren gegenüber stand. Das Haus, in dem Ryan wohnte. Und ein Mann stieg aus einem Taxi und steuerte die Haustür an. Er war allein. Er lächelte mich an, als er mich sah.

»Hi«, sagte ich ganz beiläufig.

»Hi«, erwiderte er.

»Ich wohne da drüben.« Ich deutete auf das Haus auf der anderen Straßenseite.

»O, freut mich, dich kennenzulernen. Es ist mir bisher kaum gelungen, mit einem Nachbarn zu sprechen. Die meisten hier in New York sind immer schwer in Eile.« Er lachte kurz. »Ich bin vor einem Monat erst aus San Francisco hierhergezogen. Mein Name ist Ryan.«

Das war er also. »Hallo, ich bin Cassie. Willkommen in der Nachbarschaft.« Ich reichte ihm meine Hand.

Sollte ich oder sollte ich nicht? Ich sollte. Angela würde es nie alleine hinbekommen. »Äh, wenn du Lust hast, dann komm doch einfach mal rüber. Meine Freundin und ich, wir sind nicht immer in Eile und freuen uns über neue Nachbarn.« Das war zwar lahm, aber es reichte.

»Gerne! Morgen Abend?«

»Ja, klar, das wäre super! Zweiter Stock.«

»Ich komme.« Er nickte mir zu, dann öffnete er die Tür und verschwand im Haus.

Ich lief noch eine Viertelstunde durch die Straßen, dann kehrte ich nach Hause zurück und legte mich schlafen.

* * *

Mein Telefon klingelte am nächsten Morgen just in dem Moment, als ich die Wohnung verlassen und zur Arbeit gehen wollte. Ich nahm den Anruf an und machte vorsichtig die Wohnungstür zu. Angela schlief noch. Ich hatte in ihr Zimmer gesehen. Sie war noch am Leben und atmete gleichmäßig ein und aus. Ich würde ihr heute im Laufe des Tages vorsichtig erklären müssen, dass wir heute Besuch erwarteten. Und vor allem, wen wir erwarteten. Aber jetzt hatte ich sie nicht wecken wollen.

»Hallo Mom«, sagte ich. »Schön, mal wieder von dir zu hören!«

»Hallo Cassie, ich hoffe, ich störe dich nicht?«

»Nein, nein, ich bin gerade auf dem Weg zur Arbeit.«

»Zu welcher Zeitung? Können wir deine Artikel bald bei uns lesen? Daddy geht immer zum Zeitungskiosk und holt die New York Times, aber bis jetzt haben wir nichts von dir entdecken können. Oder steckst du hinter einem Alias oder einer Abkürzung?«

Ich biss mir auf die Lippen. Es tat mir so leid, sie zu belügen, aber ich wollte nicht, dass sie erfuhr, dass ich nur für eine Dating-Webseite arbeitete. Das hätte sie noch viel mehr enttäuscht, nach alldem, was sie für mich geopfert hatten. »Wir sitzen alle in einer großen Redaktion und arbeiten einander zu. Nur die großen Namen stehen unter den Artikeln. Wir kleinen zeigen uns nicht«, log ich.

»Schade«, sagte sie. »Aber das wird noch. Gib den Mut nicht auf. Eines Tages wirst du auch zu den Großen gehören.«

Ich wünschte, sie hätte Recht.

»Und wie geht es euch?«, fragte ich, während ich die U-Bahn ansteuerte. »Alles in Ordnung?«

»Ja, alles bestens. Dein Vater will einen Computerkurs besuchen. Die Schule bietet sie an. Sie sind gar nicht teuer. Und ich habe neue Tulpenzwiebeln gesteckt. Dieses Jahr wird der Garten ein buntes Meer an Blüten sein. Es würde dir gefallen, wenn du es sehen würdest.«

»Bestimmt«, sagte ich und spürte plötzlich Heimweh nach dem Garten meiner Eltern, nach dem Geruch von Grünem Tee, den mein Vater immer trank, und nach dem Kirschkuchen meiner Mutter. Aber sie waren weit weg, und ich fand es schade, dass man nicht alles haben konnte. Der Garten meiner Eltern hier in New York, das wäre das Paradies auf Erden.

»Hast du sie schon gefragt?«, hörte ich die Stimme meines Vaters am anderen Ende der Leitung.

»Nein, noch nicht«, sagte meine Mutter.

»Was wollt ihr mich denn fragen?«

»Er fährt morgen beruflich nach New Jersey und nimmt mich mit. Wir dachten, wenn du Zeit hast, könnten wir für ein, zwei Stunden in den Big Apple kommen und dich treffen.«

Ich hielt die Luft an. »Okay, ja, das geht sicherlich, wenn ich nicht arbeiten muss.«

»Es wäre abends, nach dem Termin, so zwischen sieben und neun.«

»Ja, da habe ich Feierabend«, erwiderte ich und stieg die Stufen zur U-Bahnstation hinab.

»Wo können wir uns treffen? Sollen wir zu dir in die Wohnung kommen?«

»Das wäre am besten. Ich koche uns was.«

»Das wäre fantastisch. Dann sehen wir uns morgen Abend.«

»Ja, Mom, bis morgen. Ich freue mich!«

»Wir uns auch. Viel Spaß heute bei der Zeitung!«

»Danke!«

Ich legte auf und rannte die letzten Meter zur U-Bahn, die gerade eingefahren kam. Der Besuch meiner Eltern bedeutete, dass ich heute Abend aufräumen und mein Zimmer saubermachen musste. Und dass ich Angela beibringen musste, was sie sagen durfte und was nicht. Das bedeutete allerdings auch, dass ich Adam/Flynn nicht sehen konnte.

Kaum dachte ich an ihn, hörte ich das Piepsen meines Handys. Er hatte mir eine SMS geschrieben. Mein Herz schlug schneller und ein Lächeln stahl sich auf meine Lippen.

»*Hat Miss Evans gut geschlafen*?«, fragte er mich.

»*Hervorragend, obwohl es schon wieder ohne dich war*«, erwiderte ich.

*»Das ist natürlich ein untragbarer Zustand. Ich werde sehen, was ich tun kann, um dieses Ungemach in der Zukunft zu vermeiden.«*

*»Du würdest mich damit zur glücklichsten Frau auf diesem Planeten machen.«*

*»Wie ich sehe, bist du als Journalistin bestens geeignet. Den Gebrauch von Superlativen beherrschst du schon mal hervorragend.«*

Ich lachte auf und tippte die Antwort. *»Das ist das Erste, was man beim Studium lernt.«*

*»Und ich dachte, es wären die Kommaregeln.«*

*»Die kommen ganz zum Schluss, damit niemand zu früh abspringt.«*

Es entstand eine kleine Pause und ich wartete sehnsüchtig auf seine Erwiderung.

Nach drei Minuten kam sein nächster Text. *»Ich möchte dich sehen, Cassidy.«*

Mein Herz setzte einen Moment aus, dann schlug es umso schneller weiter. *»Ich kann leider nicht. Heute bekommen wir Besuch vom Nachbarn und morgen treffen meine Eltern ein.«*

*»Kontrollbesuch?«*

*»Nein, sie sind zufällig in der Gegend.«*

*»Verstehe.«*

*»Es tut mir leid«*, schrieb ich und wartete auf eine Antwort, aber es erfolgte keine mehr.

Sechs Stationen später stieg ich aus und hoffte, dass draußen auf der Straße endlich seine Erwiderung eintreffen würde, aber es kam nichts von ihm an. Er hatte den Dialog abgebrochen. War er sauer, weil ich keine Zeit hatte? Ich hoffte nicht. Ich verschob die trüben Gedanken, die sich in meinen Kopf schleichen wollten, und ging zur Arbeit.

Ich kümmerte mich den ganzen Tag um die Produktionsfirma, die das Video über meinen Chef drehen sollte und eigene Vorstellungen von dem Dreh hatte, die ich langsam an die meines Chefs anpassen musste. Sie machten einen Kompromiss nach dem anderen, bis wir schließlich dort waren, wo mein Boss uns haben wollte. Das war so ganz und gar nicht das, was sie sich erhofft hatten, aber sie mussten sich fügen. Im Gegenzug versprach ich ihnen einen Auftrag für einen Werbespot über unsere Seite, speziell für den Wild Boys Club. Sie bissen sofort an. Liebeshungrige New Yorker Männer kamen bei ihnen bestens an. Ich musste es nur noch meinem Boss verklickern, damit der das Budget dafür freigab. Er war etwas weniger begeistert als die Produktionsfirma, sagte aber schließlich zu. Der Spot sollte allerdings erst im kommenden Monat gedreht werden, wenn alle Bäume im Central Park blühten und die Frühlingsgefühle Hochkonjunktur hatten.

Ich ging mit Melody und Gabrielle zum Mittagessen. Lleyton sah ich kurz durch die offene Tür, sprach aber nicht mit ihm. Er tat so, als wäre er mit anderen Dingen beschäftigt.

Sobald Feierabend war, verließ ich das Büro und ging nach Hause. Nun kam der schwierigste Teil des Tages. Mein Geständnis an Angela.

Sie saß am Computer und schrieb an ihrem Drehbuch, als ich kam.

»Hi, Angie, hast du kurz Zeit?«, fragte ich und nestelte unbehaglich an meiner Strickjacke, die ich übergeworfen hatte.

»Eigentlich nicht«, erwiderte sie und sah für einen Augenblick auf. »Ich bin grade im Schreibfluss. Stell dir vor, der Schock gestern hat mich von meinen unsinnigen Gedanken um Ryan geheilt. Die Frau, die aus seinem Haus kam, war wie Medizin für mich. Ich denke nicht mehr an ihn, er ist passé für mich. Vergangenheit. Umso besser klappt es jetzt mit dem Schreiben. Vor allem, weil ich ihn nicht mehr in meine Geschichte einbauen muss. Ryan ist aus meinem Kopf verschwunden. Endlich!« Sie atmete hörbar auf.

Oho! Dann kam meine Beichte jetzt äußerst ungelegen. Aber Ryans Einladung ließ sich nicht mehr rückgängig machen. Da musste sie durch. Und ich auch. »Äh, wegen Ryan möchte ich eigentlich mit dir sprechen. Ich habe ihn gestern draußen auf der Straße getroffen und einen Moment mit ihm gesprochen. Er kommt zum Abendessen her.« Das war kurz und schmerzlos.

Angela lachte auf, weil sie meine Ansage für einen Witz hielt, aber als sie mein ernstes Gesicht und meine nervösen Finger bemerkte, wurde ihr klar, dass es mein absoluter Ernst war.

»Was?« Sie kreischte förmlich. »Was hast du getan?« Sie sprang so heftig auf, dass ihre Tastatur zu Boden fiel. »Was hat er dazu gesagt? Will er mich sehen?«

»Er weiß nicht, dass du hier wohnst. Ich habe die Einladung ganz allgemein gehalten.«

»Das geht nicht! Niemals! O mein Gott! Was soll ich anziehen?«

Panisch rannte sie zu ihrem Schrank und riss ihn auf. Ich war froh, dass sie mich nicht massakrierte.

»Ich geh dann mal und mache die Küche sauber«, sagte ich kleinlaut und drehte mich um.

»Dass du mir so hinterlistig in den Rücken fällst, verzeihe ich dir nie«, schrie sie. »Aber das klären wir später. Ich habe jetzt keine Zeit dafür. Ich muss mich duschen, enthaaren, umziehen und schminken. O mein Gott, das schaffe ich nie!«

Ich lächelte verständnisvoll und ließ sie in ihrer Panik allein zurück, während ich das Geschirr in den Geschirrspüler stellte und den Tisch aufräumte. Dann durchsuchte ich den Kühlschrank nach etwas Essbarem. Es war aber nichts drin. Hatte Angela alles aufgegessen, ohne Nachschub zu holen?

»Wir haben nichts zu essen da!«, rief ich ins Badezimmer, wohin Angela hastig geflitzt war.

»Ich weiß, ich konnte das Haus ja nicht verlassen, um ihm nicht zu begegnen.«

»Okay, dann müssen wir was bestellen.«

»Er mag indisches Essen«, rief sie aus der Dusche und zog den Vorhang zu.

»Ich kümmere mich darum.«

Ich suchte den entsprechenden Bestellservice heraus und orderte drei Mahlzeiten für uns, obwohl das vermutlich viel zu viel war.

Als der Bote eine halbe Stunde später klingelte, hastete Angela aus dem Badezimmer halbnackt durch die Küche, um sich in fieberhafter Eile anzuziehen. Der Bote bekam große Augen, so dass ich ihn schnell abfertigte und dann die Wohnungstür zuschlug.

Ich setzte mich mit den Pappbehältnissen an den Tisch und schlug die kostenlose New Yorker Zeitung auf, die der Bote mit zum Essen gelegt hatte. Ich überblätterte die vielen Anzeigen und suchte die kleinen Artikel und Veranstaltungshinweise.

»Ist das zu aufgebrezelt?«, fragte Angela und drehte sich einmal um sich selbst. Ich betrachtete sie. Sie trug ein schwarzes, tief ausgeschnittenes Kleid mit extrem kurzem Rock, der auch als Gürtel gelten könnte, und schwarze Strümpfe.

Ich schüttelte den Kopf. »Das sieht aus, als wüsstest du genau, wer kommt und willst ihn dir heute vorknöpfen. Zu nuttig.«

»Okay, dann nicht.« Sie sah hastig zur Uhr. Es war bereits nach sieben. Er konnte jeden Augenblick hier aufschlagen.

Ich las weiter in der Zeitung und fand einen Artikel über ein Stadtteilfest, das nächste Woche in unserer Gegend stattfinden würde. Darunter war ein …

»Wie ist das? Zu kühl?«

Sie hatte ein hübsches, aber zu dünnes Sommerkleid angezogen, das für einen heißen Tag absolut passend wäre und sie super kleidete, aber heute nicht ganz den Wetterverhältnissen entsprach. »Solch ein Kleid eine Spur wärmer wäre perfekt«, riet ich ihr, bevor ich wieder in die Zeitung starrte. Unter dem Beitrag mit dem Stadtteilfest war ein Bild von Flynn. Er kam aus einem Gebäude und steuerte einen Wagen an. »Flynn Connors auf dem Weg zur Eröffnung des Sportzentrums in Brooklyn«, stand darunter.

Kam er gerade aus seinem Haus? Wo wohnte er eigentlich? Ich wusste immer noch gar nichts über ihn.

»Und das?«

Ich sah wieder auf und zu Angela, die ein rosafarbenes, enganliegendes Strickkleid angezogen hatte. Es war sehr schlicht und bot nicht einmal ein einladendes Dekolleté, aber es stand ihr hervorragend. Sie wirkte mädchenhaft und mondän zur selben Zeit.

»Das ist es. Das ist perfekt«, sagte ich.

»Ja, das denke ich auch.« Sie atmete erleichtert auf. »Ich glaube, es ist okay.«

»Es ist nicht nur okay, es ist toll!«

Sie kam zu mir und starrte über meine Schulter auf das kleine Bild. »Das ist er? Flynn Connors.«

Ich nickte. »Ja, das ist er.«

»Er sieht immer noch verdammt gut aus, trotz des Unfalls.«

»Ja. Und sogar, wenn man ihn nicht sehen kann, ist er der Hammer.« Ich schmunzelte.

»Ist das sein Haus? Sieht aus, als würde er in der Upper East Side wohnen.«

»Wo sonst?«, seufzte ich. »Alle Reichen und Schönen wohnen dort.«

Sie schüttelte den Kopf. »Das würde ich so nicht sagen. Wir wohnen ja hier im East Village.«

Ich lachte auf und wollte sie an mich drücken, doch in diesem Moment klingelte es an der Tür. Das musste Ryan sein.

»O mein Gott, das ist er«, flüsterte Angela und wurde blass.

Ich nickte und stand auf. »Ich mach auf. Du kannst dir überlegen, wie und wann du erscheinen willst.«

Sie nickte panisch.

»Es wird alles gut«, tröstete ich sie. Ich hoffte, ich würde Recht behalten.

Ich ging zur Tür und öffnete.

Ryan trat ein und reichte mir eine Flasche italienischen Rotweins. Er war offenbar ein Mann mit Geschmack. Er trug eine schwarze Jeans und ein weißes Hemd. Eine Lederjacke hatte er darüber gezogen. Er sah sehr gut aus, hatte dunkelblonde Haare und strahlende, blaue Augen. Ich konnte verstehen, dass er Angela schlaflose Nächte bereitete.

»Danke für die Einladung«, sagte er. »Es ist abends meistens ziemlich langweilig ohne Freunde und Familie, und immer alleine in einer Bar rumzuhängen, macht auf die Dauer auch keinen Spaß.«

Ich lächelte. »Wem sagst du das? Als ich frisch nach New York gezogen bin, kannte ich auch niemanden. Aber das hat sich zum Glück schnell gelegt.« Ich sah zu Angelas Zimmertür, aber sie zog es offenbar vor, sich noch auf ihr Erscheinen vorzubereiten.

»Setz dich«, forderte ich Ryan auf. »Wir haben indisch bestellt. Ich hoffe, das magst du?«

»Ja, das ist perfekt.«

»Was willst du trinken? Soll ich den Wein öffnen, den du mitgebracht hast? Wir haben aber bestimmt noch eine angefangene Flasche da.«

Das mit der angefangenen Flasche schien Angelas Stichwort zu sein, denn in diesem Moment verließ sie ihr Zimmer und kam in die Küche.

»Hi«, sagte sie schlicht und trat an den Tisch.

Wenn ich es nicht selbst gesehen hätte, hätte ich es nicht geglaubt, aber Ryan sprang auf wie von der Tarantel gestochen.

Ich hatte noch nie einen Menschen gesehen, der so schnell von einem Stuhl aufstand.

»Angela«, sagte er fassungslos. »Was machst du hier?«

»Ich wohne hier. Und du?«

»Ich wohne da drüben. Sie, äh, Cassie hat mich eingeladen.«

»Das hat sie getan, ohne mich zu fragen«, erwiderte sie.

»Ich hatte keine Ahnung.« Er sah ratlos zu mir. Zeit für mich, aus meiner neutralen Beobachterposition zu kommen.

»Kennt ihr euch etwa?«, fragte ich unschuldig. »Das ist ja ein Zufall!«

»Wir waren zusammen … äh … wir gingen in dieselbe Schule, irgendwann mal«, erklärte Ryan.

»Ryans bester Freund war der Freund meiner ältesten Schwester«, ergänzte Angela. Sie wirkte völlig cool, als würde ihr das alles nichts ausmachen. Sie hätte Schauspielerin statt Drehbuchautorin werden sollen. Ich sah nur, dass die Ader an ihrer Schläfe etwas schneller pulsierte als sonst.

»Und ich … wir hatten … es war …«

»Wir waren mal ein Paar«, vervollständigte Angela seinen Satz.

»Das ist ja interessant!«, sagte ich scheinheilig und setzte mich an den Tisch. »Dann können wir uns ja über alte Zeiten unterhalten. Doch o weh, ich habe ganz vergessen, dass ich noch einen Termin habe!« Ich sprang auf und sah in gespieltem Entsetzen auf die Uhr. »Tut mir leid, aber ich muss euch leider alleine lassen.«

Angela warf mir Blicke zu, die mich getötet hätten, wenn sie eine physische Form besessen hätten. So kam ich glücklicherweise mit dem Leben davon.

Ryan setzte sich wieder. Er wirkte völlig geschockt. Als hätte ihn jemand hochgenommen und einmal kräftig durchgeschüttelt.

Ich wusste nicht, ob ich die beiden wirklich alleine lassen konnte.

Auf keinen Fall wollte ich ihnen jedoch im Wege sein.

»Kommt ihr ohne mich klar?«, fragte ich vorsichtshalber.

Angela nickte wortlos und formte mit dem Mund ein Wort, das »Verräterin« heißen sollte. Ich lächelte sie um Vergebung heischend an.

Ryan erhob sich, um sich von mir zu verabschieden. »Danke für die Einladung. Man sieht sich.«

»Ja, man sieht sich. Wir sind ja schließlich Nachbarn.«

Dann nahm ich meine Tasche und meinen Mantel und verließ die Wohnung. Kaum stand ich auf der Straße, holte ich mein Handy heraus.

»Ich habe nun doch einen freien Abend. Ich würde dich gerne sehen«, schrieb ich an Flynn.

Es dauerte mehrere Minuten, bis er antwortete. »Bin noch in New Jersey, mache mich gerade auf den Heimweg.«

»Ich warte auf dich, wenn du willst. Im Waldorf?«

Wieder vergingen mehrere Minuten, bis er antwortete. »Park Avenue 840.«

War das seine Wohnadresse?

»Okay«, schrieb und hoffte, dass er noch etwas erwidern würde, aber es kam nichts.

Ich setzte mich in die U-Bahn und fuhr in die Park Avenue. Die restlichen Meter musste ich zu Fuß gehen. Bei der Nummer 840 blieb ich stehen. Ein Concierge befand sich an der Tür.

»Ich möchte zu Mr. Connors«, sagte ich.

»Mr. Connors ist nicht da«, entgegnete er.

»Ich weiß. Ich warte auf ihn.«

»Sie können hier Platz nehmen.« Er deutete auf ein Sofa, das an der Seite vor dem Fenster stand. Ich dankte ihm und ließ mich darauf nieder. Es war herrlich weich.

Ich merkte auf einmal, wie müde ich war. Ich hatte in den vergangenen Nächten wenig geschlafen, dafür oft an Flynn gedacht. Meine Augenlider fielen zu.

Als ich sie wieder öffnete, spürte ich ein sanftes Schaukeln. Und ich nahm Flynns Duft wahr. Ich wusste schon, dass er da war, ohne dass ich ihn sah. Er trug mich, denn ich lag direkt an seiner Brust.

»Du bist gekommen?«, murmelte ich schlaftrunken und legte meine Arme um seinen Hals.

»Ich kann deine Bitte doch nicht abschmettern, wenn du mich sehen willst.« Er lächelte mich an.

»Das ist wirklich sehr nett von dir.«

Er ging zum Fahrstuhl, wo der Concierge den Knopf für das Penthouse drückte.

»Du darfst mich jetzt aber runter lassen. Ich kann alleine laufen. Ich bin ein großes Mädchen.«

»Ich möchte dich aber tragen«, sagte er, als sich die Fahrstuhltür schloss und wir in den dreißigsten Stock fuhren.

»Ist das so etwas wie Beschützerinstinkt?«, fragte ich und presste meine Nase in seine Brust, um seinen Duft zu atmen. Er roch betörend sexy.

»Keine Ahnung, muss wohl so etwas sein, denn ich möchte nicht, dass dir etwas passiert.«

»Beim Fahrstuhlfahren kann mir eigentlich nicht viel passieren, denke ich.«

»Man weiß nie.«

Ich strahlte ihn glücklich an. Er hatte zwei kleine Narben am Kinn und am Kiefer, die mir gestern nicht aufgefallen waren. Ich strich zärtlich darüber. »Was ist da passiert?«

»Trainingsunfall mit gebrochenem Kiefer. Nichts Dramatisches.«

Ich sah ihn entsetzt an. »Nichts Dramatisches? War das der Unfall, der alles beendet hat?«

»Nein, der kam später.«

»Und die gebrochene Nase?«

»Die stammt aus meiner Kindheit. Mein Vater hat mich schon früh zu Höchstleistungen angetrieben. Dann ein zu hastiger Schritt und ich bin gegen die Mauer geflogen.

Gebrochene Nase.«

Wir waren oben angekommen, der Fahrstuhl öffnete sich. Wir befanden uns in einem Penthouse mit Terrasse und sensationellem Blick über Manhattan.

»Wow, das ist atemberaubend«, flüsterte ich ehrfurchtsvoll und löste meine Arme von seinem Hals. Er ließ mich herab, so dass ich zum Fenster gehen konnte. »Das ist ein traumhaft schöner Blick.«

»Wenn die Sonne über New Jersey untergeht, wirkt es wie im Märchen.«

Die Sonne war hinter Wolken versteckt, der Sonnenuntergang würde heute wenig spektakulär ausfallen, aber ich konnte mir sehr gut vorstellen, was er meinte.

»Willst du etwas trinken?«, fragte er mich und trat ganz nah an mich heran.

Ich schüttelte den Kopf. »Ich will nur dich«, erwiderte ich flüsternd und schlang meine Arme um seinen Hals.

Er zog mich zärtlich an sich. Sein Körper strahlte eine betörende Hitze aus. Er küsste meine Stirn. »Wenn du willst, kannst du heute Nacht hier bleiben«, raunte er, so dass eine Welle von Glücksgefühl durch meine Adern jagte. Zusammen mit einem verlangenden Kribbeln, das zwischen meine Oberschenkel zog.

Ich schlang meine Beine um seine Hüften. »Das klingt gut, zumal Angela mit ihrem Ex beschäftigt ist.« Ich wunderte mich, ob es Angela gut ging oder ob ich sie anrufen und fragen sollte, ob sie mich nicht doch brauchte, aber dann schob ich den Gedanken beiseite. Sie brauchte die Zeit mit Ryan. Die beiden mussten sich aussprechen und Dinge klären. Ich würde nur stören.

»Wo ist denn dein Schlafzimmer? Ich würde es gern vorher inspizieren und nach etwaigen Schlafstörern untersuchen.«

Er lächelte und trug mich durch das riesige Wohnzimmer über einen breiten Flur, bis er an einer geschlossenen Tür ankam. Er öffnete sie mit seinem Ellbogen, dann trat er ein. Ein riesiges Bett stand darin, sehr viel mehr jedoch nicht. Auch das Schlafzimmer bot einen atemberaubenden Blick über Manhattan.

Flynn brachte mich zum Bett und legte mich auf die weiche Decke. Er wollte sich aufrichten, doch ich ließ ihn nicht gehen. Ich hielt ihn an dem Revers seiner Jacke fest und zog seinen Mund zu meinem herab. Er küsste mich lange und innig. Dann nahm er meine Handgelenke und presste sie über meinem Kopf aufs Bett. Seine Lippen liebkosten immer noch die meinen, während die andere Hand langsam den Knopf meiner Jeans öffnete.

»Darauf habe ich den ganzen Tag gewartet«, hauchte er.

»Ich auch.«

Er ließ meine Handgelenke los und zog meine Jeans runter, gleich zusammen mit meinem Höschen. Nur einen Augenblick später schlüpften seine Hände unter mein Shirt und umfassten meine Brüste. Kurz darauf befanden wir uns in einem Durcheinander von verrutschten Kleidern, aufgeknöpften Hemden und nackter Haut. Seine Finger glitten zu meiner Mitte und drangen sanft in mich ein. Sofort brachten sie mich in einen anderen Bewusstseinszustand, in eine Welt, wo es nur ihn und mich und unsere Empfindungen gab. Ich dachte nicht mehr, sondern fühlte nur noch. Und was ich fühlte!

Seine gleichmäßigen Berührungen zwischen meinen Schenkeln brachten meinen Atem zu Stillstand. Meine Beine zitterten, mein Unterleib ächzte, weil er sich danach sehnte, von ihm ausgefüllt zu werden. Flynn presste seine Lippen auf die meinen, heiß und hungrig. Ich stöhnte leise und sehnsüchtig in seinen Mund, während er meine Clit mit der Härte seiner Erektion neckte und herausforderte.

Plötzlich stand er auf, um aus dem Bad ein Kondom zu holen. Es war schrecklich, in der Zeit auf ihn warten zu müssen, während sich jede Faser meines Körpers nach ihm sehnte.

Als er zurückkehrte, setzte er sich auf das Bett und umfasste meine Hüften, um mich sanft an sich heranzuziehen. Ich spürte seine Erektion an meinem Eingang, wie er dann durch meine Feuchtigkeit in mich hineinglitt und wie mein Körper ihn schließlich annahm. Wie ein Schlüssel, der perfekt ins Schloss passte. Wir gehörten zusammen, vereint in einer Verbindung aus Hitze und Lust.

Seine Hände zogen mich tiefer auf ihn herab, Stoß für Stoß, und seine heißen Küsse brachten meine Haut zum Glühen. Ich fühlte mich bedeckt von Gänsehaut und von diesen brennenden Stellen, die seine Lippen hinterließen.

»Dein Körper ist so unwahrscheinlich sexy, Cassidy. So verdammt heiß wie du, süße Cassidy.« Er stöhnte, als seine Finger über meinen Bauch strichen und meine Clit fanden. Seine Fingerspitzen neckten und umkreisten sie, pressten sie zusammen und erhöhten den Druck. Seine andere Hand grub sich in meine Pobacke und zog mich noch näher an ihn heran. Dann schob er meinen Oberkörper nach hinten. Ich konnte den Druck seiner Erektion an meiner Bauchdecke spüren. Ich stöhnte laut, als er mit seinen Lippen meine Brustwarze umfasste. Er leckte an der kleinen Knospe und saugte daran, ohne seine gleichmäßigen Stöße zu unterbrechen. Ich ließ mich weiter herab, um ihn noch tiefer in mir aufnehmen zu können. Schließlich lag ich auf der Decke, er über mir, und ich spürte, wie mein Körper sich dem Höhepunkt näherte. Flynns Atem strömte gegen mein Ohr, sein leises Stöhnen vermischte sich mit meinem. Ich öffnete die Augen und betrachtete sein Gesicht. Es war so perfekt, dass ich mich gar nicht daran satt sehen konnte. Ich wollte seine Lippen kosten und in seine goldenen Augen sehen. Doch beides gleichzeitig war unmöglich. Ich entschied mich für seine Lippen und spürte, wie sich die Gefühle in meinem Inneren weiter aufbauten. Mit meinen Händen umfasste ich sein Gesicht und küsste ihn hart, als ich von der Welle mitgerissen und auf den Gipfel gespült wurde. Nur einen Moment später ergoss er sich in mir und entspannte sich

Er lächelte, als er aus mir herausglitt und das Kondom auf den Boden warf.

Danach legte er sich neben mich und zog mich an sich.

»Ein perfekter Abschluss für einen anstrengenden Tag«, murmelte er in mein Ohr.

»Und so unerwartet. Aber wie heißt es doch so schön? Unverhofft kommt oft.«

Er lachte leise in mein Ohr. »Du bist nur einmal gekommen, aber wir können das heute Nacht ändern.«

»Das muss ich mir noch überlegen. Aber vielleicht wäre es gut, weil ich morgen definitiv keine Zeit für dich habe.«

»Ich hoffe, es sind wirklich nur deine Eltern, mit denen du den Abend verbringst, und kein anderer Mann!«

»Doch«, sagte ich, um ihn zu necken. »Es ist ein Mann.«

Er fuhr tatsächlich auf. »Wer ist es?«

»Mein Vater«, erwiderte ich lachend. »Es sind wirklich nur meine Eltern. Sie kommen morgen nach New York und wollen mich sehen. Das wird etwas anstrengend, weil ich sie davon abhalten muss, zu sehr nach meinem Job zu fragen. Wie du weißt, denken sie, ich arbeite für mehrere Zeitungen.«

»Wenn du willst, lenke ich sie ab und erzähle ihnen, an welcher heißen Story du gerade sitzt.«

Mit klappte die Kinnlade nach unten. »Du würdest sie treffen wollen?«

Er zuckte mit den Schultern. »Wenn es dir hilft, warum nicht?«

»Das … das wäre fantastisch.« Mir fehlten die Worte. Das hatte ich am allerwenigsten erwartet.

»Wann soll ich wo erscheinen?«

»Um sieben in meiner Wohnung.«

»Wir könnten ins Diegos Restaurant gehen. Sie machen die besten Enchiladas in New York und haben außerdem echte kubanische Zigarren. Das wird ihnen bestimmt gefallen.«

Ich hatte meine Sprache noch nicht wieder gefunden. »Ja, ganz bestimmt«, stammelte ich und schmiegte mich an ihn.

Er erhob sich jedoch und schlug die Decke zurück, damit ich unter das Laken schlüpfen konnte. Er folgte mir und zog mich an sich.

»Was hast du heute in New Jersey getan?«

»Ich habe mit einem möglichen Investor für ein Sportzentrum in Hoboken gesprochen. Aber er war sich noch nicht sicher, ob er einsteigen will. Er kann sich ruhig Zeit lassen.«

»Hast du heute die Zeitung gelesen? Philipp Berger ist ein Ehebrecher.« Ich hatte die New York Times auf dem Tisch meines Chefs liegen sehen und die Schlagzeile gelesen. Also hatte Bergers Frau ihn wirklich an die Presse verraten.

»Ja, ich habe es gesehen. Ich weiß auch, dass du maßgeblich daran beteiligt warst, die Sache aufzudecken.«

»Ich hatte keine Ahnung, dass es so enden würde. Du hattest gesagt, er wäre sauber.«

»Das hatte ich angenommen. Dass der Skandal solch eine Wendung nehmen würde, hätte niemand gedacht. Da wird sich Eli aber freuen.«

»Eli? Ist das der Name des Mannes, der den Skandal eingeleitet hat?«

Ich konnte sehen, dass er sich auf die Zunge biss. »Ja, das ist er«, sagte er schließlich. »Elias Winter. Der Mann, der die Fäden zieht.«

»Ich habe noch nie von ihm gehört. Wer ist er?«

Er zögerte einen Moment. »Er ist Unternehmer und Betrüger, nur dass ihm niemand etwas anhängen kann. Er hat halb Manhattan in der Hand.«

»Aber das kann doch nicht sein! Niemand kann alle in der Hand haben.«

Es war inzwischen dunkel geworden. Ich konnte nur vage sehen, dass er lächelte. »Nicht jeden. Dich hat er nicht in der Hand. Und etwa siebzehn Millionen Bürger auch nicht. Aber die Männer, die in der Politik an den wichtigen Stellen sitzen, stecken in seiner Tasche.«

»Wie hat er das geschafft?«

»Er fing vor etwa zehn Jahren ziemlich harmlos an, mit fingierten Spielen und abgekarteten Wetten. Ich kannte Eli durch meinen Vater, die beiden sind befreundet. Eli hat ein paar Footballer gebeten, Spiele absichtlich zu verlieren, dann hat er sie an den Gewinnen beteiligt. Es lief super, und er hat das Geschäft noch auf andere Sportarten ausgeweitet. Er gab Abgeordneten und Richtern todsichere Tipps, die oftmals nicht mit rechten Dingen zugingen, aber den Männern viel Geld brachten. Sie freundeten sich mit ihm an und erzählten ihm Dinge, die eigentlich niemand wissen durfte. Sie vertrauten ihm. Doch wenn jemand rauswollte aus dem engen Kreis, weil es ihm zu heiß wurde, setzte Eli die Daumenschrauben an. Eli hat sich auf diese Weise ein Vermögen erwirtschaftet und eine Menge Vorteile ergaunert. Er kontrolliert das Ordnungsamt und hat mit Hilfe seiner Verbindungen sein Wettgeschäft noch ausgebaut. Und er kennt einflussreiche Personen bei der Presse. Niemand hebt einen Finger gegen ihn, nicht einmal mehr die Spieler trauen sich.«

»Das klingt entsetzlich.« Ich war geschockt von seinen Enthüllungen. »Es muss doch einen Menschen geben, der sich ihm entgegenstellt! Ich werde es versuchen.«

»Nein!« Er klang scharf und schneidend. »Auf keinen Fall!«

»Aber du hast mich doch erst auf die Geschichte angesetzt. Deshalb wolltest du dich mit mir treffen.«

»Ich wollte mich mit dir treffen, weil ich dich sehen und verführen wollte. Aber ich wollte nicht ernsthaft, dass du in die Sache hineingezogen wirst. Deshalb habe ich dir keinen Namen genannt.«

Ich verzog den Mund. »Du traust mir also auch nicht zu, dass ich als Journalistin etwas tauge? Hältst du mich auch für eine dumme Land-Pomeranze?«

»Nein, das tue ich nicht. Ich halte es nur für viel zu gefährlich für dich. Dieser Mann ist unberechenbar. Er könnte es schaffen, dass deine Karriere in New York vorbei ist, bevor sie überhaupt begonnen hat.«

»Dann sollten wir ihn mit seinen eigenen Waffen schlagen. Wir erfinden einen Skandal, der sein ganzes Treiben ans Tageslicht befördert. Das kann doch nicht so schwer sein!«

»Auf keinen Fall! Und das ist mein letztes Wort! Du hältst dich von ihm fern, hörst du?«

»Jemand muss diesem Mann das Handwerk legen. Er hat Lester Paul auf dem Gewissen, der sich wegen des Skandals umgebracht hat.«

»Das wirst aber nicht du sein, die ihn zur Strecke bringt. Niemals! Ich hätte dir den Namen niemals nennen dürfen.«

Ich antwortete nicht, sondern lag mit offenen Augen neben ihm. Er legte seinen Arm um mich. »Ich möchte nicht, dass dir etwas passiert«, murmelte er und küsste meine Schulter.

»Ich kann auf mich aufpassen«, erwiderte ich.

»Das hoffe ich, süße Cassidy.« Er zog mich an sich, und nur wenige Augenblicke später, als er zwischen meine Beine rutschte und mich mit seiner Zunge verwöhnte, hatte ich schon fast vergessen, dass er mir soeben verboten hatte, einer wirklich heißen Story nachzugehen.

# KAPITEL 8

Ich schlief tief und fest, bis mich eine Hand aus meinen Träumen holte. Sie streichelte meinen Bauch und legte sich sanft auf meine linke Brust, wo sie verharrte und abzuwarten schien, wie ich reagierte.

Zuerst tat ich so, als würde ich noch schlafen, doch als der Daumen dieser Hand liebevoll meine Brustwarze umkreiste und ich spürte, wie meine Clit in Erinnerung an die vergangene Nacht und die möglichen Freuden am Morgen lustvoll anschwoll, presste ich die Hand fester auf meine Brust. Flynn schien meine wortlose Anweisung sofort verstanden zu haben, denn er begann, sie zart zu massieren. Es war herrlich, den Tag mit solchen Gefühlen anzufangen und sich einem Mann wie Flynn hinzugeben, der jede Faser meines Körpers zum Klingen brachte und mir Orgasmen bescherte, wie ich sie mir in meinen kühnsten Träumen nicht vorzustellen gewagt hatte.

Als ich gesättigt und zufrieden neben ihm lag, warf ich aus Versehen einen Blick auf die Uhr auf seinem Nachttisch. Sofort saß ich kerzengrade im Bett.

»Ich muss zur Arbeit!«, rief ich entsetzt und sprang auf. »Es ist schon viel zu spät!«

»Du solltest als Freie arbeiten und kommen und gehen, wann es dir passt«, schlug Flynn vor und schälte sich ebenfalls aus dem Bett. Ich wollte unter die Dusche laufen, doch er hielt mich fest. »Das wäre auf jeden Fall besser, denn dann müsste ich dich nicht jetzt schon gehen lassen, sondern könnte in Ruhe mit dir duschen.«

»Musst du denn nicht ins Büro?« Ich löste seine Arme von mir und flitzte in das benachbarte Badezimmer. Er folgte mir.

»Mir gehört meine Firma. Ich kann kommen, wann es mir passt.«

»Du Glücklicher«, seufzte ich und stellte die Dusche an. »Ich wünschte, ich hätte meine eigene Zeitung.«

»Das solltest du dir nicht wünschen. Das wäre viel zu stressig. Aber du könntest mit einem Blog anfangen.«

Ich stieg unter das erfrischende Wasser, das die letzte Schläfrigkeit aus meinem Kopf bannte. »Ein Blog? Worüber?«, fragte ich mit erhobener Stimme, um das Plätschern des Wassers zu übertönen.

»Über New Yorks Neuigkeiten. Über deine Geschichten. Du brauchst heutzutage keine Zeitung mehr, um gelesen zu werden. Du kannst deine Leserschaft über das Internet finden.«

»Und wovon soll ich leben? Ich brauche ein Einkommen.«

»Über Werbung. Aber du kannst deinen Job bei der Dating-Webseite ja erst einmal behalten, bis dein Blog gut läuft. Du solltest auf mich hören. Ich weiß, wie man Geschäfte macht und ein Unternehmen gründet.«

Er stieg zu mir in die Dusche und küsste mich sanft hinter dem Ohr.

»Flynn, das ist eine wirklich gute Idee, aber ich muss jetzt unbedingt schnell fertig werden.« Sanft schob ich ihn von mir.

Er nahm die Hände hoch als Zeichen, aufzugeben. »Kein Problem. Ich will nur nicht, dass das Wasser unnütz verschwendet wird, weil lediglich eine Person duscht.«

Zum Glück war die Dusche groß genug für zwei, eigentlich sogar locker für drei, so dass er zu mir trat und mich dennoch in Ruhe lassen konnte, während ich das heiße Wasser unter der Brause genoss. Als ich die lange Narbe an seinem Bein bemerkte, strich ich mit der Hand darüber. Sie war immer noch deutlich zu sehen, obwohl der Unfall bereits drei Jahre her war. Meine Berührung schien ihm unangenehm zu sein, deshalb ließ ich rasch davon ab und wusch mir die Haare. Er seifte in der Zwischenzeit den Rest meines Körpers ein. Es kitzelte hin und wieder, so dass ich kicherte. Als er sanft zwischen meine Oberschenkel fuhr, seufzte ich. Aber er beließ es dabei und ging nicht weiter, so dass ich nur wenige Minuten später sauber und duftend aus der Dusche stieg.

In Windeseile zog ich mich an und föhnte meine Haare, bevor ich aus dem Schlafzimmer hastete.

»Cassidy!«, rief er mir nach. »Cassidy, erschrick nicht, wenn du--«

In diesem Moment bog ich um die Ecke und lief in die Küche, wo mir ein Schrei entschlüpfte. Dort stand jemand. Eine Person, die mich mit weit aufgerissenen Augen ansah und den Mund geöffnet hatte.

»Guten Morgen«, sagte die Person schnell, nachdem sie sich von dem Schreck erholt hatte. Sie war eine Frau, Ende vierzig, groß und komplett weißhaarig. Sie musterte mich aus grünen Augen, die in einem gewissenhaften Gesicht lagen.

»Guten Morgen«, erwiderte ich. »Ich bin Cassidy. Cassie.«

»Hallo Cassie. Was wollen Sie zum Frühstück?« Sie klang nicht unbedingt einladend, aber auch nicht feindselig, sondern neutral.

»Ich … äh … ich muss los.«

»Also nichts?«

»Doch, sie nimmt ein Sandwich«, sagte Flynn hinter mir und drückte mir einen Kuss auf die Wange. »Guten Morgen, Sonja«, fügte er in Richtung der Weißhaarigen hinzu.

»In Ordnung, Mr. Connors«, sagte sie und drehte sich zum Herd um, um ein Sandwich zuzubereiten.

»Wie ich sehe, habt ihr euch schon kennengelernt.«

»Ich muss wirklich gehen. Ich bin schon viel zu spät«, raunte ich ihm zu, doch er ließ es nicht gelten.

»Du verlässt dieses Haus nicht mit nüchternem Magen. Das hat mir meine Mutter immer eingebläut.«

Das war das erste Mal, dass er seine Mutter erwähnte. »Was ist eigentlich mit ihr? Du hast vorher noch nie von ihr gesprochen.«

»Sie kam bei einem Flugzeugunglück ums Leben, als ich vierzehn war. Sie war Tennisspielerin gewesen und flog oft zu irgendwelchen Turnieren um die halbe Welt. Eines Tages krachte die Maschine ins Meer.« Er klang traurig.

»Das tut mir sehr leid.« Ich umarmte ihn.

»Es ist lange her. Dein Sandwich ist fertig.« Sanft schob er mich von sich. Ich drehte mich zu Sonja um. Sie hatte tatsächlich in Windeseile ein lecker aussehendes Sandwich geschaffen. Nun spürte ich auch, wie mein Magen knurrte.

»Danke«, sagte ich an Flynn und an Sonja gerichtet. »Ist es schlimm, wenn ich es in der U-Bahn esse?«

Flynn legte den Kopf zur Seite. »Ich hatte gehofft, ich hätte dich noch ein paar Minuten bei mir, aber wenn du wirklich gehen musst, dann will ich dich nicht aufhalten.«

»Danke.« Ich gab ihm einen kleinen Kuss. Es war mir peinlich vor der Fremden, ihn intensiver zu liebkosen. Ihn schien das allerdings nicht zu stören, denn er zog mich an sich und küsste mich lang und innig. Ich ließ es für einen kurzen Augenblick geschehen, dann schob ich ihn energisch von mir, bis er endlich schmunzelnd nachgab.

»Ich muss endlich gehen. Wir sehen uns heute Abend«, sagte ich und ging zur Tür. »Nochmals vielen Dank für das Sandwich«, fügte ich, an Sonja gewandt, zu.

»Es sind Tomatenscheiben drauf. Passen Sie auf, dass sie nicht runterfallen«, ermahnte sie mich.

»Das werde ich. Auf Wiedersehen.« Dann brachte mich Flynn zur Tür. Er versuchte, mich ein weiteres Mal zu küssen, doch gab lachend auf, als ich mich zu sehr dagegen wehrte. Dann endlich stand ich im Fahrstuhl und fuhr nach unten.

Zum Glück erwischte mich, außer Olivia am Empfang und George in meinem Büro, niemand in der Firma beim Zuspätkommen. Ich murmelte eine Entschuldigung, als ich an Olivia vorbeiging, die jedoch gerade am Telefon war. Und George erzählte ich, dass mein Wecker kaputt sei und ich deshalb zu lange geschlafen hätte. Er nickte nur gutmütig, dann gab er mir mehrere Aufgaben, die mich den ganzen Tag beschäftigten.

Als ich das Büro pünktlich zum Feierabend verließ und nach Hause fuhr, kaufte ich unterwegs noch ein paar Lebensmittel ein, für den Fall, dass wir mit meinen Eltern und Flynn doch nicht essen gingen und ich kochen würde. Dann eilte ich nach Hause.

Angela saß in der Küche und räumte gerade Käse und Milch in den Kühlschrank.

»Warst du einkaufen?«, fragte ich und stellte meine Tüte auf den Küchentisch.

»Ja, es war ja nichts mehr da.« Sie lächelte mich an.

»Ich auch«, erwiderte ich und lächelte zurück. »Du siehst aus, als wäre dein Abend gestern keine komplette Katastrophe gewesen.«

Sie schüttelte den Kopf. »Nein, war er nicht. Zuerst dachte ich, es wird furchtbar. Am liebsten hätte ich dich erwürgt, als du einfach gingst. Aber dann …« Sie ließ das Ende des Satzes in der Luft hängen und sah mit verklärtem Blick zum Fenster hinaus. Offenbar war es ein sehr schöner Abend gewesen.

»Okay, wir sollten dabei aber nicht die Lebensmittel vergessen«, ermahnte ich sie schmunzelnd. Sie hatte den Kühlschrank offengelassen, so dass ich meine Einkäufe verstaute. Es wurde langsam eng darin.

»Er ist wirklich geschieden«, erwiderte sie, immer noch mit verhangenem Blick. »Und er hat einen tollen Job in einer großen Immobilien-Baufirma, wo er Museen und Wolkenkratzer entwirft. Er wohnt erst seit einem Monat hier in New York. Er hat keine Kinder.«

»Das ist fantastisch. Wie lange wart ihr gestern zusammen?«

»Lange.« Sie lächelte. »Und als er ging …« Sie hielt mitten im Satz inne und lächelte so selig, als hätte sie nicht mehr alle Latten am Zaun.

»Und als er ging? Was war da?«

»Da habe ich ihn einfach geküsst.«

»Wow!« Ich sah sie erstaunt an. »Dass du so mutig bist, hätte ich nicht gedacht.«

»Ja, ich habe es getan.«

»Und er? Was hat er gemacht?«

»Er hat mich zurückgeküsst.«

»Na, herzlichen Glückwunsch.« Ich freute mich für sie und umarmte sie. »Wie seid ihr verblieben? Werdet ihr euch wiedersehen?«

»Er will heute Abend mit mir in ein Broadway-Stück gehen. Vielleicht habe ich Gelegenheit, ihm dabei zu erklären, wie es damals dazu kam, dass ich ihn angeblich betrogen habe.«

»Darüber habt ihr nicht gesprochen?«

»Ich wollte die Stimmung nicht zerstören. Das hätte ihn nur verärgert.«

Ich seufzte. »Das solltest du so schnell wie möglich nachholen. Aber trotzdem freue ich mich für dich, dass es so ein schöner Abend war. Er scheint nicht sehr nachtragend zu sein.«

»Nein, sieht nicht so aus. Das heißt definitiv, ich muss meine Nebenrollen neu besetzen, denn Ryan wird in

Zukunft meine Hauptrollen übernehmen.«

»Da wird sich schon jemand finden, ich bin mir sicher, dass es dir daran nicht mangeln wird.«

»Vielleicht nehme ich Darren, den Barkeeper. Oder Peter, den Boxer. Sie sind beide extrem scharf!«

Ich lachte und ging in mein Zimmer, um mich umzuziehen. »Das darf Ryan aber nicht hören, sonst lehnt er die Hauptrolle ab und will lieber wieder Nebendarsteller sein.«

»Ich denke, dass ich auf Peter Girdle abfahre, wird er verstehen.«

»Peter Girdle?« Den kannte sogar ich. Ich steckte den Kopf zu meinem Zimmer raus, um Angela anzusehen. »Den kennst du?«

»Ja, er spielt bei der Soap mit, für die ich die Drehbücher schreibe. Er spielt sich selbst.«

»Tatsächlich.« Nachdenklich kehrte ich in mein Zimmer zurück und zog mich um. Mir war gerade eine wahnwitzige Idee gekommen.

»Meinst du, ich könnte mal mit Peter sprechen?«, fragte ich Angela, als ich fertig war.

»Ich kann ihn sofort anrufen«, sagte sie und nahm ihr Smartphone zur Hand. »Er hat mir vorhin eine SMS geschickt, weil er ein paar Veränderungen im Drehbuch haben will. Ich muss auch mit ihm sprechen.«

Ich zögerte, doch dann nickte ich. »Okay.«

Sie wählte seine Nummer, während ich nervös an meinem Fingernagel kaute. Flynn wäre alles andere als begeistert von meiner Idee, aber ich konnte ihn nicht bei jeder Handlung um seine Erlaubnis bitten. Es ging um meine Karriere, mein Leben, es waren meine Entscheidungen.

»Hi Peter«, flötete Angela ins Telefon, »du wolltest mit mir sprechen.«

Sie klärte zuerst die Drehbuch-relevanten Probleme mit ihm, dann wechselte sie das Thema. »Peter, meine Freundin Cassie will mit dir sprechen. Sei nett zu ihr, sie ist sehr hübsch.« Sie zwinkerte mir zu und reichte mir das Telefon.

»Hi Peter«, sagte ich.

»Hi Cassie. Was ist los?«

»Es geht um eine etwas heikle Sache und ich hoffe, du hältst mich nicht für verrückt.«

Er lachte. »Es gibt so viele Verrückte da draußen. Mich wundert gar nichts mehr.«

Ich holte tief Luft, bevor ich ihm von meiner Idee erzählte. Er hörte schweigend zu. Dann brummte er tief und fluchte laut in den Hörer. Ich sprach noch etwas länger mit ihm und bat ihn, ernsthaft darüber nachzudenken. Dann gab ich Angela das Telefon zurück. Ich wollte ihr erklären, worum es sich handelte, doch in dem Moment klingelte es.

Ich sprang zur Tür und öffnete. Eigentlich hatte ich meine Eltern erwartet, aber es war Flynn. Er sah zum Anbeißen aus. Er trug einen legeren, maßgeschneiderten Anzug, der seine goldenen Augen leuchten ließ. Das Lächeln in seinem Gesicht wirkte verschmitzt und einfach unwiderstehlich auf mich.

»Bin ich zu früh?«, fragte er. »Dann habe ich ja vielleicht noch ein paar Minuten allein mit dir.«

»Nicht ganz«, sagte Angela im Hintergrund. »Aber ich bin so gut wie nicht vorhanden. Quasi unsichtbar.«

Er trat ein und reichte ihr die Hand. »Ich bin Flynn.«

»O ja, ich weiß. Es ist mir eine große Ehre, dich kennenzulernen. Ich bin Angela, Cassies unbedeutende Mitbewohnerin.« Sie wirkte, als würde sie einen Knicks machen wollen, besann sich aber rechtzeitig.

»Ich habe schon viel von dir gehört«, schmunzelte er.

»Und ich erst von dir!«

Ich wollte die beiden stoppen, doch in diesem Moment klingelte es erneut.

Dieses Mal waren es tatsächlich meine Eltern. Wir umarmten uns zur Begrüßung, dann stellte ich ihnen sowohl Angela als auch Flynn vor. Ich wusste allerdings nicht, wie ich ihn nennen sollte. War er mein Freund? Ein Bekannter? Mein Liebhaber? Deshalb sagte ich einfach nur, dass er ein Freund war.

»Flynn Connors?«, fragte mein Vater nachdenklich. »Der Name sagt mir was.«

Flynn lächelte. »Ich habe ein paar Unternehmen hier in New York. Da wird Ihnen mein Name sicherlich das eine oder andere Mal ins Auge gefallen sein. Aber ich bin heute zweitrangig. Was halten Sie davon, wenn wir ins Diego's essen gehen? Ich habe uns einen Tisch reserviert.«

Meine Eltern waren sofort damit einverstanden, und wir ließen Angela allein zurück. Ich fragte sie, ob sie Lust hätte mitzukommen, aber sie lehnte ab.

Das Diego's lag mitten in Manhattan in der Nähe des Columbus Circle in der 59sten Straße. Aus den riesigen Fenstern des Restaurants hatte man einen grandiosen Blick auf den Central Park. Meine Eltern waren ziemlich beeindruckt von der Lage des Lokals, aber auch von den Preisen. Flynn meinte jedoch, dass er sie einladen würde, weil das Restaurant einem Freund von ihm gehörte. Ich protestierte, weil ich nicht wollte, dass er für meinen Besuch aufkam, aber er ließ sich nicht davon abbringen. Schließlich kam Diego zu uns und begrüßte Flynn herzlich. Er versprach uns das beste Essen zum besten Preis. Da erst gab Flynn nach, meinte aber, er würde die Getränke übernehmen. Damit waren wir schließlich alle einverstanden.

Als das Essen bestellt war, kam die unvermeidbare Frage von meinen Eltern. »Woher kennt ihr euch?« Dad deutete mit dem Daumen auf mich, mit dem kleinen Finger auf Flynn. Flynn und ich sahen uns an, wobei ich ein wenig errötete. Ich konnte meinen Eltern unmöglich erzählen, unter welchen Umständen ich Flynn das erste Mal begegnet war.

»Sie hat mich wegen einer Story interviewt«, antwortete Flynn souverän.

»Was ist das für eine Story?«, hakte meine Mutter nach

und sah mich an. »Für die New York Times?«

»Sie ist noch nicht fertig. Aber ich hoffe, dass die Times sie druckt«, erwiderte ich.

»Na, das wird sie doch sicherlich tun, wenn du dort schon seit zwei Jahren arbeitest.« Sie klang felsenfest überzeugt, dass sie den Artikel demnächst in der Zeitung lesen würde.

Ich fühlte mich äußerst unwohl, die Lüge jetzt weiterzuspinnen. Es war schrecklich, dass ich meine Eltern so hinters Licht führen musste, und am liebsten hätte ich ihnen jetzt die Wahrheit gesagt, wenn das weniger schmerzhaft für sie gewesen wäre. Aber das wäre mit Sicherheit ein Schock für sie, also ließ ich es lieber sein.

»Die Zeitungslandschaft ist leider nicht mehr das, was sie einmal war«, kam mir Flynn zu Hilfe. »Es werden immer mehr Stellen abgebaut, die Seitenanzahl der Zeitungen schrumpft.«

»Aber du wirst deinen Job doch wohl behalten!« Mein Vater klang entsetzt.

»Ich denke, es wäre besser, wenn ich mich auch anderweitig orientiere«, sagte ich. »Zum Beispiel online. Viele Internetseiten benötigen Journalisten für ihre Presseabteilung.«

Mein Vater runzelte die Stirn, offenbar hatte ich ihn nicht überzeugt.

»Aber wir wollen nicht über Arbeit reden«, rettete mich Flynn erneut lächelnd. »Ich würde gern mehr über das hübsche Städtchen Carrington erfahren, aus dem Cassidy stammt. Und über Sie. Wie ich gehört habe, sind Sie dienstlich hier an der Ostküste gewesen?«

»Ich hatte in Harrisburg, New Jersey, zu tun. Ich besitze einen kleinen Handwerksbetrieb, eine Klempnerei. Ein Zulieferer stammt aus Harrisburg, und ich wollte mir sein Sortiment mal aus nächster Nähe anschauen.«

Mein Vater hatte noch nie das Sortiment eines Zulieferers aus der Nähe sehen wollen.

Mich beschlich der leise Verdacht, dass sie mich hatten treffen wollen, es aber nicht gewagt hatten, mich direkt danach zu fragen. Deshalb hatten sie den Zulieferer kontaktiert, um ein Alibi zu haben. Umso mehr tat es mir leid, dass ich sie seit zwei Jahren anschwindelte.

»Es ist wichtig zu wissen, von wem die Sachen stammen, die man an die Kunden weitergibt«, sagte Flynn. »Immerhin geben Sie Ihren Namen für das Endprodukt hin.«

»Das ist absolut richtig«, erwiderte mein Vater und fing einen Monolog über die Probleme der kleinen Handwerksbetriebe an.

Ich sah zu meiner Mutter. Sie beobachtete Flynn, und offenbar gefiel ihr, was sie sah. Als sie ihren Blick von ihm löste, lächelte sie mich zufrieden an.

Flynn bestätigte die Beschwerden meines Vaters, indem er aus seinem Erfahrungsschatz als Unternehmer berichtete, und beide sangen anschließend ein Klagelied über die hohen Steuern.

Als das Essen eintraf, widmeten wir uns ausschließlich den Gerichten, die tatsächlich hervorragend waren.

Bevor das Dessert eintraf, wandte sich Flynn an meine Mutter. »Waren Sie vorher schon einmal in New York oder ist das Ihr erster Besuch?«

»Ich war als junges Mädchen mit einer Freundin in der City und schwer beeindruckt gewesen. Aber seitdem hat es mich nicht noch einmal hierher verschlagen. Heute ist das erste Mal nach vielen Jahren.«

»Dann sollten Sie bei Gelegenheit wiederkommen und die Stadt ausführlich genießen. Es gibt hier so viel zu entdecken.«

»Ich weiß! Ich würde gern in die MOMA gehen und ein Musical besuchen! Und die New Yorker Philharmoniker hören!«

»Ich will ins Naturhistorische Museum«, sagte mein Vater. »Und in die Radio City Music Hall.«

»Ach, und den Rainbow Room würde ich gerne sehen!«

Die Augen meiner Mutter begannen zu leuchten.

Flynn lachte leise und sah mich an. »Jetzt weiß ich, woher Cassidy ihre funkelnden Augen hat. Von Ihnen.«

Ich lächelte verlegen. Er mochte meine Augen? Das hatte er mir noch nicht gesagt.

Meine Mutter lachte glücklich auf. »Ja, die hat sie von mir. Und den Fleiß hat sie auch von mir geerbt. Ich war in der Schule emsig und wie sie die Beste in der Klasse.«

Ich spürte, dass ich errötete. Flynn sah lächelnd zu mir. »Die Beste in der Klasse? Das überrascht mich nicht.«

»Sie hat sich nicht von Jungs ablenken lassen, nur dieser grauenhafte Johnny Hinkelman durfte mal mit ihr ausgehen«, fügte mein Vater hinzu. Meine Röte im Gesicht vertiefte sich.

Flynn nickte amüsiert. »Johnny Hinkelman. Mir ist so, als hätte ich den Namen schon einmal gehört.«

Ich stöhnte leise. »Muss das sein, dass ihr alte Kamellen auspackt, Mom, Dad? Erzählt lieber, wie es jetzt in Carrington läuft! Was macht Grandma?«

Meine Eltern begannen, von meinen Großeltern zu erzählen, die eine kleine Farm am Rande von Carrington betrieben, aber aus Altersgründen aufgeben wollten. Angeblich hätte sich mein Onkel bereit erklärt, die Farm zu übernehmen. Er lebte eigentlich in Philadelphia und hatte bis vor kurzem als Einkäufer für einen Drogeriemarkt gearbeitet, aber seinen Job verloren, weil der Laden von einer Kette geschluckt worden war. Seine Familie wäre mit dem Umzug einverstanden.

»Dann bleibt das Land in der Familie«, sagte meine Mutter zufrieden.

Sie berichteten dann noch ein wenig Klatsch und Tratsch aus Carrington, und ich merkte, wie sie langsam auftauten. Hin und wieder musste ich lachen, wenn sie eine witzige Anekdote von einem Kunden zum Besten gaben, wie die von Mr. Elfman, dessen Toilette defekt gewesen war, weil sein dreijähriger Enkel versucht hatte, die Sofadecke runterzuspülen. Bei der Reparatur hatte mein

Vater ein Plüschtier, drei Buntstifte, zwei Kiwis und ein aufgeweichtes Kinderbuch darin gefunden. Offenbar hatte der Enkel noch mehr weggespült.

Auch Flynn schien sich zu amüsieren, jedenfalls saß er entspannt da und lächelte. Als sein Blick den meinen traf, schlug mein Herz schneller und Schmetterlinge flatterten in meinem Bauch. Es war ein wunderbares Gefühl.

»So, ich denke, wir sollten jetzt aufbrechen und nach Hause fahren«, sagte mein Vater schließlich. »Morgen früh beginnt die Arbeit kurz nach Sonnenaufgang.«

Ich sah auf die Uhr. Es war bereits nach neun, und sie hatten eine lange Fahrt vor sich.

»Wollt ihr nicht lieber hier in New York übernachten?«, fragte ich.

Doch die beiden schüttelten synchron die Köpfe. »Nein, wir haben morgen früh schon Termine«, erwiderte meine Mutter.

»Dann müssen Sie bald wiederkommen«, sagte Flynn und winkte nach der Rechnung.

»Das werden wir bestimmt«, sagte mein Vater.

Wir bezahlten unser Essen, während Flynn die Getränke übernahm. Dann erhoben wir uns, und meine Eltern verabschiedeten sich herzlich von mir. Mein Vater legte seine Hand auf Flynns Oberarm, als er ihm Auf Wiedersehen sagte. Meine Mutter nahm mich in die Arme.

»Er wirkt sehr ansprechend«, flüsterte sie in mein Ohr. »Aber pass auf dich auf.«

Ich nickte lächelnd. »Das werde ich, Mom.«

Sie drückte mich an sich, dann löste sie sich von mir. »Viel Glück, Cassie.«

»Danke. Gute Heimreise!«

Wir brachten sie zu ihrem Wagen, der in einem Parkhaus in der Zwölften Avenue stand. Dann verabschiedeten wir uns erneut, und sie fuhren durch den Tunnel Richtung New Jersey.

Ich setzte mich zu Flynn ins Auto.

»Sie sind sehr nett«, sagte er, während er das East Village ansteuerte. »Jetzt weiß ich, warum du so bist wie du bist.« Er lächelte. »Und das ist absolut als Kompliment gemeint.«

»Es sind einfache Leute. Wir sind einfache Leute«, erwiderte ich.

Er legte seine Hand auf meinen Oberschenkel. »Daran ist nichts auszusetzen. Das ist keine Schande.«

»Ich weiß.« Ich legte meine Hand auf die seine. »Das Wort Schande bringt mich übrigens auf etwas völlig anderes. Ich glaube, ich habe eine Idee, wie wir die Sache mit dem Wettbetrug lösen.«

Ich spürte, wie sich seine Hand auf meinem Bein verkrampfte. »Was meinst du?«, wollte er wissen. Die Leichtigkeit aus seiner Stimme war verschwunden.

»Ich habe mit Peter Girdle gesprochen, dem Boxer. Er weiß von Elias Winter und wäre vielleicht bereit, ihm eine Falle zu stellen.«

Flynn bremste so abrupt, dass ich nach vorne geschleudert wurde. Zum Glück hielt mich der Sicherheitsgurt fest, so dass ich nicht durch die Frontscheibe flog. »Was meinst du?«, fragte Flynn entsetzt. »Du hast ihm davon erzählt?«

»Ich habe deinen Namen nicht genannt! Ich habe ihn nur gefragt, ob er eventuell bereit wäre, Eli reinzulegen, damit der Mann untersucht wird. Er hat gesagt, er will darüber nachdenken.«

Ich hatte angenommen, Flynn würde sich über meine Idee freuen, oder wenigstens darüber nachdenken, aber ich habe selten so danebengelegen. Er war fuchsteufelswild.

»Ich hatte dir im Vertrauen von Eli erzählt. Das bedeutet nicht, dass du bei nächstbester Gelegenheit damit an die Öffentlichkeit gehst und Fremde einweihst. Bist du von allen guten Geistern verlassen?« Ich hatte ihn noch nie so wütend gesehen, noch nicht einmal mit seinem Bruder. Er fauchte förmlich.

»Aber du wolltest doch, dass ich die Story schreibe«, erwiderte ich und versuchte, mich von ihm nicht einschüchtern zu lassen. »Du hast mich darauf angesetzt, dann kannst du jetzt nicht wütend sein, wenn ich tue, was du wolltest.«

»Das mit Eli war Pillowtalk, kein offizielles Statement von mir! Das ist das allerletzte, was du tun kannst. Du nutzt einen Mann und deine Fähigkeiten im Bett aus, um an Informationen zu gelangen? Ich hätte nicht gedacht, dass du zu denen gehören würdest, die so etwas tun.« Er klang verächtlich

So langsam wurde mir mulmig zumute. »Aber das habe ich nicht getan! Ich habe nur--«

»Du hast mein Vertrauen missbraucht, Cassidy.« Er klang eiskalt. »Du bist mit Informationen, die ich dir im Vertrauen gegeben habe, zu Dritten gegangen. Dabei habe ich dir gestern ausdrücklich verboten, etwas gegen Eli zu unternehmen.«

»Du kannst mir aber nicht einfach verbieten, eine Story zu schreiben! Ich bin ein freier Mensch, eine Journalistin, deren Job es ist, Missstände aufzuklären und ans Tageslicht zu bringen. Du kannst nicht darüber bestimmen, was ich tue!« Ich war auch laut geworden.

»Wenn du so denkst, dann sind wir geschiedene Leute.«

Ich hielt die Luft an. »Du willst mit mir Schluss machen, weil ich das tue, weswegen du mich angeheuert hast? Ich weiß, es war eine Ausrede, um mich sehen zu können, aber trotzdem hast du mich auf die Spur dieser Story gesetzt. Das kannst du mir doch nicht so einfach zum Vorwurf machen!«

»Doch, das kann ich, weil du mein Vertrauen missbraucht hast. Ich kann nie sicher sein, ob das, was ich dir im Geheimen erzähle, nicht vielleicht am nächsten Tag in der Zeitung steht. Ich bring dich noch nach Hause, aber dann möchte ich dich nicht wiedersehen.«

Er startete den Wagen erneut und fuhr los. Ich saß geschockt da und wusste nicht, was ich noch sagen sollte.

»Ich habe es nur gut gemeint«, sagte ich verzweifelt. »Ich wollte dich nicht verletzen. Ich möchte dir nicht schaden, das musst du mir glauben.«

»Es fällt mir gerade sehr schwer zu glauben.« Er hatte die Zähne aufeinandergepresst. Er klang zutiefst getroffen und verletzt.

»Flynn, ich habe wirklich--«

»Cassidy, lass bitte die Ausreden und Entschuldigungen. Was du getan hast, ist unentschuldbar. Offenbar habe ich mich in dir getäuscht. Du bist genauso gewissenlos und rücksichtslos wie alle anderen.«

»Und was ist mit dir?«, rief ich erregt. Die Nerven gingen mit mir durch. »Du hast mich als Erster getäuscht, indem du mich auf eine Story aufmerksam gemacht hast, obwohl du nur darauf aus gewesen warst, mir das Höschen auszuziehen. Du bist kein Deut besser.«

Tränen sammelten sich in meinen Augen. Ich biss mir auf die Lippen. War es wirklich so schlimm, was ich getan hatte? Ich hatte mir nichts Böses dabei gedacht, sondern diesem Eli das Handwerk legen wollen. Dass sich Flynn hintergangen fühlen könnte, war mir nicht einen Moment in den Sinn gekommen.

Flynn hielt vor meinem Haus an. »Gute Nacht, Cassidy«, sagte er kühl.

Ich biss mir auf die Zunge, um ihn nicht anzuflehen, es sich doch noch einmal zu überlegen. Ich hoffte, er würde noch etwas Nettes sagen, aber es kam nichts.

»Flynn, es war--«

»Gute Nacht, Cassidy«, wiederholte er, dieses Mal mit mehr Schärfe in der Stimme.

Ich musste aussteigen. Er wollte mich definitiv nicht mehr.

»Gute Nacht, Flynn.« Ich öffnete die Fahrzeugtür und stieg aus. Noch immer hoffte ich, er würde das Ende rückgängig machen. Er zog jedoch die Tür zu und brauste los, ohne mich noch einmal anzusehen.

Ich schleppte mich die Stufen zur Haustür hoch, wo ich unter Tränen meinen Schlüssel herauszog und öffnete. Dann kroch ich mehr, als dass ich stieg, nach oben.

Die Wohnung war leer, Angela war mit Ryan im Theater. Dabei hätte ich sie jetzt so dringend gebraucht! Ich musste wissen, ob ich wirklich so falsch lag, ob Flynn vielleicht Recht hätte und ich tatsächlich eine miese, skrupellose Person wäre. Ich überlegte, wen ich anrufen könnte, als ich ein Geräusch draußen im Flur hörte. Da ich hoffte, dass es Angela sei, rannte ich zur Tür und riss sie auf. Doch es war Mr. Graham. Er zog sich mühsam die Treppen hoch, seine Tasche schleifte über die Stufen.

Ich wischte schnell die Tränen weg. »Warten Sie, Mr. Graham, ich helfe Ihnen.« Ich eilte zu ihm und half ihm, die Treppe hochzusteigen. Als wir vor seiner Tür angekommen waren, richtete er sich keuchend auf.

»Wer hat dir denn die Laune verhagelt, Mädchen?«, fragte er, völlig außer Puste. »Komm rein und trink einen selbstgemachten Schnaps, der hilft gegen jeglichen Kummer.«

Ich überlegte einen Moment, dann nickte ich. »Das wäre nett, Mr. Graham.«

Er ließ mich eintreten und führte mich in sein gemütliches Wohnzimmer. Die Möbel waren stark abgenutzt und das Sofa an einigen Stellen abgewetzt, aber es war alles ordentlich und sauber. Ich ließ mich am Wohnzimmertisch nieder, während er zwei Gläser mit einem grünlichen Zeug füllte, das verdächtig nach Nüssen und irgendetwas Undefinierbarem roch.

»Kein Kummer ist es wert, dass eine so hübsche junge Frau wie du darüber Tränen vergießt«, sagte er und hob sein Glas. »Eine Träne ist das Blut deiner Seele, die verletzt wurde. Jede Verletzung hinterlässt eine Narbe. Wer dir das angetan hat, muss ein Schuft sein.« Er führte das Glas an seinen Mund und trank es mit einem Zug aus.

Ich probierte nur einen winzigen Schluck. Das Zeug schmeckte grausam, hinterließ jedoch einen unerwartet angenehmen Nachgeschmack. Und es wärmte sofort meinen Magen und mein Herz.

»Ich bin mir nicht so sicher, ob es wirklich seine Schuld ist, oder ob ich nicht vielleicht Mist gebaut habe«, sagte ich leise und trank noch einen Schluck.

»Willst du mir davon erzählen?«

Ich nickte. »Meine Freundin ist nicht da, sonst hätte ich sie gefragt. Ich will Sie aber eigentlich nicht mit meinen Problemen belasten.«

»Das ist keine Belastung für mich. Ich freue mich, mal wieder einem jungen Menschen zu begegnen und mit ihm zu reden. Man wird einsam im Alter.«

»Das tut mir leid, Mr. Graham.«

»Das muss es dir nicht. Ich hatte in meinem Leben genügend Gewusel um mich herum. Nun erzähl, was dir auf dem Herzen liegt.«

Ich berichtete ihm in groben Zügen, was vorgefallen war. Als ich fertig war, sah er mich nachdenklich an. »Ihr habt beide Recht, würde ich sagen. Ich wäre enttäuscht, wenn die Frau, die ich liebe, hinter meinem Rücken etwas tun würde, von dem ich nicht möchte, dass sie es tut. Und ich kann es verstehen, dass du etwas unternehmen möchtest, um diesem Kerl das Handwerk zu legen, zumal dein Freund es ja ursprünglich von dir wollte. Schwierige Sache.« Er wiegte grübelnd den Kopf.

»Und was tue ich nun?« Die Tränen waren versiegt, der Schnaps half wirklich. Oder es war Mr. Grahams offenes Ohr, das mich ruhiger werden ließ.

»Schlaf erst einmal in Ruhe aus. Morgen sieht die Welt schon ganz anders aus. Dann rufst du ihn an und ihr redet in Ruhe darüber.«

»Und wenn er das nicht will?«

»Dann ist er nicht der Richtige für dich. So einfach ist das. Wenn er nicht reden will, liebt er dich nicht genug, um dich zurückhaben zu wollen.«

Ich stöhnte leise. »Das wäre schrecklich.«

»Ach, Kind, es gibt genügend andere Männer da draußen, die dich mit Kusshand nehmen würden. Er ist nicht der Einzige.«

»Aber er ist etwas Besonderes.«

»Dann warte bis morgen ab.«

Ich nickte und stand auf. »Danke, Mr. Graham. Sie haben mir sehr geholfen.«

»Immer wieder gerne, Mädchen. Lass den Kopf nicht hängen.«

Ich versuchte ein Lächeln. Es saß noch etwas schief, gelang aber trotzdem schon wieder ganz gut. Ich musste ihn bei Gelegenheit nach dem Rezept für diesen Schnaps fragen.

»Gute Nacht, Mr. Graham.«

»Gute Nacht, Cassie.«

Ich ging zur Tür und stieg die Treppen zu meiner Wohnung nach unten. Just in dem Moment, in dem ich die Tür öffnen wollte, piepste mein Handy. Ich nahm es aus der Tasche und sah darauf. Eine Nachricht von Flynn!

*»Es tut mir leid, was ich gesagt habe«*, schrieb er. *»Ich glaube, du hast es wirklich nur gut gemeint.«*

Ich atmete auf. Ich hatte das Gefühl, als würde ein riesiger Stein von meinem Herzen fallen.

*»Es tut mir leid, dass ich hinter deinem Rücken mit Peter gesprochen habe«*, schrieb ich und drückte mit klopfendem Herzen die Sende-Taste.

Es dauerte ein paar Minuten, bis er antwortete. »*Okay.*«

Okay? Das war alles?

*»Können wir noch mal in Ruhe darüber reden?«*, fragte ich.

*»Komm her«*, schrieb er.

*»Bin schon unterwegs.«*

Ich steckte mein Handy ein und sprang die Treppen nach unten. Draußen rief ich ein Taxi und ließ mich in die Upper East Side fahren.

Dieses Mal wusste der Concierge Bescheid und führte mich zum Fahrstuhl. Kaum öffnete sich die Tür im obersten Stock, sah ich Flynn. Er stand an die Wand gelehnt, die Hände in den Hosentaschen, und musterte mich mit ernster Miene.

Ich lächelte schüchtern. »Hi, hier bin ich.«

»Das ist mir nicht entgangen.« Er klang immer noch kühler als gewohnt. »Komm mit.«

Er löste sich von der Wand und ging den Flur hinunter auf sein Schlafzimmer zu. Ich folgte ihm wortlos. In dem Raum angekommen hielt ich unschlüssig inne. Flynn lockerte seine Krawatte und zog sie über seinen Kopf.

»Zieh dich aus«, befahl er.

Verwundert runzelte ich die Stirn. Damit hatte ich nicht gerechnet. Er wollte Sex? Ich dachte, wir sollten lieber reden.

»Wollen wir nicht erst über die Sache sprechen, bevor wir--«

»Zieh dich aus«, befahl er, dieses Mal lauter und bestimmter. »Und sprich nur, wenn ich es dir erlaube.«

Ich zuckte erschrocken zusammen. Was sollte das? Ich zögerte und wusste nicht, ob ich gehorchen oder Widerstand leisten sollte. Dann gab ich nach.

Er beobachtete jeden meiner Handgriffe, als ich aus meinen Schuhen stieg und dann mein Kleid auszog und nach unten fallen ließ. Danach hielt ich inne und sah ihn fragend an.

»Alles«, befahl er mit rauer Stimme. Was er sah, erregte ihn offenbar. Ich erregte ihn.

Ich öffnete meinen BH und ließ ihn fallen. Dann zog ich meine Strumpfhose und mein Höschen aus.

»Knie dich hin«, befahl er.

Verwundert gehorchte ich und kniete mich vor ihm auf den weichen Teppich. »Ist das richtig?«, fragte ich unsicher.

»Du sollst nur reden, wenn ich es dir erlaube!«

»Entschuldigung«, murmelte ich.

»Sag, dass du mir gehörst.«

Ich zögerte einen Moment »Ich gehöre dir«, sagte ich schließlich.

Er kam auf mich zu. Mein Herz schlug schneller. Es machte mich an, vor ihm zu knien, obwohl es mir lieber gewesen wäre, wenn er mir gesagt hätte, was er als nächstes vorhatte.

»Was willst du mit mir machen?«, fragte ich leise. »Mich züchtigen?«

Er beugte seinen Kopf zu mir herab, so dass seine Lippen ganz nah an meinem Ohr waren. »Habe ich dir nicht gesagt, du sollst nur reden, wenn ich es dir erlaube?«

Ich nickte und biss mir auf die Lippen. »Es ist nur so … ich … das macht mich sehr nervös«, murmelte ich.

»Du hast offenbar nicht vor, mir zu gehorchen«, sagte er kühl und richtete sich wieder auf. »Du kannst dich wieder anziehen.«

Entsetzt blickte ich zu ihm auf. »Aber das war nicht ernsthaft … ich kann gehorchen, ganz bestimmt!«

Er kniff die Augen zusammen und sah auf mich herab. »Nein, das ist nichts für dich. Du kannst aufstehen.«

Verwirrt richtete ich mich auf. »Können wir jetzt reden?«

Er sah mich für einen Moment entgeistert an, dann war er mit drei Schritten bei mir und presste mich gegen die Wand.

»Denkst du ernsthaft, ich kann mit dir reden, wenn du nackt vor mir stehst und ich keinen klaren Gedanken fassen kann?«

Ich wollte etwas erwidern, doch er drehte mich um, bis ich mit dem Rücken zu ihm stand. Meine Wange und meine Brüste berührten die kühle Wand, während ich seinen heißen Körper hinter mir spürte.

Er umfasste meine Hüften und zog mich an seine Erektion heran. Dann griff eine Hand verlangend von hinten zwischen meine Beine.

Ich war so feucht, dass sein Finger mühelos in mich eindringen konnte.

Ich stützte mich an der Wand ab und spreizte die Beine. Dann spürte ich seine Lippen auf meiner Schulter, seine freie Hand strich über meinen Bauch zu meiner Clit.

Ich schnappte nach Luft, als er sie zwischen Daumen und Zeigefinger rieb. Eine Hitzewelle durchflutete meinen Körper. Seine gleichmäßigen Bewegungen zwischen meinen Beinen ließen meinen Atem stocken.

»Tu das nie wieder, Cassidy«, hauchte er in mein Ohr. »Verrate mich nie wieder. Es hat so wehgetan, dich zu verlieren.«

»Ich verrate dich nicht«, stöhnte ich leise, während sein Finger mit seinem Rhythmus mich immer mehr die Realität vergessen ließ. Seine andere Hand ließ meine Clit los und griff an meine Brust. Er nahm meine Brustwarze zwischen Daumen und Zeigefinger und zog den zarten Nippel straff, bis er zurückschnellte. Ich stöhnte laut. Mein ganzer Körper bebte und sehnte sich danach, von ihm ausgefüllt zu werden.

»Du machst mich verrückt, Cassidy«, flüsterte er.

Ich hörte, dass er den Reißverschluss seiner Hose öffnete. Seine Erektion presste sich von hinten in die Feuchtigkeit meiner Mitte, und ich öffnete meine Beine noch ein bisschen mehr, um ihn aufnehmen zu können.

»Nimm mich«, flüsterte ich. »Ich gehöre dir.«

Als Antwort spürte ich, wie er seinen Schwanz fest und hart in mich hineinstieß. Ein lautes Stöhnen entschlüpfte mir. Schmerz und Glück vermischten sich miteinander, als er mit jedem Stoß tiefer in mich eindrang.

Meine Beine begannen zu zittern, doch ich bog meinen Rücken, um ihn noch besser aufnehmen zu können, bis zur Wurzel.

Seine Stöße spülten ekstatische Wellen durch meinen Körper. Seine Zähne knabberten an meinem Ohrläppchen, während sein leises Stöhnen über meine Wange strich.

Doch dann, ohne Warnung, zog er aus mir heraus.

Er drehte mich wieder herum, so dass ich in sein Gesicht sah.

Er nahm meinen Hintern in seine Hände und drückte die Backen auseinander, bevor er meine Beine um seine

Hüfte schlang und mich mit dem Rücken an die Wand presste. Dann drang er erneut in mich ein.

Ich konnte mir ein Lächeln nicht verkneifen, als ich sein Gesicht berührte und über seine Wangen strich. Ich gehörte ihm, das war wahr. Doch genauso gehörte er mir. Er hatte es soeben in gewisser Weise zugegeben. Doch dann hörte ich auf zu denken, denn Flynn stieß wieder und wieder zu, bis ich völlig die Besinnung verlor und von einer Welle aus Schmerz und Lust hinweggespült wurde. Er benötigte nur wenige Sekunden länger als ich, dann entlud er sich in mir.

Ich konnte den Ansatz eines Lächelns in seinem Gesicht sehen, als er sich entspannte und meine Beine von seinem Becken glitten. Gerade als meine Knie drohten, nachzugeben, fing er mich auf und nahm mich in seine Arme.

»Süße Cassidy, was machst du nur mit mir?«

Ich vergrub mein Gesicht in seinem Hals. »Ich weiß es nicht«, murmelte ich.

»Willst du immer noch reden?«, wollte er wissen.

Ich lachte erschöpft. »Nein, ich denke nicht. Nicht jetzt. Vielleicht später. Oder morgen. Oder irgendwann.«

»Okay.« Er setzte mich sanft aufs Bett.

»Vertragen wir uns wieder?«, fragte ich vorsichtig.

Er verzog den Mund zu einem schiefen Lächeln. »Ich denke schon.«

»Zum Glück.« Ich schlang meine Arme um ihn und zog mich an ihm hoch. »Ich hoffe, ich schaffe es, unbeschadet nach Hause zu kommen.«

»Du willst nicht hier bleiben?« Er klang eine Spur enttäuscht, was mein Herz höher schlagen ließ.

»Ich muss morgen unbedingt pünktlich bei der Arbeit sein, und ich muss mich umziehen. Es geht nicht.«

»Okay. Ich bringe dich heim.«

Er hob meine Sachen auf und reichte sie mir.

Es erregte mich, dass er mich dabei beobachtete, wie ich mich anzog. Wenn ich nicht gerade Sex gehabt hätte,

hätte ich mich sofort auf ihn geworfen.

Als ich bereit war, der Welt ins Auge zu blicken, brachte mich Flynn zu seinem Wagen und dann nach Hause.

# KAPITEL 9

Als ich zu Hause ankam, wurde ich im Treppenhaus von einem mittleren Tumult begrüßt. Angela stand im Bademantel vor der Wohnungstür und redete auf einen Polizisten ein.

Neben ihr befand sich Ryan, er trug nur eine Jeans, sonst nichts.

»Was ist denn hier los?«, fragte ich erschrocken. »Ist jemand eingebrochen und hat alle Sachen gestohlen? Wieso habt ihr nichts an?«

Angela sah mich besorgt an. »Nein, oben bei Mr. Graham hat es laut gepoltert. Wir haben bei ihm geklingelt, aber er hat nicht geöffnet. Da haben wir die Polizei gerufen.«

»Wir haben den Hausmeister informiert, er wird die Tür öffnen«, sagte der Polizist.

»Es wird bei Mr. Graham bestimmt nur etwas umgefallen sein«, sagte ich und beugte mich zu Angela, um in ihr Ohr zu sprechen. »Warum stehst du dann wirklich ohne Sachen hier?«, flüsterte ich und warf einen eindeutigen Blick auf sie und Ryan. »Ist es das, was ich denke, was es ist?«

Sie antwortete nicht, sondern warf mir ein glückliches Lächeln zu.

»Ihr habt euch also gründlich versöhnt?«, wisperte ich.

Sie nickte. »Und wie!«

Ich sah zu Ryan, der dem Polizisten den Klang des Polterns beschrieb.

»Er hat gesagt, er konnte mich all die Jahre nicht vergessen«, raunte sie.

»Und was sagt er zu deinem Geständnis?«

Sie biss sich auf die Lippen. »Keine Ahnung.«

»Du musst es ihm sagen!«

»Ja, das mache ich noch.«

Als der Polizist die Treppe nach oben ging, kam Ryan zu uns. »Hi Cassie«, begrüßte er mich, dann wandte er sich an Angela. »Ich muss mich anziehen und dann gehen.« Er gab ihr einen Kuss auf die Wange.

»Du bleibst nicht über Nacht?« Sie klang enttäuscht, versuchte aber, cool zu wirken.

»Nein, ich kann nicht«, erwiderte er, dann ging er in die Wohnung.

Ich sah mit gerunzelter Stirn zu Angela. Dass er so plötzlich gehen wollte, war kein gutes Zeichen. Es konnte bedeuten, dass er nicht hundertprozentig hinter dem stand, was passiert war.

Oder auch nicht.

Angela verzog den Mund zu einem schiefen Lächeln, dann zuckte sie mit den Schultern, als wolle sie das unangenehme Gefühl abschütteln.

»Sag es ihm«, raunte ich ihr zu, dann ließ ich sie mit Ryan allein und folgte dem Polizisten nach oben zur Wohnung von Mr. Graham. Ich klopfte an die Tür und rief Mr. Grahams Namen, aber er öffnete nicht. Als eine Viertelstunde später der Hausmeister auftauchte und die Tür aufschloss, ging zuerst der Polizist in die Wohnung. Ich wartete wie auf Kohlen, dass er Entwarnung gab.

Doch dann vernahm ich, wie er über Funk einen Leichenwagen und die Spurensicherung rief.

Entsetzt rannte ich in die Wohnung. Mr. Graham lag auf dem Boden neben der Couch. Er rührte sich nicht, seine Augen waren leer. Er war tot.

Der Fernseher lief. Der Spazierstock lag neben dem alten Mann.

»Auf den ersten Blick ist keine äußere Gewaltanwendung zu sehen«, sagte der Polizist. »Bitte verlassen Sie sofort die Wohnung, damit Sie keine Spuren verwischen.«

Ich nickte. Tränen sammelten sich in meinen Augen. »Ich war vorhin noch hier und er hat mir geholfen. Und jetzt ist der arme Mr. Graham ganz allein gestorben. Niemand war bei ihm.«

»Kannten Sie ihn?«

»Ich weiß nicht viel über ihn«, sagte ich und wischte eine Träne weg, die über meine Wange gelaufen war. »Er war ein netter alter Mann mit Knieproblemen. Er konnte gut zuhören und hat wertvolle Ratschläge gegeben. Und er war früher Schuster. Das ist schon fast alles, was ich weiß.«

»Verlassen Sie nun bitte die Wohnung.«

Ich gehorchte und ging zurück zu Angela. Sie war allein, Ryan war bereits gegangen.

»Er ist tot«, sagte ich.

»O shit«, murmelte sie. »Ist er gefallen?«

»Er lag neben dem Sofa. Der Fernseher lief noch. Vielleicht wollte er aufstehen und ins Bett gehen, ist aber zusammengebrochen. Es ist schrecklich, wenn man so gehen muss, so ganz allein mitten in einer alltäglichen Handlung.«

»Er hat nicht gelitten«, tröstete mich Angela und nahm mich in die Arme. »Er ist friedlich gegangen, in seinen eigenen vier Wänden, ohne Pfleger oder Ärzte um sich herum. Es war ein guter Tod.«

Sie hatte Recht. Ich nickte und wischte erneut ein paar Tränen weg. Dann löste ich mich von ihr »Stell dir vor, du hättest es nicht gehört. Dann würde er dort Tage lang liegen, ohne dass ihn jemand vermissen würde.«

»Vielleicht hat er ja doch jemanden, wir wissen nur nichts davon. Wir haben von ihm nicht viel mitbekommen.«

»Obwohl wir im selben Haus wohnen.«

Sie griff nach der Flasche. »Komm mit aufs Dach. Ich brauche frische Luft.«

Wir gingen nach oben auf das Dach des Hauses. Es war kühl, der Nachtwind wehte frisch vom Meer. Angela trug immer noch ihren Bademantel. Sie kuschelte sich in den Frotteestoff und nahm einen Schluck aus der Flasche, dann reichte sie sie mir.

»Auf Mr. Graham«, sagte ich leise. »Möge er in Frieden ruhen.« Dann trank ich ebenfalls.

»Auf die Männer«, sagte Angela. »Mögen sie immer treu und aufrichtig sein.«

»Denkst du, das wird jemals in Erfüllung gehen?«, fragte ich skeptisch.

Sie schüttelte kichernd den Kopf. »Ein Mädchen wird ja wohl noch hoffen dürfen.« Dann trank sie erneut.

»Auf Vertrauen und Ehrlichkeit«, sagte ich, bevor ich wieder mit einem Schluck an der Reihe war.

Unten fuhr ein Wagen vor. Der Motor hallte durch die leere Straße. Wir gingen zur Kante des Hauses und sahen nach unten. Es war der Van der Spurensicherung. Vier Männer gingen ins Haus. Kurz danach kam der Leichenwagen an. Er hielt lange vor dem Gebäude, bis zwei Männer die Leiche in einem schwarzen Sack aus dem Haus trugen. Dann fuhr der Wagen davon. Nur wenig später verließen die Männer der Spurensicherung Mr. Grahams Wohnung und fuhren davon.

»Das war's«, flüsterte ich. »Das ist alles, was von einem Menschenleben übrig bleibt. Die Leiche wird weggebracht, die Wohnung renoviert, und die nächsten Mieter können einziehen. Sein Name wird vom Klingelschild entfernt, als hätte er nie hier gewohnt. Als hätte es ihn nie gegeben.«

»Er wird bestimmt eine Menge Spuren hinterlassen haben.«

»Ich war vermutlich die Letzte, mit der er gesprochen hat. Doch ich habe ihn nur mit meinen Problemen vollgetextet und mir nicht angehört, was er zu sagen hatte. Es ist furchtbar.«

»Mach dir keine Vorwürfe. Alle Menschen, die …« Angela hielt plötzlich inne und starrte zum Haus gegenüber. Dort stand Ryan und öffnete die Tür für eine junge Frau in einem modischen Tweed-Mantel und einem knielangen Rock.

»Das war die Frau, die ich neulich gesehen habe«, flüsterte Angela. Sie war blass geworden. »Der Schuft hat eine andere.«

»Das weißt du doch gar nicht«, versuchte ich sie zu beruhigen. Aber es sah ganz danach aus, als ob sie Recht hätte. Denn Ryan küsste die Frau gerade auf den Mund.

»Scheiße«, sagte Angela und kippte ernüchtert und entsetzt den Rest des Rotweins in ihren Mund.

»Es wäre auch zu schön gewesen, um wahr zu sein«, seufzte ich.

Ich zog sie von der Kante des Daches weg. Sie wehrte sich nicht, sondern folgte willenlos, als hätte der Anblick der Frau etwas in ihr zerbrochen. Dann nahm ich ihr die leere Flasche ab und brachte Angela zurück in die Wohnung, weil es mir zu gefährlich schien, sie in diesem Zustand auf dem Dach zu lassen.

Ich tröstete Angela und hielt sie nur mit Mühe davon ab, eine weitere Flasche zu leeren. Schließlich einigten wir uns darauf, dass sie am nächsten Tag zu Ryan gehen und alles klären würde. Wirklich alles.

Dann gingen wir zu Bett.

* * *

Ich war am nächsten Morgen pünktlich bei der Arbeit und versprach George, meine Verspätung von gestern nachzuarbeiten. Er sah es jedoch sehr gelassen und schien in einer prächtigen Stimmung zu sein.

»Es ist ein strahlender Morgen für mich. Die Agentur von Zack Draper hat mir nämlich Karten für den morgigen Boxkampf geschickt. Offenbar bin ich in deren Verteiler gelandet. Das ist ausgesprochen gut. Super gut!«

»Der Boxkampf zwischen Peter Girdle und Zack Draper?«, hakte ich nach. Das interessierte mich.

»Ja, genau der. Mein Freund liebt Boxen, damit kann ich ihm eine Freude machen.«

Ich lächelte. »Seid ihr glücklich miteinander?«

Er wiegte den Kopf. »Mal so, mal so, wie es halt in einer Beziehung ist. Aber im Großen und Ganzen würde ich sagen, bin ich glücklich.«

»Das freut mich sehr für dich.«

»Und wie sieht es bei dir aus? Ich habe gemerkt, dass Lleyton hinter dir her ist. Der ist aber nichts für dich. Viel zu langweilig.«

Ich zog überrascht die Augenbrauen nach oben. »Das hast du gemerkt? Nein, er interessiert mich nicht. Er ist nett, aber nicht als fester Freund.«

»Und sonst?«, hakte er nach. »Ich hoffe, du lässt dich nicht von Flynn Connors um den Finger wickeln? Ich weiß, dass du neulich beim Empfang anlässlich der neuen Sportarena in Brooklyn mit ihm abgedampft bist. So etwas spricht sich herum.«

Ich spürte, dass ich bis über beide Ohren errötete. »Flynn ist viel netter, als man denkt«, sagte ich lahm.

George verdrehte die Augen. »Es ist also passiert, er hat dich eingelullt. Noch eine, die auf ihn hereinfällt.«

»Wovon sprichst du? Wieso sollte ich auf ihn hereinfallen?«

»Er ist ein Lügner, der seinem jungen Bruder nicht das Schwarze unter den Fingernägeln gönnt. Weißt du denn … ach nein, das kannst du nicht wissen. Du warst noch nicht in New York, als es diesen Skandal um ihn gab.«

Mir wurde ein wenig übel und ich überlegte, ob ich wirklich wissen wollte, was George mir zu sagen hatte. Aber mein Mund machte sich selbstständig. »Welcher Skandal?«

»Der um seine Verletzung. Er hatte sich die Kreuzbänder und was weiß ich noch gerissen, den Schienbeinkopf zersplittert und die Hüfte ausgekugelt. Er musste einsehen, dass seine Karriere im Eimer war. Doch er hat nichts Besseres zu tun gehabt, als zu wettern und alle anderen für sein Versagen verantwortlich zu machen. Er hat behauptet, die Spiele seien getürkt gewesen, seine Mannschaft hätte mit Absicht verloren, nur er wäre standhaft geblieben, deshalb hätte man ihn ausschalten wollen. Niemand hat ihm geglaubt. Kurz darauf ist er durchgedreht und hat sich, kaum dass er aus dem OP-Saal rauskam, mit einem Teamkollegen geprügelt und behauptet, der Kerl sei bezahlt gewesen, um ihn fertigzumachen. Es war klar, warum er das sagte. Er war neidisch, weil der andere seinen Platz im Team einnehmen würde. Und weil er es nicht verkraften konnte, dass seine Karriere vorbei war. Ich will ihm nichts Böses, was ihm passiert ist, ist wirklich unschön, zumal ihn damals auch seine Verlobte verlassen hat, aber dafür muss man nicht die anderen anprangern. Das ist Unglück, das passiert. Er ist nicht der einzige Sportler, der nach einer Verletzung aufgeben musste. Aber es wäre für ihn besser gewesen, wenn er sich mit Anstand von der Bildfläche verabschiedet hätte, statt so ein Lügentheater zu veranstalten.«

Ich war im Laufe des Berichtes immer blasser geworden. Wieso hatte Flynn mir nichts von dem Skandal um seine Verletzung erzählt? »Hat er gesagt, wer die Spiele getürkt haben soll?«

George lachte auf. »Ja, ein gewisser Elias Winter. Flynn Connors hat damals Zeter und Mordio geschrien und blutige Rache geschworen. Es gab zu dem Zeitpunkt einen Bericht in der Times über ihn, in dem Flynn meinte, er hätte genügend Geduld, um auf einen günstigen Moment zu warten und es allen heimzuzahlen. Der Tag werde kommen, an dem er sich an den Verantwortlichen rächen würde.«

Mir war jetzt definitiv schlecht geworden. »Okay«, murmelte ich. »Ich werde es mir merken.« Ich wollte nichts weiter hören. »Was ist mit dem Interview unseres Chefs für Newsweek?«, fragte ich, um das Thema zu wechseln.

»Es soll nächste Woche stattfinden. Sie haben schon die Fragen geschickt.«

»Ich habe die Sache mit dem Video, das parallel erscheinen soll, auch im Griff«, sagte ich.

George nickte zufrieden. Damit war das Thema um Flynn erledigt. Wir sprachen nur noch über Dienstliches. Die Übelkeit hatte sich jedoch in meinen Eingeweiden festgesetzt und wollte nicht weichen, bis ich Feierabend hatte.

Ich fuhr nicht nach Hause, sondern zu Flynn. Kurz vorher hatte ich ihm einen Text geschrieben, dass ich ihn sehen wollte. Er hatte seine Wohnung angeboten.

Als ich eintraf, stand er wieder lässig an die Wand gelehnt. Er trug nur eine Jeans und ein einfaches, weißes T-Shirt. Schuhe und Socken hatte er weggelassen. Er war barfuß.

»Hast du Sehnsucht nach mir?«, fragte er lächelnd und wollte auf mich zugehen, doch als er mein ernstes Gesicht erblickte, runzelte er die Stirn und blieb stehen.

»Benutzt du mich, um deine Rache gegen Elias Winter durchzuziehen?«, fragte ich ohne Umschweife. Diese Frage brannte mir seit Georges Bericht auf der Seele.

Flynn zuckte kaum merklich zurück. »Woher weißt du davon? Ist die Geschichte inzwischen bis zu dir vorgedrungen?«

»Hast du mich auserwählt, weil ich nichts von deinem Skandal wusste? Weil ich aus der Provinz stamme und keine Ahnung von den Machenschaften hier in der City hatte?«

Er zögerte schreckliche Sekunden lang.

Mir wurde noch schlechter. Am liebsten hätte ich mich auf seinem Flur übergeben, aber ich schluckte den bitteren Geschmack hinunter.

»Ich habe daran gedacht«, gab er zögerlich zu. »Es war … es kann sein, dass es ursprünglich meine Absicht war. Aber das war nicht der einzige Grund. Ich wollte dich wirklich kennenlernen.«

O Gott! Es war also wirklich wahr! Er hatte mich benutzt. Und ich war auf ihn hereingefallen und hatte seine Lügen geglaubt.

»Du bist gemein, Flynn«, murmelte ich entsetzt. »So fies und gemein, wie ich es niemals für möglich gehalten hätte. Du hast mir ins Gesicht gesagt, du wolltest mich gern wiedersehen, deshalb hättest du mich ausfindig gemacht. Das war dann also eine glatte Lüge. Du hast kein Wort darüber verloren, dass ich nur Mittel zum Zweck war.« Die Übelkeit brannte bitter und ätzend in meiner Kehle.

»Cassidy, du musst mir glauben, ich habe den Gedanken an Rache sofort fallengelassen, nachdem es mit uns ernster wurde. Deshalb wollte ich auch nicht, dass du die Sache weiter verfolgst. Ich will dich nicht hineinziehen. Du musst mir vertrauen!«

Ich lachte ein kurzes, bitteres Lachen. »Genau dasselbe habe ich dir gestern gesagt. Und heute stehe ich vor dem Scherbenhaufen meines Vertrauens in dich. Ich fürchte, es kann wirklich nicht gutgehen mit uns.«

Er presste die Kiefer aufeinander, als würde er mit den Zähnen knirschen. »Du kannst jetzt nicht einfach gehen, Cassidy. Ich habe dir gestern verziehen. Da kannst du dasselbe heute für mich tun.«

»Du musstest mir im Prinzip nichts verzeihen, weil ich dir nichts Böses antun wollte. Aber du hast mich unter Vorspiegelung falscher Tatsachen belogen. Das ist etwas, was ich nicht so schnell vergeben kann.«

Ich drehte mich um und ging wieder zum Fahrstuhl.

Ich hoffte, er würde sagen, dass alles nur ein Missverständnis sei, dass er mich liebte und nichts von meinen Vorwürfen wahr wäre. Aber die erlösenden Worte kamen nicht.

»Cassidy! Bleib hier!«, rief er und eilte mir nach. Er zog mich am Arm vom Fahrstuhl zurück, doch ich riss mich los.

»Lass mich gehen, Flynn. Adam. Wer auch immer du bist! Lass mich!«

Er hörte nicht auf mich, sondern zerrte mich ins Wohnzimmer. »Du kannst nicht so einfach gehen! Das lasse ich nicht zu! Du gehörst mir!« Seine Finger gruben sich schmerzhaft in meine Arme und Schultern.

»Lass mich los!«, rief ich. Meine Stimme bebte. »Du tust mir weh.«

In diesem Moment begriff er, dass er noch mehr zerstörte, als ohnehin schon kaputt war. Er ließ mich los.

»Leb wohl, Flynn«, sagte ich und schluckte die Tränen herunter, die sich in meinen Augen stauten.

»Ist das ein Abschied für immer?«, fragte er entgeistert. »Das war's mit uns beiden?«

»Ich muss mir erst darüber klarwerden, ob ich damit leben kann, was du getan hast«, sagte ich leise.

Er starrte mich entsetzt an, dann wandte er sich ab und ging aus dem Wohnzimmer. Er verschwand in einem der Zimmer auf der anderen Seite des Flurs, die ich noch nicht kannte, und knallte die Tür hinter sich zu.

Ich schlurfte zum Fahrstuhl und fuhr nach unten.

Ich verbrachte den Abend mit Angela auf dem Dach und mehr oder weniger in einem Rotweinrausch. Angela hatte es natürlich noch nicht übers Herz gebracht, mit Ryan zu sprechen. Stattdessen hörte sie sich meine Geschichte an und gab ihre Meinung zum Besten.

»Er ist ein mieser Schuft wie alle Männer«, sagte sie und schnaubte verächtlich. »Du kannst froh sein, dass du es rechtzeitig gemerkt hast, bevor du dich ernsthaft in ihn verliebt hast.«

»Es ist zu spät für ›rechtzeitig‹«, murmelte ich. »Ich mag ihn mehr, als mir lieb ist.«

»Reiß ihn dir mit Stumpf und Stiel aus dem Herzen. Das mache ich auch mit Ryan. Es ist wie mit einem Pflaster: Du kannst es langsam abziehen, dann dauert die Qual ewig. Oder du machst es mit einem Mal. Es tut zwar höllisch weh, aber dafür bist du auch ein paar unerwünschte Haare los. Man muss es immer positiv sehen.«

»Du weißt ja gar nicht, wie Ryan über dich und euer Wiedersehen denkt. Immerhin kam es für ihn sehr überraschend, dir gegenüber zu stehen. Und du hast ihn seitdem noch nicht gesprochen. Vielleicht hat er eine gute Erklärung.«

»Die andere Frau, die er geküsst hat, war deutlich genug und bedarf keiner weiteren Erklärung. Dafür muss ich ihn nicht sprechen. Das solltest du vielleicht auch tun.«

»Was? Eine andere Frau küssen?«, fragte ich in gespieltem Erstaunen. »Hilft das gegen Liebeskummer?«

»Nein, einen anderen Mann, Dummerchen. Zeig Flynn, dass du auch ohne ihn klarkommst. Und schreib deine verdammte Story. Er hat es nicht verdient, dass du auf ihn Rücksicht nimmst.«

»Wenn ich das tue, ist es ganz aus und vorbei zwischen uns.«

Sie zuckte mit den Schultern. »Willst du wirklich mit einem Mann zusammen sein, der dich nur benutzt? Ich nicht.« Sie stand auf. »Fuck you, Ryan!«, rief sie vom Dach herunter zum Nachbarhaus.

Ein Hund bellte aufgeregt als Antwort.

»Siehst du? Männer sind Hunde.«

Ich seufzte und dachte über Angelas Worte nach. Morgen würde der Boxkampf mit Peter Girdle stattfinden.

»Hast du Lust auf einen neuen Schwarm?«, fragte ich sie. »Kommst du mit zum Kampf zwischen Peter und Zack Draper?«

Plötzlich kam wieder Leben in ihren enttäuscht zusammengesunkenen Körper. »Peter boxt morgen? Na klar, da bin ich dabei! Er lässt mir bestimmt Karten zukommen.«

»Abgemacht. Dann gehen wir beide hin und zeigen den Männern, was eine Harke ist.«

Sie lächelte. »Das ist gut. Wer will schon Ryan oder Flynn haben? Niemand!« Sie beugte sich so nah zum Rand des Hauses, dass ich sie festhalten musste. »NIEMAND!«, brüllte sie nach unten.

Ich kicherte. »Nein, niemand.« Ich dachte an den Schnaps von Mr. Graham, der mir jetzt bestimmt geholfen hätte. Aber der Rotwein war fast genauso gut.

***

Am nächsten Abend traf ich mit Angela schon eine halbe Stunde vor dem Boxkampf im Theater des Madison Square Garden ein. Peter hatte ihr tatsächlich zwei Karten zurücklegen lassen. Der Veranstaltungsort war schon halb gefüllt, als wir eintraten, wir gingen jedoch an den anderen vorbei in den Backstage-Bereich. Angela nannte ihren und meinen Namen, dann wurden wir eingelassen.

Peter war ein Afro-Amerikaner Mitte zwanzig mit einem fast perfekten Gesicht, das an das von Denzel Washington in jungen Jahren erinnerte. Seine Muskelpakete waren beeindruckend. Ich konnte verstehen, dass Angela auf ihn abfuhr. Er machte gerade Dehnungsübungen, als wir zu ihm kamen. Sein Trainer und ein Physiotherapeut standen bei ihm.

»Angela«, sagte er lächelnd und drückte herzlich ihre Hand, wobei er sie an seinen kräftigen Körper zog.

»Das ist Cassie«, sagte sie und deutete auf mich, sobald sie sich aus seiner Umarmung befreit hatte.

Er wurde ernst, während er mich musterte. »Cassie«, sagte er. »Die eine so ungewöhnliche Bitte an mich hatte.«

Er sah zu dem Physiotherapeuten und zum Trainer. »Könnt ihr uns bitte für einen Augenblick allein lassen?«

Der Trainer runzelte ungehalten die Stirn. »Lass dich nicht ablenken. Der Kampf heute ist wichtig.«

»Ich weiß. Nur ein paar Minuten.«

Die beiden gehorchten, wenn auch widerwillig, und verließen den Raum. Danach sah mich Peter missmutig an. »Du willst also, dass ich verliere, nachdem ich eine Menge Geld auf meinen Gegner gesetzt habe? Das ist Wettbetrug und kann mich in den Knast bringen.«

»Das möchte ich natürlich nicht«, sagte ich schnell. »Ich möchte nur, dass es so aussieht, als wäre es Betrug, damit die Wettszene und dieser Elias untersucht werden.«

Er zögerte einen Moment. »Er hat mich übrigens auch angesprochen«, sagte er plötzlich leise.

Ich hielt die Luft an. »Wann?«

»Gestern Abend beim Training. Er hat etwas Ähnliches durchblicken lassen, aber noch nicht für dieses Match, sondern für das nächste. Wenn ich heute gewinne, werde ich nächsten Monat gegen den Europameister im Mittelgewicht antreten. Ich bin eindeutig der Favorit, aber er möchte, dass ich verliere. Er hat mir viel Geld versprochen.«

»Und? Machst du es?«, fragte Angela.

Peter sah mich an. »Ich habe eigentlich keine Lust, gegen einen Mittelgewichtler zu Boden zu gehen, selbst wenn er Europameister ist. Das widerstrebt mir.«

»Und heute?«, wollte ich wissen. »Machst du es heute?«

»Ich bin leicht favorisiert, die meisten Wetten werden auf mich laufen. Wenn ich frühzeitig umfalle, wird das aber kaum Fragen aufwerfen, denn Zack und ich sind so gut wie ebenbürtig. Außer, dass ich natürlich viel besser bin.« Er grinste schelmisch.

»Wenn du auf den Gegner wettest, würde das trotzdem mit Sicherheit für Aufsehen sorgen.«

»Wir dürfen nicht wetten, wenn wir selbst antreten.«

»Ich weiß.« Ich seufzte. Meine Idee funktionierte nicht.

»Ich könnte höchstens sagen, dass ich angesprochen wurde«, gab er zu bedenken.

»Dann kann es sein, dass du mundtot gemacht wirst.« Ich dachte an Flynns Bestrebungen nach seiner Verletzung und das nachfolgende Drama.

»Es wird alles nichts«, seufzte Angela. »Es war keine gute Idee.«

»Nein, es war keine gute Idee. Aber danke, dass du es dir angehört hast.« Ich gab auf.

»Wir könnten die Sache beim nächsten Kampf durchziehen.«

Ich nickte. »Ja, das wäre möglich.« Die Tür öffnete sich, und der Trainer kehrte zurück.

»Zeit, dich weiter aufzuwärmen«, sagte der Mann, der einen teuren Trainingsanzug trug.

Wir verabschiedeten uns von Peter, dann verließen wir den Raum und gingen in den Saal, wo der Boxkampf stattfinden würde.

»Peter sieht echt scharf aus, oder was meinst du?«, fragte Angela, als wir zu unseren Sitzen gingen. »Ein Traumtyp.« Sie klang jedoch nicht ganz so begeistert wie sonst.

»Ja, er ist …« Ich sprach nicht weiter, denn ich hatte in der ersten Reihe Flynn entdeckt. Es war fast so, als zöge er meinen Blick wie magisch an. Er saß neben einem älteren Mann mit Glatze, den ich vom Fernsehen kannte. Irgendein Nachrichtenmoderator. Die beiden unterhielten sich jedoch nicht. Auf der anderen Seite von Flynn war der Sitz leer.

Als hätte er meinen Blick gespürt, sah Flynn auf und blickte mich direkt an. Ich wandte mich schnell ab und ging mit Angela weiter. Bei seinem Anblick hatte mein Herz einen kleinen Aussetzer erlebt, jetzt klopfte es im doppelten Tempo weiter.

Ich setzte mich neben Angela und starrte auf den Hinterkopf von Flynn. Er drehte sich dreimal nach mir um, aber ich tat jedes Mal so, als würde ich interessiert im

Programmheft lesen oder mein Handy bedienen.

Dann begann der Kampf. Peter war eindeutig der bessere Mann, es wäre auffällig, wenn er plötzlich verlieren würde. Genau das hätte ich gebraucht, um eine Untersuchung gegen Elias einzuleiten. Aber genau das hätte Peter in Schwierigkeiten gebracht und ihn womöglich seine Karriere gekostet.

Ich war fast ein bisschen froh, als Peter am Ende tatsächlich gewann und seinen Gegner in der siebenten Runde auf die Matte schickte. Danach lief ich mit Angela aus dem Saal, ohne Flynn zu begegnen. Ich hatte ihn schon nach der Pause nicht mehr gesehen. Vermutlich war er früher gegangen.

Wir fuhren nach Hause und öffneten eine Flasche Wein auf unseren Misserfolg. Dann gingen wir ins Bett.

Als ich am nächsten Morgen zur Arbeit fuhr, traute ich meinen Augen kaum. In der Zeitung eines Passagiers in der U-Bahn prangte eine unglaubliche Schlagzeile: *Heimliche Aufzeichnungen über geplanten Wettbetrug.* Es handelte sich nicht um die New York Times, sondern um ein eher zweitklassiges Boulevard-Blatt. Ich rückte trotzdem näher, um besser lesen zu können. Der Artikel war äußerst plakativ und sensationslüstern. Umso geschockter war ich über die Anschuldigungen, die er offenbarte. Angeblich seien noch am Abend in der Redaktion Mitschnitte aufgetaucht, in denen ein Unbekannter den Sportler angesprochen und darum gebeten hatte, den Kampf zu verlieren. Der Dialog sei schwer verständlich gewesen, es wurden auch keine konkreten Namen genannt, aber der Inhalt sei trotzdem eindeutig.

Ich hielt die Luft an. War der Kampf tatsächlich getürkt gewesen? War Zack Draper ebenfalls von Elias angesprochen worden? Hatte Peter nur gewonnen, weil der andere sich schlechter dargestellt hatte?

Ich rief sofort Angela an, damit sie Peter kontaktierte.

Nur wenige Minuten später klingelte mein Handy.

»Ich habe es auch gelesen. Ich habe aber keine Ahnung, ob es stimmt, was sie behaupten«, sagte Peter. Er klang aufgebracht. »Das kann ich mir, ehrlich gesagt, nicht vorstellen. Aber meine Aufzeichnungen waren es nicht! Ich versuche, Näheres herauszukriegen. Was auch immer dabei herauskommt, durch diesen Artikel wurde mein Sieg in den Dreck gezogen!« Er knurrte noch etwas Unverständliches, was mit Sicherheit nicht jugendfrei war. Dann legte er auf.

Mit Anspannung im Magen traf ich bei der Arbeit ein und hatte Mühe, mich auf meine Aufgaben zu konzentrieren. Zwischendurch rief Peter erneut an und erklärte, er hätte mit Zack gesprochen und der wüsste von nichts, weder von Bändern noch von einem manipulierten Kampf. Ihn hätte niemand kontaktiert. Dass er gestern so schlecht gewesen sei, hätte an einem Magen-Darm-Virus gelegen, an dem er seit zwei Tagen litt. Peters Sieg sei durchaus verdient gewesen.

Das tröstete Peter nur bedingt, aber es war ein Anfang. Er konnte seine Leistung nächsten Monat gegen den Europameister unter Beweis stellen.

Als Feierabend war, beschloss ich, den Mann aufzusuchen, der mir vielleicht eine zufriedenstellende Antwort auf das Rätsel geben konnte.

Ich musste zu Flynn.

# KAPITEL 10

Flynn öffnete mir nicht die Tür, sondern es war Sonja, seine Haushälterin/Köchin.

»Er sitzt im Büro«, sagte sie und zeigte mir den Weg zu einem Raum auf der anderen Seite des Flurs. Dann ging sie zurück in die Küche.

Ich klopfte, und als von innen ein »Herein« zu hören war, trat ich ein.

Der Raum war fast so groß wie das Wohnzimmer. In einem Glasschrank neben der Tür befanden sich unzählige Trophäen und Fotos mit Flynn darauf, wie er mit seinen Teamkameraden für die Presse posiert. Erinnerungen an glückliche Zeiten. Hinter dem Schreibtisch befand sich, wie im Wohnzimmer und Schlafzimmer, eine große Fensterfront mit Blick auf Manhattan.

Flynn blickte auf und lehnte sich im Stuhl zurück, als er mich sah. Er sagte jedoch kein Wort, als würde er abwarten, was ich vorzutragen hatte.

»Ich möchte mit dir über diese ganze Geschichte sprechen«, sagte ich leise. »Und ich möchte wissen, ob dir etwas über die Aufzeichnungen bekannt ist, die aufgetaucht sind. Zack Draper soll von Eli angesprochen worden sein, den Kampf zu verlieren, und es gibt angeblich Tonaufnahmen davon.«

»Warum soll ich darüber etwas wissen?«, fragte er kühl.

Ich zuckte mit den Schultern. »Weil du von Anfang an in der Sache mit drinhängst. Und weil du der Einzige bist, den ich deswegen fragen kann.«

»Bist du als Journalistin hier und befragst du eine Quelle? Oder als meine Ex, die sich um mich sorgt?«

Bei dem Wort »Ex« zuckte ich zusammen. »Irgendwie beides«, sagte ich leise. »Ich möchte wissen, was gespielt wird und ob du etwas damit zu tun hast. Aber nicht nur, um einen Artikel zu schreiben, sondern um zu erfahren, was los ist. Und was du damit zu tun hast.«

»Beides geht nicht, Süße.« Er beugte sich über seinen Schreibtisch, als würde er sich wieder um die Papiere kümmern, die vor ihm lagen.

Ich ging auf ihn zu und stellte mich direkt vor den Schreibtisch. Widerwillig sah er wieder auf.

»Okay, dann komme ich als deine Ex zu dir«, sagte ich. »Was wir besprechen, bleibt unter uns. Das ist mir wichtiger als der Bericht. Hast du deine Finger im Spiel?«

Er verzog den Mund zu einem schiefen Lächeln. »Wieso interessiert es dich? Wir sind geschiedene Leute, wenn es nach dir geht.«

»Vielleicht war ich etwas voreilig, das gebe ich zu. Können wir wieder ein Geheimnis gegen ein anderes tauschen? Du sagst mir, was du weißt, und ich verrate dir etwas über mich, was sonst niemand wissen darf.«

Amüsiert zog er die Augenbrauen zusammen und musterte mich. »Wie bei unseren ersten Treffen? Es gibt also noch etwas, was ich nicht über dich weiß?«

»Ja, das gibt es. Es war dein Vorschlag. Unser Deal von Anfang an: ein Geheimnis gegen ein anderes.«

Ein feines Lächeln huschte über sein Gesicht. Er stand auf. »Ich weiß. Okay. Dein Geheimnis gegen meines.«

Ich holte Luft. Was ich zu sagen hatte, war nicht ganz

einfach. »Du hast mich tief gekränkt und verletzt, indem du mich für deine Rache benutzt hast. Oder benutzen wolltest. Ich … mag dich. Und zwar mehr, als mir lieb ist. Um ganz ehrlich zu sein, du bist der erste Mann, in den ich wirklich verliebt bin. Deshalb hat es mich so getroffen, von dir benutzt und für deine Zwecke missbraucht zu werden.« Ich hielt erleichtert inne. Es war doch gar nicht so schwer gewesen. »Das ist mein Geheimnis. Und nun verrate mir bitte deines.«

Er kam auf mich zu und blieb ganz dicht vor mir stehen. »Willst du wissen, was ich über den Wettskandal weiß? Oder willst du lieber ein Geheimnis über mich in Erfahrung bringen?«

Ich überlegte einen Moment. Was war mir wichtiger? Mehr über Flynn zu lernen oder zu erfahren, was hinter den angeblichen Aufzeichnungen steckte?

»Habe ich nur eine Möglichkeit?«

Er nickte. »Entweder oder.«

»Erzähl mir etwas über dich«, flüsterte ich. Seine Nähe nahm mir schon wieder den Atem. Die Wärme seines Körpers jagte ein feines Prickeln über meine Haut. Ich war ihm hoffnungslos verfallen, das war eigentlich mein Geheimnis, aber ich hoffte, dass er es niemals erfahren würde. Damit würde ich mich ihm völlig ausliefern.

Er lächelte. Zum ersten Mal heute wirkte es unbeschwert und fast glücklich. »Ich hatte Hintergedanken, als ich dir die Einladung zu dem Ball schickte, das ist wahr. Aber sie waren nur zweitrangig. Der Hauptgrund für meine Bemühungen um dich war, dass ich dich wiedersehen wollte. Und als wir uns das erste Mal im Hotelzimmer begegneten, wusste ich, dass alles andere in den Hintergrund treten würde. Du bist die Frau, für die ich meinen ganzen Groll, meine Wut und meine Rachegedanken vergessen möchte. Für die ich ein anderer Mann werden will. Das ist mein Geheimnis.«

Er hatte leise und eindringlich gesprochen. Mein Herz schmolz dahin. Er wollte für mich alles andere aufgeben und ein anderer, ein besserer Mann werden. Das war eine, vielleicht etwas ungewöhnliche, aber hinreißende Liebeserklärung!

Doch sie reichte mir nicht.

»Also gibst du zu, dass du mich benutzen wolltest?« Ich war einen Schritt auf ihn zugegangen, so dass sich unsere Wangen berührten. Meine Stimme zitterte leicht.

»Anfänglich ja. Aber das habe ich schnell aufgegeben. Deshalb wollte ich nicht, dass du dich weiter um die Geschichte kümmerst.«

»Traust du mir zu, dass ich so eine Geschichte schreiben könnte?«

»Ja.«

»Dann schreib sie mit mir. Ich möchte die Sache zu Ende bringen, damit wir sie hinter uns lassen und von vorn beginnen können, nur wir beide, ohne irgendwelche Hintergedanken und Altlasten.«

Er überlegte einen Moment, dann hob er seine Hand zu meinem Gesicht und strich mit dem Finger sanft über meine Wange. »Du willst die Story? Bist du jetzt doch als Journalistin hier?«

»Können wir nicht doch beides unter einen Hut bekommen? Du vertraust mir und ich dir, wie normale Menschen, nur dass wir nebenbei einen Verbrecher anprangern?«

Seine Hand strich zärtlich über mein Gesicht. »In Ordnung«, hauchte er nach kurzem Zögern. »Schreiben wir die Story. Es wird Zeit, dass die alten Geschichten zur Ruhe kommen. Vielleicht hat es ja auch therapeutische Zwecke für mich.« Er grinste und trat einen Schritt zurück, doch ich zog ihn wieder an mich heran. »Bist du wirklich bereit?«

Er zauderte einen weiteren Moment, dann nickte er. »Der Kerl hat mein Leben ruiniert, ich möchte, dass er dafür büßt.«

»Keine Lügen und Hintergedanken mehr zwischen uns?«

»Nein, nicht von meiner Seite.«

»Von meiner auch nicht.« Ich beugte mich zu ihm und küsste ihn. Er war eigentlich als kurzer Kuss gedacht, doch er erwiderte ihn, als wäre er ein Ertrinkender. Er presste seine Lippen auf die meinen und trank den Kuss voller Intensität. Seine Zunge drang verlangend in meinen Mund ein und tanzte mit meiner einen feurigen Tango. Seine Hände durchwühlten mein Haar und strichen lustvoll über meinen Rücken. Er presste mich näher an sich heran, seine Erregung drückte sich in mein Becken.

»Ich hatte gedacht, ich hätte dich verloren«, raunte er voller Schmerz, bevor er unter meinen Rock griff und zwischen meine Beine fasste.

»Ich auch. Ich dachte, du hättest mich nie geliebt. Das hat mich unendlich traurig gemacht.«

Er küsste meinen Hals, dann meinen Nacken.

»Ich habe noch ein Geheimnis für dich«, flüsterte er. »Das, weswegen du hergekommen bist.«

»Welches ist es?«

»Ich habe der Zeitung die Bänder zugespielt. Sie stammen jedoch nicht von dem Gespräch mit Zack Draper oder Peter Girdle, sondern von Elis Gespräch mit mir damals.«

»Wirklich?« Ich löste mich von ihm, doch er zog mich wieder an sich.

»Er hat mich vor meinem letzten Spiel angesprochen, ich habe es aufgezeichnet, weil ich schon vorher wusste, dass er kommen würde. Ich wollte es als eine Art Versicherung.« Er knöpfte meine Bluse auf und zog meinen BH aus.

»Warum hast du es damals nicht der Presse zugespielt?«

»Weil mir niemand geglaubt hätte. Ich war bereits als neidischer, missgünstiger Verlierer bekannt, der mit seiner Verletzung und dem Karriereende nicht umgehen konnte. Sie hätten mir unterstellt, die Bänder manipuliert zu haben.«

»Jetzt ist ein besserer Zeitpunkt«, erwiderte ich und

öffnete seinen Gürtel, wobei meine Finger leicht bebten.

»Definitiv. Und Zack Draper gilt als unbeschriebenes Blatt. Ihm würden sie glauben.«

Er presste mich an seinen Schreibtisch, während er meinen Rock hochschob und mein Höschen herunterriss. Seine Finger gruben sich in das Fleisch meiner Pobacken, dann nahm er meine Beine und schlang sie um seine Hüften. Ich konnte nicht mehr reden, ich wollte es auch nicht. Ich wollte ihn nur fühlen. Er führte seine Erektion an meine Mitte und drang heftig in mich ein. Ich schrie vor Lust und Schmerz leise auf und legte mich auf seinen Schreibtisch, wo ich mich seinem Rhythmus hingab. Wo die Vergangenheit nicht mehr existierte, sondern die Zukunft begann. Wo Glück und Pein miteinander verschmolzen und mich auf den nächsten Gipfel spülten.

Nachdem wir seinen Schreibtisch aufgeräumt und die Papiere sortiert hatten, saßen wir gemeinsam an unserem Artikel über den Wettbetrug und überlegten, wie wir ihn am besten gliederten. Wir einigten uns schließlich darauf, mit den Aufnahmen zu beginnen und dann die Anschuldigungen gegen Eli auszusprechen. Flynn würde von seinen Erfahrungen berichten, seine Sicht der Dinge darstellen und eine Mutmaßung aussprechen. Meine Aufgabe wäre es danach, weitere Betroffene aufzutreiben, zum Beispiel Peter Girdle. Er war gerade äußerst wütend, weil sein Sieg niedergemacht wurde, er würde sich sicherlich äußern.

»Ich bringe ihn dazu, auszusagen«, sagte ich. »Dann maile ich die erste Version des Artikels an die New York Times und die Daily News.«

»Du musst auf jeden Fall an der Sache dranbleiben und einen zweiten Teil liefern, eine Art Hintergrundbericht.«

»Und wir müssen mit der Polizei sprechen, inwieweit sie gegen Eli ermittelt.«

»Dabei solltest du mit dem Betrugsdezernat sprechen, aber nicht mit Detective Higgins, der ist nämlich ein Freund von Eli.«

Ich machte mir Notizen, was alles noch zu erledigen sei.

»Willst du heute Abend hierbleiben?«, fragte er plötzlich leise. »Du könntest auf mich warten. Ich muss nämlich jetzt los und mich mit einem Investor treffen.«

»Ich fahre nach Hause«, erwiderte ich und gab ihm einen Kuss. »Angela hat ein Problem mit ihrem Ex, das wir heute lösen müssen.«

Er lächelte verständnisvoll. »Es sind wohl gerade eine Menge Ex-Freunde unterwegs, die ihre Probleme überwinden müssen.«

Ich nickte amüsiert. »Dabei dachte ich, dass sich unser Ex-Verhältnis wieder stabilisiert hätte.«

Er zog mich an sich. »Das hoffe ich auch. Morgen Abend habe ich Zeit für dich.«

»Ich auch.« Ich küsste ihn lange und sehnsüchtig, dann stand ich auf. »Ich schicke den Artikel heute noch los.«

»Er müsste dann morgen erscheinen.«

»Falls sie ihn nehmen.«

»Warten wir es ab.«

Er brachte mich zum Fahrstuhl, wo er mich ein weiteres Mal küsste. Es fiel mir schwer, mich von ihm zu lösen, aber es musste sein.

»Bis morgen, Flynn«, sagte ich und ging einen Schritt rückwärts.

»Bis morgen, Cassidy.« Er ging ebenfalls nach hinten.

»Viel Spaß mit dem Investor.« Wieder ein Schritt zurück.

Er lachte leise. »Der Mann ist über achtzig. Das wird eher mühsam.«

Ich war fast im Fahrstuhl. »Bis morgen, Flynn. Jetzt wirklich.«

»Bis morgen, was sein muss, muss sein.«

Der Fahrstuhl öffnete sich und ich trat hinein. Ich blickte zu Flynn, der sich lässig an die Wand gelehnt hatte. Ich winkte ihm zu. »Es ist schön, dass du nicht mehr mein Ex bist.«

Er grinste. »Das finde ich auch. Und ich hoffe, dass es nicht so schnell wieder passiert.«

»Ich auch nicht.« Ich lächelte, doch der Fahrstuhl schloss sich, bevor ich noch etwas sagen konnte. Mit einem Lächeln im Gesicht fuhr ich nach unten und ging zur U-Bahn.

Ich hatte befürchtet, dass Angela aufgelöst und mit mehreren leeren Flaschen Wein in der Küche sitzen würde, aber es war alles still. Ich ging zu ihrem Zimmer und klopfte vorsichtig. Ich öffnete einen Spalt und wünschte sofort, ich hätte es nicht getan. Denn Angela saß mit Ryan auf dem Bett, sie hingen einander an den Lippen und knutschten so heftig, dass ich Angst hatte, sie würden ihre Lippen zerfleischen. In dem Moment, als ich den Kopf in die Tür steckte, sah Angela auf.

Ich schloss schnell die Tür wieder, doch Angela war aufgesprungen und schlüpfte aus ihrem Zimmer zu mir in die Küche.

»Wie ich sehe, habt ihr euch geeinigt«, sagte ich erleichtert.

Angela nickte glücklich. »Er hatte tatsächlich eine Affäre mit einer Kollegin, aber er hat gestern mit ihr Schluss gemacht.«

»Und was sagt er zu deinem … du weißt schon? Zum Geständnis, dass du ihn damals bewusst getäuscht hast, damit er studieren geht?«

»Er war völlig verdutzt, danach hat er angefangen, mich zu küssen und seitdem nicht mehr aufgehört.« Sie strahlte förmlich.

Zufrieden nickte ich. »Dann habt ihr alles geklärt? Keine offenen Fragen mehr?«

Sie schüttelte den Kopf. »Keine offenen Fragen mehr.«

Die Tür ihres Zimmers öffnete sich, und Ryan trat heraus. »Hallo Cassie«, sagte er. »Ich hoffe, das ist in Ordnung für dich, dass ich in Zukunft öfter komme und mit Angela Zeit verbringe?«

Ich lächelte ihn an. »Das ist völlig okay. Wenn Angela glücklich ist, bin ich es auch. Und ich bin zufällig auch wieder happy.«

»Mit Flynn?«, wollte Angela wissen.

Ich nickte. »Ja, auch wir haben alles geklärt. Jetzt muss ich nur noch meinen Artikel vervollständigen und dann abschicken.«

Angela umarmte mich. »Also sind wir beide glücklich?«, flüsterte sie.

»Sieht so aus.«

»Super. Dann gehe ich mal wieder.« Sie wandte sich von mir ab und nahm Ryan an die Hand, um mit ihm zurück in ihr Zimmer zu gehen.

Ich setzte mich an meinen Computer und schrieb den Artikel zu Ende. Ich rief bei Peter Girdle an und bat ihn um seine Aussage. Ich fragte sogar die Polizei nach einem Statement zum Fall, Detective Higgins war zum Glück im Urlaub. Dann schickte ich den Artikel an die New York Times. Nachdem ich »Senden« gedrückt hatte, rief ich Mrs. Atkins an.

»Hallo, hier ist Cassidy Evans, wir sind uns schon zweimal begegnet«, sagte ich, sobald sie sich gemeldet hatte.

»Ich kann mich an Sie erinnern«, sagte sie kurz. Leider konnte ich an ihrer Stimme nicht erkennen, ob es positive oder negative Erinnerungen für sie waren.

»Ich habe Ihnen einen Artikel über Elias Winter und den vermuteten Wettskandal geschickt, der heute in der Boulevard-Zeitung angedeutet wurde. Ich weiß, woher die Tonbandaufnahmen kommen.«

»Von wem sind sie?« Sie klang plötzlich äußerst interessiert.

»Das können Sie in meinem Artikel lesen.«

»Ich hatte Ihnen zwar gesagt, es sei aussichtslos für Sie, dass Sie jemals in der New York Times landen, aber wenn mir Ihr Artikel gefällt, kann es durchaus sein, dass wir ihn drucken. Das Thema ist brisant.«

»Er wird Ihnen gefallen«, sagte ich und versuchte, selbstbewusst zu klingen, während mein Herz eine Spur schneller schlug.

»Ich habe ihn hier.« Ihr Computer gab einen kurzen Laut von sich. Sie schwieg einen Moment, in dem sie offenbar den Bericht überflog. »Ihr Werk sieht ganz gut aus. Ich diskutiere das mit meinem Team. Sie hören von mir«, sagte sie schließlich.

»Danke. Auf Wiederhören.«

Ohne weitere Worte legte sie auf.

Ich lehnte mich zurück und versuchte, mich zu beruhigen. Mrs. Atkins räumte mir doch eine kleine Chance ein! Das war ein wichtiger Schritt! Doch kaum saß ich bequem, erhielt ich eine E-Mail. Sie stammte von Susan Atkins.

»Wir nehmen Ihren Artikel exklusiv. Sie erhalten von uns das bei uns übliche Honorar für Exklusivverträge. Vielen Dank für die Zusammenarbeit.«

Mein Herz schlug einen Purzelbaum. Das war der Punkt, auf den ich so lange gewartet hatte! Ich war drin! Und bekam sogar einen Batzen Geld dafür!

Sofort nahm ich mein Smartphone zur Hand und schrieb Flynn eine SMS mit der guten Botschaft.

Zehn Minuten später kam die Antwort. *»Herzlichen Glückwunsch, Frau Journalistin für die New York Times! Deine Eltern werden stolz sein!«*

Ich jubelte und vollführte einen Tanz in meinem Zimmer. Dann schrieb ich an Flynn: *»Und du? Bist du auch stolz?«*

*»Und wie!«*, kam drei Minuten später die Antwort. *»Der Investor ist noch langweiliger als befürchtet. Danke für die schöne Ablenkung!«*

*»Ich kann dich noch weiter ablenken, indem ich dir ein paar heiße Fotos von mir schicke. Oder dir erzähle, wie sehnsüchtig ich schon wieder darauf warte, dass du mich küsst, berührst und liebst.«*

*»Das wäre gemein«*, antwortete er. *»Der arme Mr. Barry, mein Investor, wird auf einmal unerträglich für mich.«*

*»Dann lass ihn allein und komm zu mir.«*

*»Ich werde darüber nachdenken.«*

*»Ich ziehe mich schon mal aus.«*

*»Solch eine Frechheit muss bestraft werden. Na warte, wenn wir uns sehen!«*

Ich kicherte. *»Ich warte auf deine Bestrafungen.«*

*»Mr. Barry wird unruhig, ich muss dich für einen Moment vernachlässigen.«*

*»Ich hoffe, du machst es wieder gut!«*

*»Ganz sicher. Bis dann!«*

Glücklich zog ich mich aus und sprang unter die Dusche. Zum ersten Mal seit langer Zeit verriegelte ich wieder die Badezimmertür, bei einem fremden Mann in der Wohnung war das besser.

Danach schlüpfte ich in meinen Schlafanzug und nahm eine Flasche Wein, um mit mir auf meinen Erfolg bei der New York Times anzustoßen. Mein erster Artikel, den sie offiziell gekauft hatten und drucken würden! Das war gigantisch!

Ich trank nicht nur ein Glas, sondern drei und vier, bis ich merkte, dass ich nicht mehr gerade stehen konnte. Ausgerechnet da klingelte es an der Tür. Das musste Flynn sein.

Ich wankte zur Tür und öffnete. Lächelnd stand er da und reichte mir einen Strauß roter Rosen. »Für die heißeste Journalistin der Welt«, sagte er leise und beugte sich zu mir, um mich zu küssen. Ich schlang meine Arme um ihn und zog ihn an mich heran. »Für die schärfste Quelle und den heißesten Informanten der Welt.«

»Du hast offenbar schon gefeiert.«

»Ja, irgendwie schon.« Ich zog ihn in die Wohnung und in mein Zimmer, wo ich ihm die Jacke auszog. Dann knöpfte ich sein Hemd auf und küsste seine Brust.

Er legte mich aufs Bett und sah mich kritisch an. »Du bist betrunken, Cassidy. Bist du sicher, dass du weißt, was du tust?«

»Nein, nicht ganz. Aber ich hoffe, du weißt, was du tust?«

Er lächelte und setzte sich neben mich. Er streichelte sanft über mein Gesicht, dann küsste er mich liebevoll. Ich merkte plötzlich die Wirkung des Alkohols. Ich hatte keine Lust auf Sex. Ich wollte einfach nur neben Flynn liegen und in seinen Armen einschlafen.

»Ich hoffe, ich passe mit in dein Bett. Es sieht eng aus«, sagte er und musterte mein Bett, das tatsächlich nicht für zwei Leute gebaut worden war.

Ich rückte zur Seite und machte ihm Platz. Er zog sich aus, dann legte er sich in seinen Boxershorts zu mir. Ich kuschelte mich an ihn. Er nahm mich in seine Arme und küsste meinen Scheitel.

»Gute Nacht, süße Cassidy«, sagte er leise. Ich wollte es eigentlich genießen, mit ihm zusammen zu liegen, wie ein normales Pärchen, das sich liebte und die Nacht miteinander verbrachte. Aber nur wenige Minuten später war ich eingeschlafen.

Am Morgen rannte ich sofort zum Zeitungskiosk und kaufte eine New York Times. Noch auf dem Weg zurück nach Hause blätterte ich die ersten Seiten durch, um nach meinem Artikel zu sehen. Aber er war auf die Schnelle nicht zu finden. In der Küche angekommen, setzte ich mich an den Frühstückstisch, an dem auch Angela, Flynn und Ryan saßen.

»Und?«, fragte Flynn. »Wo ist er?«

Ich blätterte jede Seite durch, aber er war nicht zu entdecken.

Stattdessen fand ich ein Statement von Zack Draper, das besagte, dass er niemals angesprochen worden und alles eine Erfindung wäre. Die Bänder wären eine Fälschung.

Von meiner Erklärung fehlte jede Spur. Enttäuscht ließ ich das Blatt sinken.

»Dann hat er sie offenbar in der Tasche«, sagte Flynn frustriert. »Sie haben deinen Artikel exklusiv gekauft, damit du damit nicht zur Konkurrenz gehst. Sie haben dich zum Schweigen gebracht.«

Mutlos ließ ich mich auf dem Stuhl nieder. Mein Kopf, der seit meinem Aufwachen wegen des Alkohols dröhnte, hämmerte plötzlich noch stärker. »Dann bringt es auch nichts, den zweiten Teil zu schreiben.«

Er schüttelte den Kopf. »Nein, vermutlich nicht. Sie werden ihn, genau wie den ersten, aufkaufen und im Papierkorb verrotten lassen, damit die Wahrheit nicht rauskommt.«

»Und dass du eine zweite Variante verfasst und an andere Zeitungen verkaufst?«, schlug Ryan vor.

»Dann wird sie von der New York Times verklagt, weil sie die Exklusivität verletzt hat«, erwiderte Flynn. »Das wird sehr teuer.«

»Ist das normal?«, fragte Angela entsetzt. »Ich dachte immer, die Zeitungen sind unbestechlich.«

Flynn lächelte schief. »Ganz sicher nicht. Sie drucken, was ihnen Auflage bringt. Oder das, was ihre Werbekunden und Geldgeber darin haben wollen. Journalismus ist nicht unbestechlich oder unabhängig.«

»Immerhin hast du einen Haufen Geld dafür bekommen«, tröstete mich Angela.

Ich nickte und trank meinen Kaffee, um die Kopfschmerzen loszuwerden. Appetit hatte ich keinen. Der war mir soeben gründlich vergangen.

»Du solltest trotzdem mit der Polizei sprechen«, sagte Flynn.

»Wenn ich von der Arbeit zurückkomme.« Ich klang alles andere als begeistert. Dann stand ich auf. »Ich muss los. Mein Job bei Sweet Passion wartet auf mich.

Vermutlich der einzige Job, den ich je ausüben werde.«

»Ich bringe dich hin.«

Ich verabschiedete mich von Angela und Ryan, dann ging ich mit Flynn zum Wagen, der auf der Straße parkte. Er brachte mich zum Bürogebäude von Sweet Passion und küsste mich sanft, bevor ich ausstieg. »Nimm es bitte nicht zu schwer«, sagte er überraschend gelassen. »Du wirst eine andere Story finden.«

»Die Welt ist korrupt und ich kann nichts dagegen tun«, erwiderte ich niedergeschlagen.

»Immerhin waren die gefälschten Wetten mal wieder Gesprächsthema. Steter Tropf höhlt den Stein. Irgendwann wird ihn jemand zu Fall bringen.«

»Ich wundere mich, dass du das so gelassen siehst! Immerhin hat er den Leben ruiniert.«

»Ich merke gerade, dass mein Leben eine überraschend schöne Wendung genommen hat. Die möchte ich mir nicht von diesem Mistkerl verderben lassen.«

Mit der schönen Wendung meinte er wohl mich. Ich lächelte und küsste ihn erneut. »Danke. Für alles. Wir sehen uns später.«

»Komm zu mir, wenn du Feierabend hast. Ich bin da und warte auf dich«, raunte er in mein Ohr.

»Ich freue mich darauf.« Danach stieg ich aus und ging zum Eingang. Bevor ich eintrat, sah ich, dass er darauf wartete, dass ich im Gebäude verschwand. Ich winkte ihm zu, er winkte zurück. Dann ging ich hinein, und er fuhr davon.

Ich war den ganzen Tag mit dem Videodreh beschäftigt, den mein Boss als Ergänzung für das Interview bestellt hatte. Deshalb merkte ich nicht, dass Angela mir gegen Mittag eine SMS geschickt hatte. Ich las sie erst, als es Feierabend war.

*»Die Polizei hat angerufen. Mr. Graham ist eines natürlichen Todes gestorben, die Wohnung wurde zur Wiedervermietung*

*freigegeben. Die Beerdigung ist heute 18 Uhr in Queens.«*

Erschrocken sah ich auf die Uhr. Es war halb sechs. Wenn ich mich beeilte, schaffte ich es pünktlich zur Beerdigung. Ich wollte dem netten Mann gern meine letzte Ehre erweisen, weil ich das Gefühl hatte, zu Lebzeiten viel zu wenig Kontakt zu ihm gehabt zu haben.

Ich rannte zur U-Bahn und erwischte zum Glück einen Zug, der soeben einfuhr und mich in die richtige Richtung brachte. Ich musste umsteigen, aber auch das klappte reibungslos. Zwischendurch schrieb ich Flynn, dass ich etwas später zu ihm kommen würde.

Kurz nach 18 Uhr traf ich auf dem Friedhof in Queens ein. Es waren etwa fünfzig Leute gekommen, die dem alten Mann das letzte Geleit geben wollten. Ich war erstaunt, dass so viele Trauernde zusammengekommen waren, weil Mr. Graham immer so einsam gewirkt hatte. Aber offenbar erinnerten sich viele an ihn.

Ich trat zu Angela, die neben einer Gruppe älterer Männer stand, als einer der Anwesenden eine herzergreifende Rede über Mr. Graham hielt. Er erzählte, dass Mr. Graham ihm drei Jahrzehnte lang jedes Jahr ein paar neue Schuhe gemacht hätte, die unübertroffen gut gewesen seien. Mr. Graham hätte genau gewusst, wo er das Leder etwas enger nähen und wo er etwas zugeben musste, damit sie nicht drückten.

Danach traten ein paar Familienangehörige vor, um ihren Onkel, Großvater und Vater zu beschreiben und ihm für alles zu danken, was er für sie getan hatte.

Ich hatte das Gefühl, ebenfalls etwas sagen zu müssen; etwas, was mir auf der Seele brannte, seitdem ich hier auf dem Friedhof war. Als der Sohn von Mr. Graham fertig war, ging ich ein paar Schritte nach vorn.

»Mein Name ist Cassidy Evans, ich habe mit Mr. Graham in einem Haus gewohnt. Ich muss zugeben, ich kannte ihn kaum. Ich bin ihm im Hausflur oder an den Briefkästen begegnet, mehr Kontakt hatte ich mit ihm nicht. Und trotzdem hat sein Tod eine tiefe Wunde in mir hinterlassen. Ich kann nicht genau sagen, warum. Er hat mir geholfen, als es mir schlecht ging. Aber es ist noch etwas anderes. Ich glaube, er hat mich eine Lektion gelehrt, die vorhin, als ich in der U-Bahn hergefahren bin, langsam in mein Bewusstsein drang. Und die ich hier auf dem Friedhof vor seinem Grab erst richtig begreife. Und zwar hat er mir klargemacht, dass die Welt so mit sich selbst beschäftigt ist, dass sie die kleinen Menschen, die sie eigentlich am Laufen halten, völlig vergisst. Wir regen uns über oberflächlichen Mist auf, über schlecht angezogene Promis, über missratene Fernsehshows oder entblößte Nippel beim Superbowl, aber dass ein alter Mann wie Mr. Graham Tausende Schuhe gefertigt und repariert hat, so dass sie nicht reiben, das geht völlig unter. Über ihn gibt es keinen Bericht, keine Show, keine Reportage. Dabei sind Schuhe Dinge, die wir immer brauchen. Genau wie Brot oder Strümpfe.

Ich bin Journalistin, und ich habe soeben erkannt, dass ich eigentlich gar kein Teil von dieser korrupten Nachrichten-Maschinerie sein möchte. Ich möchte über Menschen wie Mr. Graham schreiben, die unermüdlich arbeiten und für uns da sind, die uns Schnaps anbieten, wenn es uns schlecht geht, die mit uns weinen oder sich freuen, wenn es uns gut geht. Sie haben viel mehr verdient, im Mittelpunkt zu stehen, als irgendwelche halbseidenen Skandale oder Machenschaften. Mr. Graham, ich danke Ihnen für diese Erkenntnis.« Ich wandte mich dem Grab zu, auf dem der Sarg auf Eisenstangen lag. »Vielen Dank auch für Ihr offenes Ohr. Sie hatten übrigens Recht. Wir haben uns ausgesprochen und versöhnt. Es ist alles bestens mit Flynn und mir. Und ich hoffe, Sie werden im Himmel glücklich. Ich bin es jetzt hier unten.«

Danach trat ich zurück und holte tief Luft. Ich spürte die Blicke der anderen auf mir ruhen, aber ich versuchte, sie zu ignorieren.

»Das war toll«, flüsterte Angela. »Ich fände es gut, wenn du wirklich über solche Menschen schreiben würdest. Ich würde diese Artikel sofort lesen.«

»Flynn hatte die Idee, einen Blog anzufangen. Diesen Einfall werde ich sicherlich aufgreifen, dann hätte ich eine Plattform für meine Berichte.«

»Falls du mal was über eine völlig unterschätzte Drehbuchautorin schreiben willst, dann kannst du dich gerne an mich wenden.«

Ich lächelte. »Das werde ich sicherlich tun.«

Die Trauergäste sangen ein Lied für Mr. Graham, dann wurde der Sarg in das Grab gelassen. Danach zerstreute sich die Gemeinde. Nur der Sohn vom Mr. Graham kam zu mir.

»Vielen Dank für Ihre Worte. Wenn Sie wirklich über meinen Vater schreiben möchten, sagen Sie Bescheid. Ich habe Fotos und Berichte von ihm und über ihn. Das können Sie alles verwenden.«

»Vielen Dank, das werde ich bestimmt. Vielleicht wird meine erste Reportage tatsächlich über ihn sein.«

»Rufen Sie mich an, wenn Sie es genau wissen.« Er reichte mir seine Visitenkarte.

Ich steckte sie ein. »Danke. Und mein herzlichstes Beileid.«

»Vielen Dank. Auf Wiedersehen.«

Er ging zu seiner Frau, die am Weg auf ihn wartete. Dann liefen sie zum Auto und fuhren davon.

»Siehst du, schon hast du zwei Möglichkeiten für eine Reportage in der Tasche«, sagte Angela grinsend. »Mich und Mr. Graham.«

»Das ist ein wunderbarer Anfang«, erwiderte ich schmunzelnd.

Ich ging mit Angela zurück zur U-Bahn, wobei sie noch ein bisschen von Ryan erzählte.

»Wir sind heute wieder verabredet. Er möchte mich zum Essen einladen.«

»Und ich fahre zu Flynn.«

»Das heißt, wir sind beide versorgt? Wer hätte das gedacht? Noch vor Tagen saßen wir beide auf dem Dach und haben auf die Welt und insbesondere auf die Männer geschimpft.«

»Ich weiß. So schnell kann sich der Wind manchmal drehen.«

»Und du willst deinen Traum mit der New York Times wirklich aufgeben?«

Ich wiegte den Kopf. »Es wird sowieso nichts. Und, ehrlich gesagt, der Job bei Sweet Passion macht mir Spaß. Auch der Videodreh heute war nett. Ich sitze zwar nur in der PR-Abteilung und schreibe über Frühlingsgefühle und liebeshungrige Wild Boys, aber es gibt Schlimmeres. Und das mit dem Blog werde ich auf jeden Fall machen. Wer weiß, was sich dann später noch ergibt?! Ich fange ja gerade erst an.«

»Und du bist verliebt. Da verschiebt sich der Fokus etwas.« Sie grinste mich an. »Wir sind beide verliebt.«

»Und wie!«

Wir lachten und stiegen in die U-Bahn, die gerade in die Station einfuhr. Fünf Stationen fuhren wir gemeinsam, dann mussten wir uns voneinander verabschieden. Ich stieg in die andere Linie um und fuhr gen Norden zu Flynn, sie lief die restlichen drei Blocks in unsere Wohnung.

Als sich der Fahrstuhl zu Flynns Penthouse öffnete, wurde ich von lauten Stimmen begrüßt. Offenbar hatte Flynn Besuch.

Ich überlegte kurz, ob ich schnell wieder kehrtmachen und später zurückkehren sollte, doch man hatte mich bemerkt.

»Ist sie das?«, fragte eine tiefe Männerstimme. »Hat sie die ganze Sache aufgewirbelt?«

Ein Mann kam aus dem Wohnzimmer auf mich zu. Er war Mitte vierzig und erinnerte ein wenig an George Clooney, nur dass er wesentlich fülliger war. Er hatte sicherlich auch ein charmantes Lächeln, das zeigte er mir jedoch nicht, im Gegenteil. Er funkelte mich wütend an.

Ich hatte keine Ahnung, worum es ging. Ich wollte gerade den Mund öffnen, um etwas zu sagen, als ich Flynns aufgebrachte Stimme vernahm. »Lass sie in Ruhe. Sie hat damit nichts zu tun!«, rief Flynn und kam auf mich zu. Er begrüßte mich jedoch nicht, sondern zerrte am Arm des Fremden, damit der sich von mir abwendete.

»Sie scheint dir viel zu bedeuten, wenn du sie so beschützt«, sagte der Fremde und machte sich los.

»Flynn, lass das!«, rief ein Dritter aus dem Wohnzimmer. Die Stimme kam mir bekannt vor, sie gehörte zu Flynns Vater, Marc Connors. »Du solltest einen langen Urlaub machen, um die ganze Sache zu vergessen. Nimm deine Freundin mit. Fahrt nach Miami oder--«

»Wieso will mir jeder erzählen, was ich tun oder lassen soll?«, zischte Flynn. »Ich weiß genau, was ich tue.« Er trat zu mir. »Du solltest gehen, Cassidy. Es wird sehr unschön hier.« Er klang eindringlich.

Ich betrachtete ihn. Er wirkte aufgewühlt. In seinen Augen schimmerte Hass, den er vor mir zu verstecken suchte, aber ich konnte ihn erkennen.

»Ist er das?«, fragte ich und deutete mit dem Kopf auf den Fremden mit dem Aussehen von George Clooney.

»Darf ich mich vorstellen?«, sagte der Fremde, bevor Flynn antworten konnte. »Mein Name ist Elias Winter. Sie haben einen Artikel über meine angeblichen Aktivitäten bei Sportwetten geschrieben. Zum Glück wurden Ihre Lügen nicht gedruckt.« Er reichte mir die Hand, als würden wir uns zum Kaffeeklatsch treffen. Ich schüttelte sie jedoch nicht.

»Sie haben Flynn mit Ihren Lügen ruiniert«, sagte ich. »Sie verdienen es nicht, mit ihm in einem Raum zu stehen.«

Eli lachte kurz auf. Es sollte amüsiert klingen, wirkte aber angespannt. »Du hast sie schon mit deinen erfundenen Anschuldigungen vergiftet, Flynn.«

»Warum kochst du immer wieder diese alte Story auf?«,

sagte der vierte im Raum. Die Stimme klang wie eine jüngere Version von Flynn. Ich trat näher und entdeckte Flynns Bruder Nathan. Der junge Footballer. Er stand neben seinem Vater und schüttelte unwillig den Kopf. »Es ist widerlich, dass du dich so in deinem Lügengespinst verfangen hast, Flynn. Gib den Scheiß auf und sei ein Mann! Steh zu deiner Niederlage!«

»Es ist kein Lügengespinst!«, fauchte Flynn. Die Sache ging ihm mächtig an die Nieren. Er litt darunter, dass niemand ihm glaubte, vor allem sein jüngerer Bruder nicht. Der Hass in seinen Augen hatte sich in Verzweiflung gewandelt. »Willst du die Wahrheit über meine Verletzung wissen, Nathan? Ich weiß, es nervt dich, die ollen Kamellen wieder und wieder hören zu müssen. Aber ich wünschte, du würdest einmal richtig hinhören und mir glauben!«

»Was gibt es da zu glauben? Es ist der alte Mist wie vor drei Jahren. Du bist gestürzt und ihr habt das Spiel verloren. Deine Karriere ging den Bach runter, da hast du behauptet, die Spiele seien manipuliert gewesen und der Kerl, der dir die Verletzung zugefügt hat, hätte es absichtlich getan. Dein eigener Teamkamerad! Denkst du wirklich, so einen Scheiß glaubt dir jemand?«

Flynn schüttelte verzweifelt den Kopf. »Es ist aber die Wahrheit! Warum, verdammt, ist sie so schwer zu glauben?«

»Weil du mich jetzt genauso runtermachst wie deinen Kumpel damals! Du bist neidisch auf meinen Erfolg, das ist alles! Aus dir sprechen nur Neid und Missgunst.«

Flynn tat mir leid. Es quälte ihn sichtlich, diese Anschuldigungen zu hören. Er versuchte, ruhig zu bleiben, aber ich konnte sehen, wie es in seinem Inneren brodelte.

»Hat er dich schon angesprochen, dass du ein Spiel verlieren sollst?«, fragte Flynn seinen jüngeren Bruder.

Nathan zuckte mit den Schultern. »Ich denke nicht.«

»Ja oder nein?«, hakte Flynn nach.

»Einmal. Das war unbedeutend. Ich habe abgelehnt.«

»Und habt ihr trotzdem verloren?«

»Ja.«

»Warum?«

»Weil Simon ein sicherer Ball aus der Hand gefallen ist. So etwas passiert.«

»Obwohl der Ball sicher war? Das hat dich nicht gewundert?«

»Doch, ein wenig schon«, gab Nathan zu.

»Er hat also offensichtlich auch deine Teamkameraden angesprochen. Und meinst du nicht, dass diese Mannschaftskollegen Mittel und Wege finden, um zum Ziel zu gelangen? Selbst wenn sie einen störrischen Kameraden aus dem Weg räumen müssen? Das Ziel bedeutet hier eine Menge Geld, das Eli ihnen bietet.«

»Das ist Quatsch! Hör auf mit dem Scheiß. Ich glaube dir kein Wort.« Nathan winkte ab.

»Was hat Simon nach dem verlorenen Spiel gesagt? War er verbittert, weil er der Grund für die Niederlage war?«

Nathan dachte einen Moment nach, dann wich die Farbe aus seinem Gesicht. »Er hat gelacht.« Nathan sah zu Eli. »Das Spiel war nicht manipuliert. Das würde das Team nicht tun. Oder?« Er wirkte plötzlich unsicher.

Eli sah genervt zu mir und lächelte kühl, bevor er sich wieder an Nathan wandte. »Müssen wir das vor Fremden besprechen? Und ausgerechnet vor der Presse?«

»Ist es wirklich wahr?«, fragte nun auch Flynns Vater. Er war leichenblass geworden. »Hast du meinen Sohn auf dem Gewissen?«

»Nichts ist davon wahr!«, zischte Eli. »Dein Sohn steht hier in Fleisch und But!«

»Ich meine seine Karriere! Hast du die anderen angestachelt, ihn zu verletzen, damit sie das Spiel verlieren?«

»Er hatte es verdient, denn er wollte nicht mitmachen. Aber er kann nichts beweisen. Er gilt als Neider und Kameradenschwein. Wer glaubt ihm schon?!« Eli lachte kurz auf.

Ich spürte, wie die Wut in mir aufstieg. Ich griff in meine Tasche und schaltete mein Handy ein. Selbst wenn meine Artikel nicht gedruckt würden, würde ich jedes Wort davon aufnehmen, was er sagte.

»Wen haben Sie bei der New York Times sitzen?«, fragte ich. »Wer hat den Artikel kassiert?«

»Susan Atkins. Ihr Mann liebt Pferdewetten und hat schon eine Menge abgesahnt, auch bei manipulierten Rennen. Er wusste von den abgesprochenen Siegen und hat sich deshalb strafbar gemacht. Sie will natürlich nicht, dass so etwas an die Öffentlichkeit gerät.«

»Warum haben Sie Flynn ruiniert? Hätten Sie nicht einen anderen Weg finden können?«

Eli sah zu Flynn, der ruhig und mit verschränkten Armen im Raum stand, als könne ihn nichts umhauen. Aber ich sah, dass die Ader in seinem Hals viel zu schnell und zu heftig schlug. Es brodelte immer noch ein Vulkan in seinem Inneren.

»Er war zu aufmüpfig«, sagte Eli schließlich mit Verachtung in der Stimme. »Ich sage Ihnen das nur, weil der Mist, den Sie verzapfen, sowieso nie gedruckt wird. Und wenn sie andere Wege gehen wollen, online oder sonstwie, finde ich etwas, womit ich Sie fertigmache, was Ihre Glaubwürdigkeit untergraben wird. Haben Sie in der Uni abgeschrieben? Eine Affäre mit einem Professor gehabt? Die Hand eines anderen Mädchens zu lange gehalten? Ich werde es herausfinden und Ihre Reputation zerstören. Verlassen Sie sich darauf.« Er klang eiskalt. Feine Speichelfäden tropften bei seinen Sätzen von seinen Lippen.

»Aufmüpfig?«, hakte ich nach. »Meinen Sie damit, Flynn wollte partout sauber und fair spielen?«

»Ja, genau das meine ich. Er war Runningback, einer der führenden Männer in der Mannschaft. Sie hörten auf ihn. Wenn er wie losgelöst lief, gewannen sie. Wenn er versagte, brach das ganze Team ein. Er war für mich eine Schlüsselfigur in der Mannschaft, zumal ich eng mit seinem Vater befreundet war. Doch er wollte nicht. Immer wieder hat er sich geweigert und mir gesagt, dass ich mir mein Geld sonst wohin schmieren könne, er wolle keine Spiele absichtlich verlieren. Da musste ich ihn ausschalten, und zwar für immer. Luke hat ganze Arbeit geleistet und ihn so zu Fall gebracht, dass Flynn erledigt war. Es war ganz einfach.«

Mir wurde schlecht. Er hatte Flynns Existenz wirklich absichtlich zerstört. Tränen sammelten sich in meinen Augen beim Gedanken an Flynn, dessen Bein kaputt war, dessen Karriere in Trümmern lag und dem niemand glaubte, weil es einfach zu unglaublich niederträchtig war, was mit ihm angestellt worden war. Ich trat zu ihm und nahm seine Hand.

»Sie werden dafür bestraft werden«, sagte ich mit zitternder Stimme.

»Wie denn? Niemand hat Flynn damals geglaubt, sie werden es heute erst recht nicht tun.« Eli lachte verächtlich auf, doch in diesem Moment vernahm ich einen Kampfschrei aus Nathans Mund. Er beugte leicht seinen Oberkörper nach vorn und rannte auf Eli zu. Dann rammte er ihm mit voller Wucht die Schulter in den Körper.

Eli fiel nach hinten und schnappte nach Luft. Nathan wollte auf ihn einschlagen, doch Flynn hielt ihn zurück.

»Er ist es nicht wert, dass du auch noch deine Karriere ruinierst.«

Ich nahm schnell mein Smartphone aus der Tasche und rief die Polizei.

»Er hat dich kaputtgemacht!«, rief Nathan empört. »Er muss dafür büßen!«

»Immerhin bin ich nicht am Bettelstab gelandet«, sagte Flynn und zog seinen Bruder nach oben. »Vielleicht war es letztlich gar nicht so schlecht, wie alles gelaufen ist. Meine Karriere wäre ohnehin bald zu Ende gewesen, den Sport kann man nicht ewig ausüben. Du musst mir glauben, dass ich nicht neidisch auf dich bin, sondern nur das Beste für dich will, damit dir eine ähnliche Erfahrung erspart bleibt.«

Nathan nickte kläglich. »Ich habe dir nie geglaubt, es tut mir leid.«

»Warum hast du uns das nie gesagt?«, fragte auf einmal Flynns Vater aus dem Hintergrund. Seine Stimme bebte gewaltig. Er klang, als stünde er unter Schock.

»Das habe ich, Dad«, sagte Flynn. »Aber ihr habt lieber auf euren Freund gehört und gedacht, ich erfinde alles, um einen Schuldigen für mein Versagen zu finden. Ich gebe zu, ich war damals nicht sonderlich gesprächig und habe mehr gebrüllt als geredet. Und irgendwann habe ich aufgehört, davon zu sprechen, sondern nur noch daran gedacht, wie ich es ihm heimzahlen kann.«

»Es tut mir leid, Sohn«, sagte Marc Connors, ehrlich zerknirscht. »Sehr, sehr leid.« Er sah zu Eli, der wieder zu Atem kam und sich langsam aufrichtete.

»Das wirst du mir büßen, Junge«, keuchte Eli mit hasserfülltem Blick, der auf Nathan gerichtet war.

Doch der Vater trat vor und zog Eli hoch, um mit der Stirn gegen die Nase des Mannes zu donnern. »Dad!«, rief Flynn. »Nicht! Damit handelst du dir nur eine Anzeige ein!« Doch es war schon zu spät. Eli schrie auf und ging erneut zu Boden.

In diesem Moment klingelte es an der Tür. Ich rannte hin, um zu öffnen. Es war die Polizei. Ich erklärte ihnen kurz, was passiert war, dass Elias Winter Nathan zu Spielmanipulationen aufgefordert und dabei Flynns Vergangenheit offenbart hatte. Ich spielte ihnen sofort danach das aufgezeichnete Gespräch vor.

Daraufhin baten sie Eli, mitzukommen. Er fluchte und schimpfte und drohte uns mit furchtbaren Konsequenzen. Der Polizei gegenüber gab er sich als Unschuldsengel aus. Wir wurden gebeten, mitzukommen und unsere Aussage zu Protokoll zu geben.

Wir sorgten dafür, dass wir mit unserer Aussage mehrere Abteilungen der Polizei ansprachen, einmal die für Körperverletzung, dann die Betrugsabteilung und zu guter Letzt die für Wirtschaftsverbrechen. So versuchten wir sicherzugehen, dass die Anzeige gegen ihn nicht einem korrupten Beamten in die Hände fiel, der von Eli bezahlt wurde, sondern mit größerer Wahrscheinlichkeit bearbeitet wurde.

Danach riefen wir anonym die Daily News und jede andere New Yorker Zeitung an, selbst die allerkleinste und unwichtigste, und berichteten von dem Skandal und Elis Verhaftung. Irgendeine würde die Sache schon drucken.

Dann endlich fuhren wir nach Hause. Vor der Tür trennten sich die Wege von Flynn und dem Rest seiner Familie. Flynn verabredete sich mit seinem Bruder für den nächsten Tag, um in Ruhe mit ihm zu sprechen und sich über alles auszutauschen, was sie in den vergangenen drei Jahren seit dem Skandal verpasst hatten. Und Marc Connors versprach Flynn, Eli die Freundschaft zu kündigen und alles auszusagen, was er wusste, um das Unrecht in irgendeiner Form wiedergutzumachen.

Flynn lächelte müde. »Danke, Dad. Aber es ist nicht nötig. Um ehrlich zu sein, es interessiert mich nicht mehr, was mit ihm geschieht.« Er nahm mich an die Hand. »Ich habe andere Dinge, die meine Aufmerksamkeit beanspruchen.«

Marc Connors sah kurz zu mir, dann nickte er Flynn zu. »Okay. Wir sprechen uns aber trotzdem noch.« Er wandte sich an mich. »Danke, dass Sie sich um ihn kümmern. Sie sind gut für ihn.«

»Gute Nacht«, sagte ich und reichte ihm die Hand.

»Gute Nacht«, wünschte mir auch Nathan. Dann stand er unbeholfen vor seinem älteren Bruder. »Wir sehen uns, Bro'.«

»Ja, wir sehen uns.« Flynn schlug ihm freundschaftlich auf die Schulter. »Bis morgen.«

»Bis morgen.« Dann gingen die beiden zu einem Auto, das auf der gegenüberliegenden Straßenseite parkte, und fuhren davon.

Ich ging mit Flynn in seine Wohnung. Flynn blieb unschlüssig mitten im Flur stehen. »Hast du Hunger?«, fragte er mich. »Willst du was essen? Sonja hat für dich mitgekocht, weil ich ihr gesagt habe, dass ich dich zum Abendessen erwarte.«

Ich lehnte mich an ihn und schlang meine Arme um seinen Hals. »Ich will nur dich, alles andere ist nebensächlich.«

»Sogar da Essen ist zweitrangig?«, fragte er schmunzelnd.

»Ja, das auch.«

»Was möchtest du denn jetzt tun?«

»Einfach nur in deinen Armen liegen und diesen grauenhaften Tag vergessen.«

»Kann ich etwas dafür tun, damit du ihn besser vergessen kannst?«

Ich nickte und strich über seine Wange. »Halte mich einfach nur ganz fest. Deine Nähe reicht mir schon, um wieder glücklich zu sein.«

Er küsste sanft meine Nasenspitze. »Und mir reicht deine Nähe, um zu merken, dass du einen großen Einfluss auf mich hast. Ich war ein mürrischer Mann, der glaubte, die Welt wäre sein Feind.

Aber du hast mich dazu gebracht, dass ich mich öffne und wieder an die Liebe glaube. Dafür werde ich dir ewig dankbar sein.« Er beugte sich herab und legte seine Wange an die meine. »Ich dachte immer, die Rache sei mir wichtig, aber das ist sie gar nicht. Das Einzige, was mir wichtig ist, ist Respekt. Es hat mich umgebracht, dass mich niemand mehr respektiert und geachtet hat. Alle sahen in mir immer nur den Lügner und Neider. Aber du hast mich ernstgenommen und mir vertraut, obwohl du mich nicht kanntest. Das hat mich verändert. Du hast mich verändert.«

»Ich liebe dich«, flüsterte ich ganz leise, so dass ich es selbst kaum hören konnte. »Ich achte dich nicht nur, ich liebe dich.«

Er fasste meine Oberschenkel an und schlang sie um seine Hüften, um mich ins Schlafzimmer zu tragen.

»Verlass mich nicht«, flüsterte er.

»Niemals!«

Er trug mich aufs Bett und legte mich hin. Dann bat ich ihn, mir die Augen zu verbinden. Ich wollte ihn schmecken, riechen, hören und spüren wie bei unserem ersten Mal.

# KAPITEL 11

## ANDERTHALB JAHRE SPÄTER

»Du hast noch ein paar Gramm zugenommen«, stellte Angela trocken fest. Sie versuchte den Reißverschluss meines Kleides hochzuziehen, kam jedoch nicht einen Millimeter weiter.

»Ich habe das Gefühl, eine Tonne zu wiegen«, seufzte ich und strich über meinen dicken Leib. »Es wird Zeit, dass Annie endlich das Licht der Welt erblickt.«

Angela gab den Kampf mit dem Reißverschluss auf. »Aber nicht heute. Der heutige Tag ist ganz für Mommy und Daddy reserviert.« Sie machte eine Schnute in Richtung meines Bauches, als wäre dort bereits ein Kleinkind.

Ich lachte. »Ja, die Hochzeit ist für uns und unsere Familien reserviert.«

In diesem Moment wurde die Tür aufgerissen und meine Mutter kam hereingestürmt. »USA Today haben gerade angerufen. Sie wollen in die Kirche kommen und bei der Trauung dabei sein!«

»Und für die Presse.« Ich zuckte mit den Schultern. »Seitdem Elias Winter im Gefängnis sitzt und Flynn rehabilitiert ist, reißen sie sich wieder um ihn. Sie können gerne kommen und dürfen sich neben die New York Times und Daily News stellen. Aber nur, solange sie nicht meinen offenen Reißverschluss entdecken und im Artikel erwähnen.«

»Wir hängen eine Stola darüber«, schlug Angela vor und legte ein Tuch auf meine Schultern, das sie aus einem Berg von Geschenken gezogen hatte. Es hing lang auf meinen Rücken und verdeckte das Drama.

»Eine geschickte Lösung«, sagte meine Mutter. »Nicht ganz zum Kleid passend, aber egal. Mich stört es nicht.«

»Mich auch nicht.« Ich betrachtete mich im Spiegel. Das weiße Hochzeitskleid war hinreißend. Es fiel in einem weiten, bauschigen Rock auf den Boden, so dass mein Bauch nicht ganz so monströs wirkte wie in Jeans. Das Tuch hingegen war rosa und ein Geschenk meiner Kollegen von Sweet Passion. Dazu passend hatten sie uns einen rosa Strampler geschenkt. In meinen Ohren hingen die Ohrringe meiner Großmutter. Heute war wohl der geeignetste Tag, um so etwas Besonderes wie die Diamanten zu tragen.

»Es geht los!«, rief Ryan von draußen. »Die Wagen sind da!«

Ich betrachtete mich nochmals. Ich würde heute den tollsten Mann der Welt heiraten, Flynn Connors. Wir hatten achtzehn Monate miteinander verbracht, von denen ich keinen einzigen Tag missen mochte. Okay, vielleicht die eine oder andere Minute, in der wir uns gestritten hatten, aber es stellte sich bald heraus, dass wir uns nicht lange böse sein konnten. Ich wollte nicht ohne ihn leben, und er nicht ohne mich. Und als ich schwanger wurde, stand für uns fest, dass wir heiraten und unsere Liebe vor Gott und dem Gesetz – und vor der Presse – offiziell verkünden würden. Dass es erst so spät geschah, nämlich als ich hochschwanger war, lag an den New Yorker Ämtern. Im Frühling und Sommer war alles ausgebucht gewesen. Wir hatten erst einen Termin im November erhalten.

»Du siehst fantastisch aus«, sagte meine Mutter lächelnd und stellte sich hinter mich. »Ich bin froh, dass du so glücklich bist. Das war immer alles, was ich wollte.«

»Und ich wollte euch zeigen, dass ihr mich nicht umsonst auf die Uni geschickt habt. Ich wollte euch zeigen, dass ich eine gute Journalistin bin und auf der Titelseite stehe.«

»Das ist unwichtig, Cassie. Alles, was zählt, ist, dass du das tust, was dir Spaß machst und du dein Glück findest.«

»Der Job bei Sweet Passion hat mir lange Spaß gemacht, aber mein Blog ist noch besser. Hast du gesehen? Ich habe täglich mehr als fünftausend Besucher auf meiner Webseite!«

»Das ist wirklich großartig! Ich habe auch den Artikel über diesen Sportler gelesen, der auf der Sportseite der New York Times erschien.«

Flynn hatte nach der Verhaftung von Elias Winter eine Organisation für Fairness und Vertrauen im Sport gegründet, für die ich nebenbei als Pressesprecherin tätig war. Ich porträtierte Sportler, die sich besonders fair verhielten. Hin und wieder landete eines dieser Porträts in einer renommierten Sportzeitung, neulich sogar in der New York Times, allerdings im Sportteil. »Es ist nicht die Titelseite, aber ich arbeite daran«, sagte ich schmunzelnd.

»Es ist uns wirklich nicht wichtig, Cassie.« Sie umarmte mich. »Wir wollen nur, dass du glücklich bist.«

»Danke, Mom. Danke für alles. Ja, ich bin glücklich. Sehr sogar.« Ich löste mich von ihr und streichelte über meinen Bauch. »Die Arbeit wird auch erst einmal eine Weile ruhen müssen. Ich habe wichtigere Dinge, um die ich mich kümmern werde.« Die Kleine kickte gerade wieder ordentlich, so dass ich leise ächzte. Etwas zog mächtig in meinem Unterleib.

»Wir müssen endlich los!«, rief Ryan. Angela stimmte ihm zu.

»Komm, Cassie. Lass Flynn nicht so lange warten.«

Sie zog den Schleier über mein Gesicht. Ich nahm die Hand meiner Mutter und lief mit ihr aus meinem Zimmer im East Village. Obwohl ich meistens bei Flynn wohnte, wollte ich heute noch ein letztes Mal meinen Raum in der kleinen Wohnung benutzen. Es heißt ja, dass es Unglück bringt, wenn der Bräutigam die Braut vor der Hochzeit zu sehen bekommt.

Wir liefen die Treppe hinunter zu der Limousine, die mitten auf der Straße stand und den Verkehr blockierte. Ich stieg rasch ein, meine Mutter und Angela folgten mir. Dann fuhr der Chauffeur los. Ryan und mein Vater fuhren in einem anderen Wagen hinter uns her.

Als wir an der Kirche ankamen, verspürte ich ein erneutes Ziehen im Bauch. Das musste die Aufregung sein! Der Vorplatz war voller Menschen. Unsere Hochzeit wirbelte eine Menge Staub auf, viele aus Flynns Footballmannschaft waren gekommen, sogar Peter Girdle zählte zu den Gästen. Umso peinlicher war mir der offene Reißverschluss. Ich konnte nur hoffen, dass ihn wirklich niemand entdeckte.

Meine Mutter nahm mich an die Hand und führte mich zum Kircheneingang. Dort stand mein Vater und wartete auf mich, um mit mir in die Kirche zu schreiten und mich an den Bräutigam zu übergeben.

Ich spürte, wie Schmetterlinge aufgeregt in meinem Bauch hin und her flatterten. Gleich war es soweit. Ich würde heute meinen Traummann heiraten.

Ich nahm den dargebotenen Arm meines Vaters und wartete darauf, dass die Orgel das richtige Stück für meinen Einmarsch spielte. Als die ersten Töne erklangen, gingen wir los und schritten Seite an Seite in die Kirche.

Das Gebäude war voll. Fotoapparate klickten, Blitzlichter funkelten auf. Am Altar sah ich Flynn stehen. Er sah atemberaubend auf. Ich konnte sehen, dass er gerührt die Luft anhielt, als er mich erblickte. Offenbar gefiel ihm auch, was er sah.

In diesem Moment geschah es. Ich spürte ein seltsames Gefühl in meinem Unterleib, wie ein feines Platzen, dann lief eine heiße Flüssigkeit meine Beine herab. Entsetzt blieb ich stehen.

»Was ist los?«, fragte mein Vater leise. »Bekommst du kalte Füße?«

»Ich glaube, meine Fruchtblase ist geplatzt.« Ich nahm den Rock des Brautkleides hoch. Tatsächlich befand sich unter mir eine Pfütze. Plötzlich spürte ich eine schmerzhafte Wehe durch meinen Körper ziehen.

»Es geht los«, stöhnte ich und krümmte mich.

Ein Raunen ging durch das Publikum. Als die Wehe vorüber war, richtete ich mich auf und wollte weitergehen, doch Flynn war zu mir geeilt.

»Ist alles in Ordnung?«, fragte er besorgt.

»Ja, ich fürchte nur, das Baby kommt schon!«

»Wir müssen ins Krankenhaus!«, rief Flynn. »Ab in die Limousine!«

Ich wollte protestieren, doch da durchspülte mich eine weitere Wehe. Wenn das so weiterging, würde ich die Trauung nicht überstehen. »Okay«, sagte ich und ließ mich von Flynn und meinem Vater nach draußen bringen. Die beiden setzten mich in die Limousine, meine Mutter stieg mit ein, dann fuhren wir los. Immer wieder setzte mich eine Wehe außer Gefecht, so dass ich froh war, nicht bei meiner eigenen Hochzeit, sondern auf dem Weg ins Krankenhaus zu sein.

Es dauerte geschlagene sieben Stunden, bis Annie endlich das Licht der Welt erblickte. Die Kleine war gesund und munter und schrie das halbe Krankenhaus zusammen.

Danach lag ich überglücklich im Krankenbett, Flynn saß an meiner Seite und streichelte das rote Babygesicht. Annie lag friedlich in meinem Arm und erholte sich von der anstrengenden Geburt. Meine Mutter und mein Vater saßen auf den Stühlen vor dem Fenster und hielten Händchen. Es war schön, sie so glücklich zu sehen. Sie waren stolz, Großeltern geworden zu sein. Neben der Tür standen Nathan und Flynns Vater Marc. Die beiden hatten mich nach Elis Verhaftung näher kennenlernen wollen und sofort in ihr Herz geschlossen. Seitdem hatte ich sie oft gesehen und viel mit ihnen und Flynn unternommen, obwohl Nathan auch gerade eine neue Freundin hatte.

Plötzlich klopfte es an der Tür und Angela steckte ihren Kopf herein. »Wie geht es dir?«, fragte sie vorsichtig. »Alles in Ordnung?«

»Ja, alles bestens.« Ich war etwas erschöpft, aber glücklich und keineswegs müde.

»Gut«, sagte sie. »Ich habe nämlich jemand mitgebracht.«

Überrascht sah ich auf, als hinter ihr der Pastor ins Krankenzimmer trat. »Ich wollte sehen, wie es Ihnen geht«, sagte er. »Es passiert nicht oft, dass eine Eheschließung wegen solcher Umstände nicht stattfinden kann.«

»Das glaube ich Ihnen gern.« Ich lachte leise. Es tat ein bisschen weh, so dass ich schnell wieder ernst wurde. »Da Sie schon mal hier sind: Haben Sie Lust, uns jetzt und hier zu trauen?«

Nun war der Pastor an der Reihe, mich überrascht anzusehen. Zusammen mit meinen Familienmitgliedern.

»Aber es sind keine Gäste da!«, meinte meine Mutter.

»Alle, die mir wichtig sind, sind hier versammelt«, erwiderte ich und lächelte in die Runde.

»Das sehe ich auch so«, meinte Flynn und nahm meine Hand in die seine.

»Und was ist mit den Zeitungen, die berichten wollen?«

Ich zuckte mit den Schultern. »Papa, du kannst ein paar Handyfotos machen und ihnen zusenden. Damit müssen sie sich zufriedengeben.«

Angela kicherte, Flynn schmunzelte. Alle anderen nickten zustimmend.

Und dann taten wir es einfach. Der Pastor stellte sich neben das Bett und nahm unsere Eheversprechen ab. Ich hielt die ganze Zeit Flynns Hand ganz fest. Er hatte ein rührendes Versprechen vorbereitet, in dem er mich bat, ihm voll und ganz zu vertrauen. Ich könne bis zu seinem letzten Atemzug auf ihn bauen. Er würde niemals Geheimnisse vor mir haben und mit seinem Leben dafür sorgen, dass ich immer glücklich sei.

Ich sagte ihm, dass ich ihn niemals hintergehen, sondern immer im Einklang mit ihm handeln würde, egal, worum es sich handelte.

Als wir uns die Ringe ansteckten, traten mir die Tränen in die Augen. Dann küssten wir uns als Mann und Frau.

Als Flynn mich am nächsten Tag nach Hause brachte, in sein Penthouse in der Upper East Side, stand ich mit dem Baby im Arm lange am Fenster. Unter mir lag New York wie eine glitzernde, schimmernde Märchenstadt. Die Novemberdunkelheit lag über Manhattan, doch die City funkelte in den verschiedensten Farben. Ich liebte New York immer noch. Es war meine Stadt.

In diesem Moment trat Flynn neben mich. Ich schob meine Hand in die seine und lehnte mich an ihn.

»Willst du ein Geheimnis wissen?«, fragte er mich.

»Ja. Dann verrate ich dir auch meines.«

»Ich liebe dich«, flüsterte er und zog mich eng an sich.

»Und ich liebe dich. Mehr Geheimnisse habe ich nicht.«

Er lachte leise, der schönste Klang auf dieser Welt. Es gab keine Heimlichkeiten mehr zwischen uns. Einer meiner Träume war noch nicht in Erfüllung gegangen, aber das störte mich nicht mehr. Dafür hatten sich andere erfüllt. Ich besaß alles, was mein Herz begehrte – und noch viel mehr.

Leseprobe aus dem nächsten Roman um Sweet Passion und den WILD BOYS CLUB

# WILD BOYS CLUB: DIAMANTENFEUER

## KAPITEL 1

Der Schnee tanzte nicht mehr, sondern klatschte in großen Flocken an die riesige Fensterscheibe. Er setzte sich in Klumpen auf die Mauervorsprünge und Fahrzeuge, die im dichten Schneegestöber kaum zu erkennen waren. Das Flugzeug auf der Startbahn versuchte, mit seinem Licht den dichten Nebel zu durchdringen, kam aber nicht weit. Der Wind heulte so laut, dass er sogar in der Wartehalle über den Ansagen der Sprecherin zu hören war.

»Aufgrund der Wetterbedingungen werden alle Starts bis auf Weiteres verschoben. Wir bitten alle Passagiere um Geduld und Ruhe. Sobald sich die Wetterlage beruhigt, werden wir Ihnen den neuen Startplan umgehend mitteilen. Due to terrible weather conditions ...«

Ich seufzte leise. Ich war dem Beginn meines Vorhabens so nahe, doch Seattle lag im Schneegestöber und es sah nicht so aus, als würde ich heute noch nach New York kommen.

»Ich glaube nicht, dass wir in dieser Nacht fliegen können«, sagte ein Mann, der sich schwerfällig auf dem Stuhl neben mir niederließ. Er lächelte mich an. »Aber immerhin habe ich nette Gesellschaft.«

Ich lächelte ebenfalls und musterte ihn unauffällig. Er war mittelgroß und nicht mehr ganz schlank. Er hatte ein angenehmes Gesicht und warme braune Augen. Als er sich die Brille zurechtrückte, entdeckte ich einen Ehering am Finger.

»Ewig festhalten können sie uns hier nicht«, erwiderte ich trocken.

Er lachte. Sein Lachen war ganz sympathisch. Es ließ kleine Fältchen an seinen Augen kräuseln. Ein Grübchen zeigte sich in seiner Wange. Irgendwie kam er mir bekannt vor.

»Wollen Sie beruflich nach New York?«, fragte er und lächelte wieder. »Jemand wie Sie passt eher in die coole New Yorker Szene als nach Seattle.«

»Ich habe meinen Mann verlassen und will in New York leben«, sagte ich und warf ihm einen scheuen Blick zu. »Sie haben Recht, ich habe das Gefühl, mich in New York wohler zu fühlen als hier. In Seattle erinnert mich viel zu viel an das Elend, das ich durchleben musste.«

Sein neugieriger Blick hatte sich in einen mitleidigen gewandelt. Und in einen sehnsüchtigen. Er wollte mich beschützen. Wenn er wüsste!

»Das tut mir sehr leid, dass Sie in Ihrer Ehe gelitten haben. Sagen Sie mir Bescheid, wenn Sie in New York Hilfe benötigen. Ich bin gern für Sie da.« Er reichte mir seine Hand. »Mein Name ist Grayson.«

Der Name sagte mir etwas, ich konnte ihn jedoch nicht zuordnen. Ich ergriff die Hand und zeigte ihm ein dankbares Lächeln. »Das ist lieb von dir. Ich bin Carlie. Ich werde bestimmt Hilfe brauchen.«

Seine Augen blitzten. Offenbar wollte er mir sehr gerne unter die Arme greifen. Und unter den Rock.

»Was machst du beruflich?«, wollte ich wissen.

»Ich bin Unternehmensberater und habe gerade hier in Seattle einem Milliarden schweren Unternehmer, der Probleme hatte, zu mehr Seelenruhe und Geld verholfen. Es ist ein anstrengender, aber extrem wichtiger Job. Und das Gehalt stimmt auch.« Er klang stolz. Er wollte mich wohl beeindrucken.

Ich konnte ihn immer noch nicht einordnen. »Das glaube ich gerne«, sagte ich lächelnd. »Jemand wie du kommt sicher viel herum.«

»O ja, ich reise ständig. Und nicht nur hier in den Vereinigten Staaten, sondern weltweit. Neulich war ich in der Schweiz, kurz davon in Deutschland und Argentinien.«

»Was sagt die Familie dazu? Sie ist doch sicher nicht glücklich darüber?«

Er schien nicht erfreut zu sein, dass ich das Thema Familie ansprach. Verlegen drehte er an seinem Ehering. Hatte er etwa geglaubt, ich hätte ihn nicht bemerkt? »Naja, sie müssen damit leben«, erwiderte er. »Immerhin bringe ich das Geld nach Hause und sorge dafür, dass meine Kinder in eine der besten Schulen New Yorks gehen können. Und dass meine Frau jede Woche shoppen gehen kann.«

Seine Kinder waren mit Sicherheit nicht in der besten Schule von New York, dort gehörten die Kinder eines Unternehmensberaters nicht hin. Und falls sie doch aus Versehen dort landeten, würden sie wie Abschaum behandelt. Ich weiß, wovon ich spreche. Ich war auf dieser Schule gewesen und hatte Kinder wie die seinen gepiesackt. Und nur einmal in der Woche einzukaufen, ist schon fast lächerlich. In meinem früheren Leben hatte ich jeden Tag mehr als zehntausend Dollar für Kleider, Schmuck und Schuhe ausgegeben.

»Dann werden sie dir bestimmt verzeihen«, log ich mit feinem Lächeln.

»Bestimmt. Und du? Hast du schon eine Bleibe in New York? Was wirst du tun?«

»Ich habe eine Abfindung von meinem Mann erhalten, dafür werde ich mir eine kleine Wohnung leisten können«, erzählte ich. »Ich werde zuerst in einem Nebenjob arbeiten, doch ich hoffe, als Modeberaterin tätig sein zu können. Mode und Beratung von Frau zu Frau, davon habe ich schon immer geträumt.«

Er nahm mir meine Lügen ab, ohne auch nur den geringsten Zweifel an meiner Ehrlichkeit zu haben. »Das klingt sehr innovativ. Ich als Unternehmensberater kann dir gern zur Seite stehen. Wie du steuerlich günstiger kommst, ob es sich lohnt, Mitarbeiter einzustellen, wie deine Firma aufgebaut sein soll. Willst du eine Firma gründen oder wie stellst du dir das vor?«

Ich lachte auf. »Nicht so schnell! Erst einmal muss ich nach New York kommen.« Ich sah zum Fenster, wo sich das Schneetreiben kein bisschen verbessert hatte.

Er folgte meinem Blick und seufzte. »Ich hatte gehofft, morgen früh schon auf dem Tennisplatz in New York stehen zu können, aber das wird wohl nichts.«

Ich hielt die Luft an. Ich wusste auf einmal, woher ich ihn kannte. Er war Michaels Tennispartner! Ich hatte ihn einmal kurz gesehen, als ich Michael vom Spiel abgeholt hatte. Grayson hatte mich damals keines Blickes gewürdigt. Ich war ihm zu langweilig, zu unattraktiv gewesen. Er schien seine Meinung inzwischen geändert zu haben. Was so ein paar »kleinere« Veränderungen alles ausmachten! Ich sah zu meinem Spiegelbild in der Fensterscheibe des Flughafens. Inzwischen erschrak ich nicht mehr, wenn ich es sah. Ich hatte mich an mein neues Aussehen gewöhnt. Und an meinen neuen Namen.

»Spielst du Tennis, Carlie?«, fragte mich Grayson. »Wir könnten in New York mal spielen gehen.«

Ich lächelte. »Das wäre toll.«

»Wir sollten uns ...« Er hielt inne, weil in diesem Moment eine erneute Durchsage durch die Lautsprecher erfolgte.

»Wir bitten alle Passagiere, die einen Flug gebucht haben, um Verständnis. Leider können bis zum kommenden Morgen keine Flugzeuge starten. Die Wetterstation hat uns mitgeteilt, dass der Schneesturm erst in den frühen Morgenstunden abflauen wird. Wir bitten Sie um Ihr Entgegenkommen. Bitte wenden Sie sich an Ihre Fluggesellschaft. Sie wird Ihnen Gutscheine für ein Abendessen austeilen. Wer First Class oder Business Class gebucht hat, erhält zudem einen Gutschein für ein Hotelzimmer. Wir bitten vielmals um Entschuldigung und danken Ihnen für Ihr Verständnis.«

»So ein Dreck«, fluchte ich leise, aber laut genug, so dass Grayson es hörte.

Er schmunzelte. »Da muss ich dir völlig Recht geben. First Class oder Touristenklasse?«

»Touristenklasse.« Ich hasste diese billigen, engen Sitze, aber ich hatte es so gewollt. Eine Frau, die gerade eine schreckliche Scheidung hinter sich hatte, würde sich nur einen Economy Flug leisten können. Alles andere wäre zu auffällig und würde meine Lügen in Frage stellen.

»Das heißt, du müsstest die Nacht hier auf dem Flughafen verbringen. Oder ein Hotel selbst bezahlen.« Er zögerte einen Moment. »Wenn du willst, kannst du mit mir in mein Hotelzimmer. Ich fliege Business Class. Ich nehme natürlich den Sessel, du kannst das Bett haben.« Er grinste verlegen.

Ich lächelte scheu, während ich fieberhaft überlegte, ob ich sein Angebot annehmen sollte. Er war nicht nur daran interessiert, im Sessel zu sitzen und mir beim Schlafen zuzuschauen, das war klar. Er würde mehr erwarten. Ich war nicht an einer Affäre mit ihm interessiert. Aber Gryson kannte Michael und wusste womöglich, wo der sich gerade aufhielt und welchen Namen er benutzte. Er könnte mir womöglich die Kontaktaufnahme erleichtern. Ich brauchte ihn. »Okay, das wäre nett«, sagte ich.

Die Verlegenheit verschwand aus seinem Grinsen. »Super. Dann hole ich mal den Gutschein.«

Er stand auf und ging mit beschwingten Schritten zum Counter der Fluggesellschaft. Kurz bevor er sich durch eine Schlange von Menschen drängelte, drehte er sich zu mir um und winkte mir lächelnd zu. Ich winkte zurück. Sobald er außer Sichtweite war, nahm ich mein Handy zur Hand.

Ich öffnete den Ordner mit den Textnachrichten. »Flug wird verschoben. Habe Bekannten von Michael kennengelernt, werde ihn im Auge behalten.« Dann drückte ich auf Senden.

Nur wenige Sekunden später erhielt ich die Antwort. »Pass auf dich auf.«

Ein Lächeln stahl sich auf meine Lippen. Dieses Mal war es ehrlich. Dann steckte ich das Handy weg.

Als Grayson zurückkehrte, sah ich ihn mit neugierigem Blick an. »Hat alles geklappt?«

»Ich hoffe, das Best Western reicht dir. Es liegt gleich am Flughafen, das ist für uns günstig, damit wir morgen früh rechtzeitig wieder hier sind.« Er klang entschuldigend.

»Mit ist alles recht. Ohne dich müsste ich die Nacht in diesem Sitz verbringen.«

»Ich habe uns auch gleich die Essen-Gutscheine gesichert.« Zufrieden mit seiner Leistung als Gentleman, der eine Dame in Not befreit und dann hoffentlich einen Dank in Naturalien erhält, reichte er mir seinen Arm. Ich nahm mein schmales Handgepäck und hakte mich bei ihm unter. Dann verließen wir den Flughafen und fuhren mit dem Taxi zum Hotel.

Grayson war ein recht angenehmer Gesprächspartner. Auf dem Weg zum Hotel plauderten wir über die Unterschiede zwischen New York und Seattle, wobei die Metropole an der Ostküste in nahezu allen Punkten besser abschnitt. Ich war nicht ehrlich, was meine Meinung betraf, aber das durfte Grayson nicht wissen. Als wir im Best Western ankamen, gingen wir zuerst ins Restaurant. Ich orderte eine Flasche Wein, die zwar nicht im Gutschein enthalten war und die ich persönlich bezahlte. Danach trank ich noch einen Whiskey. Ich brauchte den Alkohol, um für das Kommende lockerer zu sein. Immerhin war ich bisher noch nie mit einem Wildfremden ins Bett gegangen.

Nach dem Bezahlen führte mich Grayson zu unserem Zimmer. Es war relativ klein und mit der typischen Standard-Ausstattung versehen. Einen geräumigen Sessel, in dem ein Mann übernachten könnte, gab es nicht.

»Ist das okay?«, fragte er unsicher. »Ich hoffe, wir kommen miteinander klar.« Er wirkte, als würde er auch nicht oft mit Fremden schlafen.

»Das hoffe ich auch«, sagte ich und wandte mich ihm zu. »Soll ich dir beim Ausziehen helfen?« Ich versuchte, sexy zu klingen. Wenn das Unvermeidbare schon kommen würde, wollte ich es nicht unnötig hinauszögern. Außerdem hatte der Alkohol geholfen, mich zu entkrampfen.

Graysons Augen begannen zu leuchten. »Das wäre fantastisch«, murmelte er, während er einen Schritt auf mich zutrat und seine Hände auf meine Hüften legte. Er war mir so nahe, dass ich seinen Atem riechen konnte. Er roch nach Pfefferminz und Whiskey, eine angenehme Kombination.

Ich strich über seine Schultern und streifte sein Jackett ab, dann begann ich, sein Hemd aufzuknöpfen. Er zog mich an sich heran. Ganz nahe, so dass ich seine Erektion an meinem Unterleib spüren konnte. Ich hätte gern die Augen geschlossen, um ihn nicht sehen zu müssen, sondern mich in Fantasien verlieren zu können, aber ich musste zuerst sein Hemd loswerden.

»Du bist eine atemberaubende Frau«, murmelte Grayson und umfasste meinen Hintern, um ihn fester an sein Becken zu pressen. Sein Atem strich heiß über meine Haut. »Du siehst umwerfend sexy und verführerisch aus. Ich habe noch keine Frau wie dich getroffen.«

Seine Hände wanderten von meinem Po über meinen Rücken zu meinem Haar. Er wühlte in den blonden Locken, dann zog er meinen Kopf an sich, um mich zu küssen.

Ich schloss die Augen. Seine Berührung war nicht unangenehm. Sanft und vorsichtig, als wäre Grayson sich nicht sicher, ob er mich wirklich küssen dürfte. Als ich den Kuss erwiderte, wurde er fordernder. Seine Zunge drang in meinen Mund ein und suchte die meine, um mit ihr zu spielen.

Ich zog Graysons Hemd aus und dachte an Aaron, an seinen Abschiedskuss, bevor ich zum Flughafen gefahren war. Aarons Lippen waren nicht fordernd gewesen, eher sehnsüchtig und resigniert, als täte es ihm leid, mich zu verlieren. Zwei Jahre hatte ich mit ihm verbracht, vierundzwanzig Monate, in denen wir uns angefreundet hatten. Oder besser gesagt: Ich hatte mich mit ihm angefreundet, und er liebte mich. Er hatte es mir zwar nicht gesagt, aber ich wusste es trotzdem. Doch ich wollte ihn nicht. Ich wollte keine Liebe, kein familiäres Glück. Ich hatte mir jegliche Gefühle verboten. Ich wollte nur Eines: Rache. Ich wollte Michael vernichten.

»Ich helfe dir beim Ausziehen«, murmelte Grayson, nachdem er seinen Mund von dem meinen gelöst hatte. Seine Hand suchte den Reißverschluss meines Kleides und öffnete ihn. Er streifte es von meinen Schultern, dann fiel es zu Boden und lag um meine Stiefel herum. Er küsste mich wieder, dann wanderten seine Lippen meinen Hals hinunter und zu meinen Schultern. Dabei streifte er die Träger meines BHs ab und öffnete ihn. Der BH fiel auf das Kleid. Ich stand da, ohne mich zu bewegen, während seine Lippen meinen Nippel fanden. Er nahm ihn in seinen Mund und saugte daran, seine Zunge umtanzte ihn, dann presste sie ihn flach an den Gaumen. Langsam reagierte mein Körper auf die Stimulation. Ich spürte, dass meine Clit leicht anschwoll. Ich beugte mich ihm entgegen, so dass die Knospe noch tiefer in seinen Mund eindringen konnte.

Grayson nahm seine Brille ab, dann schob er mich sanft auf das Bett. Als ich lag, zog er meine Strumpfhose aus. Danach sah er mich fragend an, als würde er mich um Erlaubnis bitten.

Ich sagte nichts, sondern zog meinen Slip selbst aus. Er lächelte, dann öffnete er seinen Gürtel und schob seine Hose nach unten, wobei er seine Unterhose gleich mitnahm.

»Moment«, flüsterte ich und schob ihn von mir. Nackt, wie ich war, stand ich auf und ging zu meiner Handtasche. Ich streckte ihm meinen Po entgegen, während ich in der Tasche nach einem Kondom suchte. Hinter mir vernahm ich, wie er hörbar Luft einsog, während er mein Hinterteil betrachtete. Dann spürte ich seine Hand an meiner Backe und seinen Daumen, der in meine Mitte glitt und in mich eindrang.

Seine Berührung ließ mich endlich feucht werden. Ich schloss die Augen und genoss das Gefühl, wie mich sein Daumen streichelte und dann wieder in mich hineinglitt. Für einen winzigen Augenblick verspürte ich den scharfen Schmerz der Sehnsucht in meinem Herzen. Sehnsucht nach Aaron, seinem verständnisvollen Blick, seiner tiefen Stimme, seinem wehmütigen Lächeln. Doch ich schob das Gefühl schnell fort von mir. Es durfte nicht sein.

Ich öffnete das Kondom und drehte mich zu Grayson um. Ich ging zurück zum Bett, zurück zu Grayson. Er trug noch seine Socken, aber ich achtete nicht darauf. Ich streifte ihm das Kondom über, während er mit seinen Händen durch mein blondes Haar strich und leise meinen Namen murmelte. Jedenfalls den, den ich ihm genannt hatte.

Dann legte ich mich auf den Rücken und zog ihn auf mich. Ich öffnete die Beine und schloss die Augen. Ich küsste ihn, als er mich küsste. Ich streichelte ihn, während er mich liebkoste. Ich stöhnte laut auf, als er in mich eindrang.

Das Gefühl, Grayson in mir zu spüren, war überwältigend. Zwölf Jahre hatte ich keinen Schwanz mehr in mir gespürt. Zwölf lange Jahre hatte ich keine intimen Zärtlichkeiten erhalten.

Ich hatte damit gerechnet, Opfer bringen zu müssen, wenn ich meine Rache an Michael durchführen wollte. Grayson war dabei ein kleines Opfer. Er war kein unangenehmer Kerl, sondern einer jener vom Leben gelangweilter Männer, die eine günstige Gelegenheit mitnahmen. Mit ihm würde Sex sogar richtig Spaß machen, wenn man ihn näher kannte.

Für einen Augenblick huschten meine Gedanken wieder zu Aaron, doch ich schob sie schnell weg. Er würde es verstehen, er hatte mir sogar dabei geholfen, meine Rache vorzubereiten. Michael hatte mir alles genommen, was ich je besessen hatte: mein Vermögen, meine Ehre, mein Glück, meinen Namen und meine Freiheit. Mein Zuhause und zwölf Jahre meines Lebens hatte ich wegen Michael verloren.

Das Schicksal hatte mir geholfen und mir in dieser verkorksten Nacht Grayson zugespielt. Grayson kannte Michael. Er würde mich auf dessen Spur bringen.

»Carlie«, stöhnte Grayson leise in mein Ohr. »Du bist so scharf!«

Ich seufzte, als er einen sensiblen Spot in mir stimulierte, und bog meinen Rücken, damit er noch tiefer in mich eindringen konnte.

Carlie ist nicht mein richtiger Name. Mein wirklicher Name ist Anna De Winter, und diese Nacht war die Nacht, in der meine Rache begann.

16192880R00147

Printed in Poland
by Amazon Fulfillment
Poland Sp. z o.o., Wrocław